LA LANCE DE LA DESTINÉE

Arnaud Delalande, trente-sept ans, est écrivain et scénariste. Avant *La Lance de la destinée*, il a publié quatre romans aux éditions Grasset : *Notre-Dame sous la terre* (prix Évasion des Relais H, prix de la Fondation de France, 1998), *L'Église de Satan* (prix Jeand'Heurs du roman historique, 2002), *La Musique des morts* (2003) et *Le Piège de Dante* (2006). Il est aujourd'hui traduit dans dix-neuf pays. Son dernier roman, *Les Fables de Sang*, est paru en mai 2009.

Paru dans Le Livre de Poche :

LA MUSIQUE DES MORTS

LE PIÈGE DE DANTE

ARNAUD DELALANDE

La Lance de la Destinée

ROMAN

ROBERT LAFFONT

ISBN : 978-2-253-12290-6 – 1re publication LGF

Prologue

Djebel Katharin, 2006

Un soldat s'activait auprès d'elle. Il s'ingéniait à lui faire enfiler un gilet pare-balles. Le vêtement matelassé, de couleur bleue, avala le petit crucifix d'argent que Judith portait autour du cou. Un autre lui installait une oreillette assortie d'un micro sur la poitrine. Elle faillit sursauter en entendant crépiter des parasites, comme si elle venait d'allumer une radio défectueuse. Il y eut un effet Larsen, puis le son s'éclaircit peu à peu. Distinctement, elle perçut alors une voix : *One two three. One two three. Do you copy ?*

Elle acquiesça, soudain très pâle. Que faisait-elle au milieu du désert, sur ce promontoire cerné de roches au bord de l'éboulement, prêtes à fondre sur elle pour l'ensevelir à tout jamais ? Tout cela était pourtant bien réel. L'un des militaires lui tendit un casque, qu'elle saisit en essayant de contrôler le tremblement de sa main. Sans se préoccuper de son attitude inquiète, le premier l'aida à le mettre sur sa tête, puis à attacher la sangle sous son menton. Elle se dit qu'ainsi accoutrée, elle devait avoir l'air ridicule. C'était tellement éloigné d'elle — tellement éloigné de tout ce qu'elle avait connu !

Dites-moi que je rêve, que je vais ouvrir les yeux et me réveiller, dans mon lit.

L'effervescence autour d'elle lui sembla tout à coup totalement surréaliste. Judith pivota, vacillante. Les troupes achevaient de contrôler leur équipement. Un soldat d'élite vérifiait ses deux revolvers Glock 26,9 mm, semi-automatiques, modèle subcompact, capacité 12 coups chacun, qu'il glissa dans leur étui de part et d'autre de ses hanches. Des snipers et des membres des Forces spéciales d'intervention égyptiennes sortaient des Jeep en contrebas, munis d'armes de poing et de fusils d'assaut.

Une rafale de vent chaud, inattendue, confirma à Judith qu'elle se trouvait bel et bien en vie, ici et maintenant. Elle voulut protester lorsqu'elle sentit que l'on glissait une ceinture autour de sa taille, non sans une certaine brutalité. Elle contemplait la cime des collines, ces crêtes brunes et orange, déchiquetées sous le ciel bleu, quand surgit devant elle l'un des responsables de l'opération — opportunément baptisée *Act of God*. Quinquagénaire au teint mat, crâne rasé, le capitaine la transperça du regard. Il vérifia l'ajustement de la ceinture et du gilet, puis sortit un revolver qu'il lui tendit avec autorité.

Judith écarquilla les yeux, et le regarda en hochant la tête, incrédule. Il s'exprima dans un anglais approximatif.

— *For your own safety !* Il est hors de question que vous entriez tant que la zone n'est pas sécurisée. Vous resterez à l'abri en attendant notre feu vert… mais on ne sait jamais. Il va y avoir du mouvement, ma sœur. Et je préfère savoir que vous pouvez vous défendre, même si vous campez à cinq cents mètres du site. Nous nous ferons signe quand le terrain sera dégagé !

Judith aurait aimé lui expliquer qu'elle n'était pas plus bonne sœur que lui… mais ce n'était visiblement ni le lieu ni l'heure. Il savait qu'elle était envoyée par le Vatican, ce qui, dans l'esprit du capitaine, suffisait à faire d'elle une religieuse. Le militaire montra à Judith de quelle manière faire sauter le cran de sécurité, armer le revolver et tirer. Elle se mit à trembler. Voyant qu'elle était incapable de saisir la crosse de l'arme, il se contenta de la glisser à sa ceinture, dans l'étui prévu à cet effet, sans lui demander son avis. Puis il ajouta :

— Ne vous inquiétez pas. Nous avons l'habitude de ce genre d'opérations.

Act of God.

Non loin, on continuait de déballer l'arsenal d'assaut d'un camion bâché. Judith sentit des frissons lui parcourir le dos. De la sueur perlait à son front. Elle mourait de chaud. Elle crut qu'elle allait vomir. À présent le capitaine donnait ses ordres et des grappes de soldats, les jumelles à la main, se dispersaient pour gagner leurs positions respectives — sur la falaise voisine, en surplomb de la petite palmeraie, ou sur la crête de la colline, d'où l'on pouvait voir le site. Le reste des troupes récapitulait les procédures et les étapes de l'assaut. Judith resta ainsi un moment, livide, saisie de vertige. Revenant vers elle, le capitaine lui demanda de déposer dans une simple boîte en carton ses effets personnels — ses papiers, le crucifix d'argent, ainsi que son téléphone portable.

Judith ôta sa croix, abandonna son portefeuille et fouilla avec difficulté dans sa poche, sous son gilet, pour se saisir de l'appareil. Son casque tomba légèrement au-dessus de ses yeux. Soudain, comme par un fait exprès, le mobile sonna. Judith sentit son cœur bondir dans sa poitrine. Elle identifia le numéro et fit un signe au capitaine.

Elle alluma le portable et, d'une voix blanche, dit son nom : *Judith Guillemarche*. En son for intérieur, elle pensait : *Oui, je m'appelle Judith Guillemarche... et Dieu du ciel, je n'ai rien à faire ici !* Elle entendit alors — lointaine, si lointaine ! — la voix de Dino Lorenzo, le directeur des Collections du Vatican.

— Judith ? Où êtes-vous ? Tout va bien ?

Le silence sembla prendre possession de toute la vallée. Judith ne perçut plus que le vent, et sa caresse brûlante sur ses joues. Elle avait les lèvres sèches. Le monde était en suspens. Puis, d'un coup, le capitaine donna le signal du départ. Les quarante soldats qui se trouvaient encore là s'animèrent en même temps. Ils montèrent dans leurs véhicules en s'encourageant mutuellement. On entendit vrombir les moteurs, et des volutes de poussière s'élevèrent vers le ciel.

Deux militaires la pressaient d'avancer à son tour en lui saisissant les bras et, tandis que le paysage dansait devant elle, Judith hurla dans son portable :

— Dino ? ... Ça ne va pas ! *Ça ne va pas DU TOUT !*

Le capitaine lui arracha le téléphone des mains.

Oh mon Dieu mon Dieu ce n'est pas possible, NON !

Ses yeux s'agrandirent d'horreur.

Il était trop tard pour reculer.

PREMIÈRE PARTIE
Le testament de Longinus

1

Tertre du Golgotha

Ecce virgo in utero habebit et pariet filium et vocabunt nomen eius Emmanuhel quod est interpretatum Nobiscum Deus.

Matthieu (I, 18-24),
Bible de Jérusalem.

C'était un vendredi. Le ciel d'abord se déchira de couleurs ; puis un voile trouble se répandit par tout le firmament. Dès onze heures, les nuages commencèrent à s'amonceler sur le Golgotha. De part et d'autre de la colline, mille personnes s'étaient assemblées pour assister au spectacle. Il dura presque tout le jour.

Maintenant s'achevaient les heures épouvantables.

Un piton de six mètres couronnait le tertre. Sur cette croix qui semblait déchirer le crépuscule, minuscule sous la voûte sombre, morne flèche pourtant si acérée, Il était là, la tête baissée et les bras écartés. Ses jambes, collées l'une à l'autre, décrivaient un angle bizarre.

Ecce Homo. Voici l'Homme.

Longinus regarda le crucifié. Il semblait l'attendre, silhouette découpée à l'ourlet noir de l'éther, devant les montagnes aux contours sarclés de lumière blafarde. Le légionnaire portait le casque, le bouclier et la cuirasse, dessus sa tunique rouge sanglée de cuir, ses jambières et ses sandales poussiéreuses. Il avait remisé sa grande épée et son javelot ; un poignard pendait à son côté gauche. En digne représentant du proconsul Pilate, mais aussi de la garde du Temple dont il était l'un des bras armés, il chevauchait avec la lance, symbole du pouvoir d'Hérode Antipas.

Toi, lance d'Hérode Antipas ! Flèche du tétrarque et des proconsuls ! Emblème de la toute-puissance de cette autre déesse du monde — Rome la Grande !

La lance était assez lourde au bras du légionnaire. Pourvue d'une pointe de métal particulièrement affilée, elle mesurait plus d'un mètre cinquante. Malgré l'absence de soleil, son manche noir semblait luire de reflets opalescents. Elle était composée de plusieurs tiges que l'on ajustait les unes aux autres ; repliée, elle ressemblait à un gros bâton. Longinus la soupesait, la faisant glisser sur sa paume comme pour assurer sa prise. Le fer vulnérant était enchâssé dans un maillon couleur de glace. À la base, deux barbes mobiles et tranchantes, crantées de fines arêtes d'argent, s'ouvraient sitôt qu'elle transperçait quiconque avait le malheur de s'y embrocher. Au milieu du manche, la figure d'une aigle impériale dessinait une boucle, et ses ailes faisaient deux saillies de part et d'autre de l'arme. Six anneaux d'or ceignaient ce symbole, trois au-dessus de l'aigle, trois au-dessous. Deux autres se trouvaient en son extrémité inférieure, d'où semblaient jaillir des voiles légers, qui tombaient de l'instrument en une langue bifide. Longinus l'avait pointée haut dans le ciel ; à présent, tout en continuant de chevaucher sous les nuages lourds, il la calait sous son aisselle.

Lui qui d'ordinaire avançait fièrement sous les ordres de son capitaine faisait maintenant front à la tempête avec ses camarades. Le tourbillon les saisit sitôt qu'ils eurent passé la porte d'Éphraïm. Derrière eux suivaient six bourreaux, portant échelles, bêches, cordes et masses de fer à section triangulaire, destinées à rompre les jambes des condamnés. Alors qu'il approchait des trois crucifiés, courbés sous le voile sombre, Longinus sentit la confusion le gagner.

Son visage se rembrunit tandis qu'il songeait à ce qui l'attendait. Les traits anguleux, le regard affecté d'un léger strabisme, il était souvent l'objet des moqueries du centurion Abénadar et des capitaines, mais aussi de ses subordonnés. Originaire de Cappadoce, il avait connu de nombreuses affectations avant de se retrouver en poste à Jérusalem. Appartenir à la garde du Temple, lorsque l'on connaissait la splendeur de ce monument au pavement d'or et au pinacle de marbre, n'était certes pas la pire des situations. Rien n'était plus beau, au matin, que cette brume mauve qui se levait au-dessus des monts de Moab, et accompagnait la course du soleil jusqu'à déposer sa caresse au fronton du sanctuaire. Du moins, lorsqu'il faisait beau — pas en ce jour de ténèbres. Bien qu'il eût à peine dépassé vingt-cinq ans, Longinus avait déjà vu, au cours de sa vie, nombre de violences et de méfaits. Et il n'ignorait pas qu'ici la situation politique était d'une rare complexité. Dans cette terre où abondaient les prophéties, et où l'on guettait jour après jour la venue du Messie, la tâche de faire respecter l'ordre était des plus redoutables.

Il avait entendu parler de ce Jésus de Nazareth avant d'assister, ce jour même, à une partie de son calvaire. Certains pensaient qu'il était vraiment le fils d'un dieu. On disait de lui qu'il se moquait des richesses et des honneurs. Il avait fait la leçon aux marchands du Temple et aux religieux du Sanhédrin. Sur les montagnes il avait rassemblé des nuées, qui venaient écouter sa parole. On racontait encore qu'il avait accompli des miracles, changé l'eau en vin, multiplié les pains, rendu la vue à des aveugles et leurs jambes à des paralytiques… Tout cela était-il vrai ? Longinus n'en savait rien. Peut-être cet homme n'était-il qu'un affabulateur, un révolutionnaire dangereux, ou simplement un charlatan, comme le soutenaient ses détracteurs. Pourtant, le légionnaire le trouvait différent des autres. Lors de la procession qui avait accompagné son martyre, à aucun moment il ne l'avait entendu se plaindre, ni appeler à la violence. Il avait accepté son supplice sans faillir — la croix, les épines et le manteau pourpre, les pierres et les quolibets, jusqu'à sa crucifixion. Peut-être était-ce cette énigme qui, entre toutes, avait le plus marqué Longinus.

Il ne pouvait le nier : lui, le légionnaire impitoyable, avait ressenti une émotion singulière en voyant ce Nazaréen au charisme inattendu vaciller ainsi sous la douleur, et s'obstiner à rendre grâces à ce dieu qu'il appelait *Mon Père.* Était-ce… de la compassion ? En tout cas, dans cette foi qui faisait braver à ce prétendu Messie les pouvoirs du monde entier, Longinus avait trouvé une ardeur qui enflammait son zèle. Mais pas son zèle de soldat. Il avait plutôt eu le sentiment d'être rendu à une autre forme de grandeur. Au milieu de la foule hurlante, il s'était même surpris à éprouver de la honte. Honte de se trouver complice par obligation d'une exécution qui lui semblait bien hâtive. Honte d'avoir honte aussi : car lui, Longinus, restait soumis aux ordres de Rome. Il avait failli se précipiter pour aider le supplicié, lorsqu'il était tombé à genoux. Il aurait voulu lui donner à boire, ainsi qu'il le réclamait. Rome ou pas, Temple ou pas, cet homme méritait le respect. Et, bien que cela heurtât vivement ses habitudes, Longinus ne pouvait ignorer le malaise profond que ce spectacle avait fait naître en lui.

Quand ils arrivèrent sur le tertre, les proches de Jésus s'écartèrent. Quelques soldats, appuyés au terrassement de la butte, lances fichées en terre à côté d'eux, s'entretenaient avec leurs camarades situés en contrebas. Les saintes femmes prièrent Jean de demander aux soldats que l'on s'occupât d'abord des deux larrons. La butte était si étroite qu'il était difficile d'y monter avec les chevaux. Longinus et les soldats descendirent. Les bourreaux préparèrent les échelles pour se hisser à la hauteur des deux brigands.

Soudain, alors qu'il entendait les os craquer, Longinus eut peine à refréner un haut-le-cœur. Certes, il était soldat romain, et les crucifixions étaient monnaie courante à Jérusalem. Mais jeter quotidiennement les corps des criminels dans des fosses déjà empuanties par les cadavres de la veille était une tâche des plus répugnantes. Chaque fois qu'il était investi de cette mission, Longinus en appelait à son sens du devoir et à sa certitude de la justesse de l'autorité romaine pour se barder d'une indifférence provoquée. Il se forçait à ne pas y penser, allant jusqu'à se garder de respirer, peut-être pour évacuer son dégoût — et surtout, ne pas réfléchir au sens exact de ses gestes. Bientôt, les deux larrons seraient traînés à leur tour au fond de la vallée, entre le Calvaire et le mur de la ville, pour y être ensevelis avec les condamnés.

Pour le moment, les bourreaux leur brisaient les bras, au-dessus et au-dessous des coudes, au moyen de leurs masses tranchantes. Les brigands poussèrent des hurlements, qui glacèrent le sang du légionnaire — puis des gémissements étouffés. On leur rompit ensuite les cuisses et les jambes. Longinus entendit l'éclat des fémurs et des tibias, les coups de barre de fer qui leur enfonçaient le torse, et le bref ahanement poussé par l'un des siens, qui transperçait les corps de part en part pour s'assurer de leur mort. On délia les deux cadavres sans cérémonie. Ils tombèrent à terre.

Alors, tous se tournèrent vers lui.

— Eh bien, Longinus, qu'attends-tu ? Occupe-toi de l'autre !

Ce corps devait faire l'objet d'un traitement particulier. Un homme du nom de Joseph d'Arimathie avait obtenu de Pilate que l'on ne brisât pas ses membres. Maintenant, il revenait à Longinus de s'assurer que le crucifié était bel et bien mort. Le légionnaire donna un coup de poignet, faisant remonter la lance le long de sa paume moite. Il peinait à partager l'enthousiasme de ses camarades. Était-ce seulement l'effet des grains de sable qu'il avalait, à cause de cette maudite tempête, et de ce vent qui ne cessait de hurler à ses oreilles ?

La gorge nouée, il avança, gravissant le tertre.

Le crucifié était devant lui. Son ombre le dominait.

Longinus avança encore.

Il est déjà mort !

Souvent, les condamnés ne rendaient l'âme qu'au bout de deux ou trois jours. Mais l'intensité du martyre physique et émotionnel du Nazaréen, l'angoisse aiguë qu'il avait éprouvée dans cette confrontation ultime avaient provoqué sa mort en moins de cinq heures et demie. Longinus s'en trouvait soulagé. Il n'aurait pas à ôter la vie à cet homme en lui portant le dernier coup. Cette idée, curieusement, lui était tout à fait intolérable.

— Il est déjà mort ! dit-il en se tournant vers les autres, s'efforçant de cacher son soulagement.

— En es-tu bien sûr ? insista le capitaine de la garde.

— Allons ! Finissons-en ! dit un autre.

Longinus serra les dents. Il maugréa, puis mima un sourire.

Il se tourna de nouveau vers la dépouille.

Alors, il prit une inspiration, assura son appui et, fléchissant légèrement sur son genou pour compenser la pente du tertre, les deux mains serrées autour de la lance… il porta un coup net. Ferme. Précis. Comme on le lui avait appris.

Mille fois déjà, il avait répété ce geste.

Ses bras se détendirent vers le haut, sur presque toute leur longueur. Il grimaça lorsque la pointe de la lance déchira la peau pour pénétrer dans le flanc droit. Les barbes aux crans argentés se déployèrent à ce contact. Puis l'arme s'enfonça profondément, jusqu'au cœur. Frappant en contrebas, le légionnaire l'avait fait passer sous les côtes, dans l'abdomen et les organes vitaux, sans briser aucun os. Sous l'effet du coup, la dépouille remonta légèrement sur sa croix ; ses épaules se raidirent.

Alors, se demanda Longinus, *es-tu mort, es-tu bien mort ?*

Oui, Jésus était bien mort, mais l'assaut de Longinus produisit sur la dépouille un simulacre de spasme ; la tête du crucifié bascula vers le légionnaire de façon imprévue. Il avait la bouche ouverte, et soudain…

Cet instant resterait à tout jamais dans sa mémoire.

Le Christ ouvrit les yeux.

Oh, cela avait été bref, si bref. Les paupières s'étaient ouvertes, puis refermées.

Longinus avait croisé son regard mort, et avait cru, l'espace d'une seconde, qu'il était bel et bien en vie — ou revenu de l'au-delà.

Il fut saisi de sueurs froides. Il était maintenant troublé au-delà de tout. Et cette honte, tenace, qui revenait le tarauder…

Il tremblait. Il peina à retirer la lance, comme si la chair lui résistait. La pointe était ruisselante de sang et de particules de peau. Mais il y avait autre chose…

Le légionnaire fronça les sourcils. De *l'eau* ? De l'eau coulait de la lance, mêlée au sang, depuis le flanc du Christ ! C'était impossible ! Il n'osa y porter les doigts… De nouveau, il leva les yeux vers la dépouille. Derrière lui, ses compères venaient le rejoindre. Ils lui donnèrent une tape d'encouragement dans le dos, qu'il reçut avec surprise, et une joie feinte. La satisfaction du devoir accompli… Non loin, sous le promontoire rocheux, à l'abri du vent, les femmes en deuil le regardaient en silence.

Longinus tremblait de plus belle.

Était-ce un songe ? Le Christ, lui, semblait maintenant comme reposé.

Ses traits étaient étrangement détendus.

Par tous les dieux… et si… et si c'était vraiment Lui ?

Longinus recula de quelques pas, se sentant vaciller dans son corps et dans son âme. Ses pieds se dérobaient, son esprit flanchait.

— Eh bien, alors ! gronda le capitaine de la garde, en riant toujours. On dirait que tu as vu un fantôme !

Il fut incapable de donner le change.

Sous le promontoire rocheux, la mère de Jésus était là, qui le regardait aussi. Ils se dévisagèrent. Longinus se sentit un instant plonger dans ce regard profond, dont la prunelle noire, ouverte sur l'abîme, semblait pourtant éclater en semis d'étoiles. Il eut même la brève impression qu'il ne s'appartenait plus, comme si son être tout entier s'y trouvait soudain absorbé, englouti. Il détourna les yeux, la gorge nouée.

Bientôt, la croix demeura seule, gardée uniquement par quelques soldats, dont Cassius Longinus. Les serviteurs de Joseph d'Arimathie, qui devaient préparer le tombeau, montèrent au Golgotha pour annoncer à Marie et ses amis que leur maître avait obtenu de Pilate le corps du crucifié, et l'autorisation de l'ensevelir dans un sépulcre neuf. Jean et les saintes femmes se rendirent à la ville pour que Marie puisse se reposer sur le mont Sion. Longinus fut chargé de demeurer sur les lieux jusqu'à ce que le corps fût évacué du tertre. Il se posta en retrait et, rompant avec sa contenance hiératique, s'assit sur un rocher, sous le promontoire où Marie elle-même se tenait quelques instants plus tôt. Sa main serrait nerveusement une lanière de cuir, qu'il passait son temps à enrouler et à dérouler. Il défit la sangle qui lui comprimait le menton et ôta son casque. Il le posa sur un rocher, plongeant la tête entre ses mains.

La bouche à demi ouverte, il regardait fixement devant lui.

Allons, soldat ! Tu ne vas tout de même pas te mettre, toi aussi, à croire à ces fariboles ? Il hochait la tête sans comprendre. Les réflexions les plus contradictoires se disputaient en lui. Longinus se voyait là, assis dans la poussière comme un idiot, enveloppé de sa cape devant le tertre du Golgotha, redoutant soudain de se retrouver étranger à lui-même. Pourtant, c'était comme si… tout avait été préparé pour cet instant. Il luttait, traversé d'émotions qu'il ne parvenait pas à dominer, et refrénait le tremblement lancinant qui s'emparait de lui. Sa tête lui faisait mal. *Avons-nous vraiment tué… un Messie ? Était-ce LE Messie ?* Tantôt, il repoussait cette idée, laissant échapper un rire incrédule ; tantôt, il était saisi d'horreur à la pensée de ce qui venait de se produire. Avait-il offensé les dieux ? Les dieux… *Le* Dieu ?

Que lui arrivait-il ?

Il tenta de rassembler ses esprits.

Des bribes lointaines de ce qu'on lui avait raconté lui revenaient. Ces discours sur le salut des hommes… Ces sermons dont on lui avait parlé… *Je suis l'Alpha et l'Oméga… Les premiers seront les derniers…* L'évocation de ce Royaume des Cieux, à la fois beau, obscur et poétique, qui accueillerait à tout jamais les justes et les âmes en peine… Longinus avala sa salive avec difficulté. Et ces yeux, lorsqu'il lui avait assené son coup de lance ! Au souvenir de ce bref instant, comme échappé d'un mauvais songe, le questionnement du légionnaire prenait un tour plus angoissant encore. *Sera-t-il dit que j'aurai, moi, porté le dernier coup au Messie ? Dans cette journée de douleur, aurai-je été le dernier, entre tous, à lever la main sur lui ?* Et, bien qu'il s'en défendît encore, cette idée lui était insupportable.

Depuis qu'il était membre de la garde du Temple, il n'avait eu de cesse de servir fidèlement le pouvoir. Il avait frappé, battu, giflé des hommes et des femmes, pour que soient respectés l'ordre et la *Pax romana.* Longinus n'était pas particulièrement fort, mais certes de haute stature, et habile à manier le javelot, malgré sa vue difficile. Il avait toujours mis un point d'honneur à ne pas sembler inférieur aux autres. S'il lui était arrivé de laisser libre cours à la violence et d'être traité de brute, il n'avait jamais tué. Du moins, si ce n'était pour achever les condamnés, comme aujourd'hui. Il abrégeait les souffrances des suppliciés. Une mission presque noble. Et puis, quoi ! Un soldat était un soldat ! Sa vocation, *sa fonction* était de faire la guerre. Depuis quand fallait-il discuter de telles évidences ?

Longinus n'avait-il pas vu l'aigle d'or de l'Empire éclater sous le soleil, devant le Colisée ? N'avait-il pas vu César défiler sous ses yeux, face à ces nuées qui valaient mille fois la plèbe de Jésus, cette populace rassemblée sur la montagne pour écouter leur prophète ? Quand bien même il aurait tué mille personnes de ses mains, il n'aurait fait que son devoir !

Oui, mais ici, maintenant… de quelle guerre parlait-on ? *Peux-tu me le dire, Longinus ?* se demandait-il. *De quelle guerre est-il question, exactement ?*

Le légionnaire se dressa brutalement, les poings serrés, le visage défait.

— Il était mort ! s'écria-t-il, tout seul, et il craignit un instant d'être entendu par ceux qui se trouvaient encore là ; mais pas un ne le regarda, ni ne bougea.

Tu m'entends ? se répéta-t-il en lui-même, comme pour se convaincre. *Il était déjà mort ! Tu l'as bien vu, tu l'as dit toi-même !* Son regard, à présent, était injecté de sang. Ses traits se creusaient sous l'effet du sable et de la tempête. Son teint tout entier semblait avoir changé. Il avait soudain la face d'un ermite, d'un homme du désert. Il ne parvenait pas à se calmer. Et lui qui n'était pas habitué à tant de questions, lui qui toujours s'en était remis aux autres pour prendre les véritables décisions de commandement, se demanda, pour la première fois de sa vie : *Bien. Et, maintenant, que faut-il que je fasse ? Quelle devrait être ma juste décision ?*

À ce moment, il les vit arriver.

Marie ouvrait la marche. La procession avançait, droite et solennelle, sans prononcer une parole ; et cette vision donna à l'âme du légionnaire, nouvellement rendue à sa fragilité, le coup de boutoir qui acheva de le bouleverser. Lentement, il se leva et se frotta les yeux. Tandis que Longinus marchait à la rencontre du centurion Abénadar, son chef, qui s'approchait lui aussi, ses membres lui parurent d'une lourdeur infinie.

Non loin, Joseph et Nicodème montaient aux échelles, pourvus d'un large drap auquel étaient fixées trois solides courroies. Ils lièrent le corps de Jésus, passant les sangles sous les aisselles et aux genoux, puis autour des bras, s'aidant de linges qui retenaient fermement la dépouille contre les traverses. Ils expulsèrent d'abord les clous des poignets, puis celui qui avait servi à transpercer ses pieds. Pendant ce temps, Longinus faisait à Abénadar un rapport monocorde, d'un air distrait. Il peinait à détacher ses yeux de la scène, sa tête se tournant sans arrêt dans cette direction. Soudain, au beau milieu d'une phrase, Abénadar eut la surprise de voir Longinus le quitter pour avancer vers la croix d'un pas déterminé.

Il recueillit les clous un à un, le cœur battant, sans comprendre lui-même tout à fait ce qu'il faisait, et alla les déposer aux pieds de Marie.

La mère du Sauveur lui adressa un regard triste et reconnaissant.

On descendit le cadavre avec le drap, de degré en degré, jusqu'à toucher le sol, avec émotion et respect, comme si l'on craignait de le faire souffrir encore. On lui ceignit les reins d'un linge qui l'enveloppait de la taille aux genoux. Les hommes prirent un mouchoir pour lui éponger le front… puis le déposèrent dans les bras que sa mère tendait pour le recevoir. Longinus se mit de nouveau en retrait, tremblant, sourd aux admonestations d'Abénadar.

Il regardait Marie, le cœur chaviré.

Des images, des souvenirs se bousculèrent alors en lui, et à demi-mot il crut saisir une partie du mystère. Était-ce parce que lui-même avait vu mourir la femme qu'il aimait, et sa petite fille, avant de quitter la

Cappadoce ? La tristesse qu'il avait éprouvée alors revenait le hanter, tourbillonnant en images confuses. Une main levée, un visage blessé — des images qu'il avait toujours cherché à oublier. Et voici que, de la façon la plus insolite, elles se confondaient avec la scène présente, et qu'il y trouvait un lointain écho à sa propre histoire. Longinus imaginait à présent tous les éclats de souffrance du monde tomber en pluie autour d'eux et, dans cette vision inattendue, percevait comme un irrésistible appel à la rémission et au soulagement.

Il regardait Marie et cherchait à percer son secret — car sur cette femme également, des légendes avaient couru. On disait qu'elle avait été visitée par un ange du ciel alors qu'elle avait à peine quinze ans. Elle, visitée par un ange, et fécondée par… personne ! Ainsi aurait-elle porté le fardeau de la terre, au beau milieu du désert ! *Ecce virgo in utero habebit et pariet filium et vocabunt nomen eius Emmanuel quod est interpretatum Nobiscum Deus. — Voici que la Vierge concevra et enfantera un fils, et on l'appellera du nom d'Emmanuel, ce qui se traduit : Dieu avec nous.* Un enfant sans père… Était-ce possible ?

Elle était assise sur une couverture, étendue à même la roche et le sable. Derrière elle, on avait disposé des manteaux. Les hommes déposèrent le corps de Jésus sur un grand linge qu'elle avait déployé sur son giron. La tête du crucifié reposait sur ses genoux, soutenue par un coussin. Maintenant, les yeux voilés de larmes, elle le caressait, le couvrait de baisers en pleurant et en souriant, lui murmurant à l'oreille des paroles inconnues. Des choses chuchotées pour lui seul, des souvenirs de Bethléem et de Nazareth en Galilée. Dans cet instant où elle serrait son enfant contre son cœur, elle se remémorait sans doute les images et les sensations de sa naissance, de ce nourrisson qu'elle avait étreint autrefois, sous le regard des rois, par une nuit de légende. Était-elle l'Élue, la Porte du Ciel, l'Étoile du Matin ? Elle avait porté son fruit comme un champ fertile, mais aujourd'hui son fils était là et elle le voyait défiguré. Elle regardait ses plaies largement ouvertes et frémissait de toute sa chair.

— Ils t'ont fait du mal, ô mon fils, tant de mal…

Elle le caressait encore, les joues inondées de pleurs. Ses mains tremblantes recouvraient ses paupières, effleuraient son front, jouaient avec ses cheveux. À un moment, elle releva le visage et croisa de nouveau le regard de Longinus.

Interdite, elle considéra brièvement ce soldat, raide et pâle devant elle ; entre eux, les larmes s'épanchaient comme un voile.

Puis les yeux de Marie semblèrent s'illuminer d'une lueur inconnue.

Lorsqu'elle baissa ses longs cils, Longinus sut ce qu'il avait à faire.

Il regarda la lance, qu'il avait toujours avec lui. La lance maculée de ce sang que, plus loin, Joseph d'Arimathie recueillait à son tour, dans un vase rouge liséré de bleu. Longinus avait emmailloté la pointe de l'arme dans un linge humecté de produits embaumants.

Longtemps après qu'ils eurent emporté le corps, Longinus s'accroupit de nouveau et resta plusieurs heures sans bouger. Dans un froissement de voile, Marie s'était levée et avait quitté les lieux. Il ne la reverrait jamais plus.

Le légionnaire écouta les silences et les grands bruits de son âme.

La croix avait été abattue ; le Christ enseveli ; et Longinus regardait encore le Golgotha. Les rares passants se demandaient ce que faisait là ce soldat romain, entre la fosse aux criminels, le tertre, les tombes et les oliviers. Il semblait absent au monde.

Était-ce l'effet de son émotion, ou sa vue avait-elle réellement retrouvé toute son acuité ? Il avait maintenant le sentiment d'y voir clair. D'y voir comme il n'avait jamais vu.

L'Esprit de Dieu était passé.

Il finit par se lever.

Quelque temps plus tard, Longinus déserta l'armée romaine. Il emporta la Lance. Lorsqu'il apprit ce que l'on disait à Jérusalem — que le Christ était sorti du tombeau — cela ne fit que renforcer sa conviction : il ne s'était pas trompé. La Lance était désormais sacrée. Elle ne pouvait tomber en de mauvaises mains. Elle devait être offerte à Dieu. Ainsi mit-il à exécution son projet de la dissimuler dans les profondeurs d'une chapelle consacrée, en un endroit proche de celui où le Nazaréen avait grandi.

Ce fut là le premier cérémonial, l'un des premiers rituels sans doute, et l'une des premières communions. Il enveloppa la Lance avec un soin et une délicatesse infinis. Au seuil d'une obscurité froide, sous les voûtes d'une pierre muette, la brute tomba lourdement sur ses genoux. Longinus formula alors une prière maladroite, les bras ballants, le visage interloqué, son corps oscillant légèrement d'avant en arrière. Lui ! Lui, le légionnaire romain — voici qu'il priait devant son offrande, qu'il priait pour le salut du monde !

Le mystère devait être à jamais conservé. Seule une poignée d'hommes en seraient avisés. Ils feraient le serment de ne pas chercher à s'emparer de la relique, ni de dévoiler le secret de la chapelle où elle se trouvait.

Avant de retourner en Italie, où il devait expirer des années plus tard, le légionnaire fit dans le plus infime détail le récit de sa conversion, et de ce qui lui était arrivé ce soir-là au Golgotha. Encore tourmenté par son geste, habité par le souvenir de cette Lance lacérant les chairs du Christ, il se sentit le devoir de témoigner de la révolution de son âme, et de ces instants qui n'avaient cessé de le hanter. Peut-être y vit-il une forme d'exorcisme. Les yeux incandescents, il fit consigner son récit sur des rouleaux de parchemin, rédigés en grec.

Cela lui prit cinq jours et six nuits. Lui qui n'avait jamais rien écrit se confia avec des accents de folie, livrant son témoignage en holocauste, libérant son énergie dans des spasmes, au point de sentir sa tête s'enflammer, se faisant lire et relire le fruit de cette confession, le regard étourdi et fatigué, souriant, s'énervant, hurlant jusqu'à l'hallucination, jusqu'à toucher le feu du ciel — et enfin, il retomba, revenant à une paix vivante, voisine de l'absolue félicité.

La paix.

Il donna ses parchemins à des Juifs amis de Jésus, leur confiant également les prophéties que sa retraite au désert avait fait naître en lui. Il indiqua, dans ces mêmes parchemins, l'endroit où il avait choisi de cacher la Lance. Ses textes, en guise de testament, furent conservés à l'abri du saint des saints, au cœur du Temple de Jérusalem, au pied duquel il avait officié pendant toutes ces années.

Quant à la Lance, elle demeura au secret, emmaillotée et entourée de roseaux. En signe de repentance et de soumission… mais pas seulement.

Longinus l'avait abandonnée à la puissance souveraine du Christ.

Au cas où, peut-être, il reviendrait, et voudrait s'en saisir.

Quand elle retrouverait son seul, vrai et digne porteur, au Jour final.

2

Vatican, basilique Saint-Pierre et palais pontifical, 2006
Sanctuaire de Meggido, 2006
Via Veneto, 2006

A-t-on vraiment retrouvé le Tombeau de saint Pierre ?... La réponse est oui.

Allocution radiodiffusée du pape Pie XII,
23 décembre 1950.

Les premiers feux de l'aurore naissante se découpaient en rais tranchés sur le dallage marqueté de marbre de la basilique Saint-Pierre.

Je vous salue Marie, pleine de grâce... Judith se tenait agenouillée, les mains jointes, au cœur de la nef. Elle portait ce qu'elle appelait sa « tenue réglementaire » : chemise blanche, jupe noire au-dessous des genoux, collants et ballerines plates, crucifix d'argent autour du cou. L'ensemble n'était pas des plus séduisants, mais elle gardait ses fantaisies pour d'autres heures, lorsqu'elle quittait l'enceinte du Vatican. Ici, elle s'autorisait seulement une pointe discrète de maquillage. *Le Seigneur est avec vous...* Judith sourit en contemplant les voûtes de la coupole, à une heure où la basilique n'était pas encore ouverte au public.

C'était là l'un des nombreux privilèges liés à la fonction qu'elle exerçait au Saint-Siège depuis maintenant six ans. Celui, par exemple, de se retrouver ainsi au seuil de l'aube, seule dans le silence d'un tel monument. On disait que l'endroit pouvait contenir soixante mille personnes : en vérité, il convenait mieux à la pompe grandiose des cérémonies qu'à l'intimité de la prière… *Vous êtes bénie entre toutes les femmes, et le fruit de vos entrailles est béni.* Perdue au milieu de cette forêt de colonnes, la jeune femme goûtait la légendaire majesté qui caractérisait le sanctuaire. *Sainte Marie, mère de Dieu, priez pour nous, pauvres pécheurs…* Non loin, dans la chapelle latérale, la *Pietà* de Michel-Ange semblait vibrer en ses volutes tranquilles. Marie, tête voilée et penchée, soutenait son fils au sortir du supplice, approchant ce visage souffrant de son sein chaleureux. Depuis que la statue avait été agressée par un déséquilibré, la Vierge avait le nez cassé, et était protégée par une vitre blindée. *Maintenant, et à l'heure de notre mort…* En face, Judith pouvait voir cet étonnant baldaquin surplombant le maître-autel, dont le modèle des colonnes torses avait gagné jusqu'aux églises les plus reculées de la chrétienté catholique. Dans l'abside, le siège de saint Pierre rayonnait sous le soleil du Saint-Esprit.

Judith fit un signe de croix.

Amen.

Elle se redressa, et mille souvenirs semblèrent se déployer en elle comme autant de fleurs.

Sept ans plus tôt, devant cette même basilique, elle avait assisté à la consécration de l'ancien cardinal Spinelli di Rosace. Elle se souvenait… et son sourire s'accentuait. Elle revoyait ces centaines de milliers de personnes rassemblées devant la basilique, du portique semi-circulaire jusqu'au bout de l'avenue de la

Conciliation, guettant la fumée blanche qui, par-dessus le dôme de Saint-Pierre, annonçait la décision des cent vingt cardinaux réunis en conclave. Les deux tiers, plus une voix. Elle revoyait les drapeaux déployés, les icônes brandies, les bibles et les branches de laurier, et cet enfant qui grimpait sur un lampadaire. C'était lui qui, ainsi juché sur son perchoir improvisé, avait repéré le premier la *sfumata*, tendant le doigt vers l'azur. La foule avait été parcourue d'une onde électrique. Peu après, Leonardo Spinelli di Rosace, fait pape en ce jour, était apparu au balcon, portant l'anneau du Pêcheur et la tiare aux Trois Couronnes.

Il avait choisi le nom de Clément XVI.

Judith prit une inspiration en se remémorant le chemin qu'elle-même avait suivi. Depuis les aventures qui l'avaient conduite dans les profondeurs de la crypte de Notre-Dame-Sous-Terre[1], au Mont-Saint-Michel, où elle avait retrouvé l'antique menora, elle avait dépassé la trentaine. Elle travaillait aujourd'hui en tant que « chargée de mission » ou « conseillère spéciale », sous l'autorité de Dino Lorenzo, le directeur des Collections vaticanes. Férue de recherches artistiques et historiques, elle avait complété sa formation avec Dino, qui la lançait sur toutes les affaires intéressant l'Église catholique, sur la piste des reliques et des mystères bibliques.

Il était loin le temps où, simple étudiante en histoire de l'art, elle hésitait à s'engager dans le secret d'une austère vie conventuelle, ou à poursuivre dans la voie d'un professorat en Sorbonne, pour lequel elle n'avait aucune vocation ! Judith avait mûri. Physiquement,

---

1. Voir *Notre-Dame sous la terre*, Grasset, 1998.

aussi, elle avait changé. Ses cheveux blonds étaient coiffés plus court. Ses traits s'étaient affinés, mâtinés ici et là d'un léger pli soulignant, de temps à autre, la perplexité de son front, la fossette de son sourire, ou la saillie de sa pommette. Elle sourit, soufflant une mèche blonde qui tombait sur son front. Bien qu'elle eût renoncé à entrer dans les ordres et fût restée laïque, l'ancien cardinal Spinelli lui avait ménagé au Vatican une place toute particulière. En contribuant à l'éviction de son rival direct, le cardinal Angelico, éclaboussé par l'affaire Investa, l'un des plus graves scandales politico-financiers qu'ait connus le Saint-Siège, Judith n'avait pas été étrangère à l'accession de Spinelli à la dignité pontificale. Elle lui avait même sauvé la mise, pouvait-on dire. Et lorsqu'elle ne prenait pas garde aux élans de sa propre vanité — en réalité, elle s'en amusait plutôt —, elle se disait qu'après tout elle avait, à un moment donné, tenu entre ses mains le sort de l'Église catholique. À cette pensée, son sourire s'accentua.

Aujourd'hui, elle circulait dans les couloirs du Vatican comme chez elle. Le statut dont elle disposait était d'autant plus inhabituel que les femmes étaient peu nombreuses au Saint-Siège. Certes, quelques braves sœurs étaient affectées à des tâches telles que la cuisine, le ménage, la couture, le standard, mais ces petites souris que l'on voyait de temps à autre trotter dans les couloirs étaient très effacées. On trouvait aussi au Vatican des laïques de la Société du Christ-Roi ou de l'association des Vierges consacrées, qui, bien qu'ayant fait vœu de chasteté et de pauvreté, n'étaient pas des religieuses *stricto sensu.* D'une rare discrétion, ces dames étaient considérées comme une espèce rare, et Judith n'échappait pas à la règle. Elle pouvait passer à la fois pour une de ces laïques consacrées et pour une religieuse en civil. Mais, assurément, elle occupait ici une place à part.

Lorsqu'elle songeait à sa situation présente, Judith était heureuse de ce chemin parcouru. Seule ombre au tableau : le désert sentimental dans lequel elle se trouvait. *Ah, Judith*, se disait-elle de temps à autre, *Judith ma fille, tu me donnes parfois l'impression d'être une extraterrestre...* Elle était bien tombée amoureuse à deux ou trois reprises, s'entichant de quelques beaux Italiens... mais ces expériences n'avaient guère été concluantes. En général, elles commençaient en fanfare, pour s'abîmer dans des naufrages qui la renvoyaient chaque fois à elle-même. La nature de son travail, se disait Judith, n'y était sans doute pas étrangère. À certains égards, elle faisait peur. Était-ce vraiment le fait de son métier inattendu, de sa proximité avec les milieux ecclésiastiques, ou le produit de son indécision fondamentale — de cette douloureuse oscillation qui la portait tantôt vers Dieu, tantôt vers ses semblables, sans qu'elle pût définitivement prendre son parti ? Judith n'aurait su le dire ; mais le résultat, ou plutôt l'absence de résultat, était là. Elle habitait seule dans son petit deux pièces de la via Veneto ; et, malgré sa vie stimulante et agitée, il lui arrivait souvent de trouver le temps long.

Trois ou quatre fois par an, Judith retournait en France voir sa famille, tantôt dans le Limousin, tantôt en Normandie où ses parents avaient pris leur retraite. Eux aussi restaient interloqués de l'incroyable destin qu'avait connu leur fille. Conseillère du pape, évidemment, cela pouvait laisser songeur. *Oui...*, se dit Judith en passant une main sur son front. *Nous sommes dans deux mondes, maintenant, deux mondes tellement différents !...* Elle en éprouvait une réelle tristesse. Il lui avait toujours été difficile de communiquer avec eux.

Autrefois, ils n'avaient guère compris les motifs de son engagement. Ils étaient d'origine modeste, mais pas spécialement religieux. Leurs relations s'étaient assouplies au fil du temps. Sidérés de voir qu'elle avait fini par travailler dans la *famiglia pontifica*, le proche entourage du pape, ils l'accueillaient maintenant comme la fille prodigue. C'était ainsi.

La veille encore, elle avait eu sa mère au téléphone. Judith essayait d'expliquer la nature exacte de ses fonctions, de raconter son quotidien… Sa mère disait : *Oui, oui, ah bon* ?… en faisant mine de saisir, mais, visiblement, tout cela lui passait bien au-dessus de la tête. On lui renvoyait assez, y compris parmi les siens, qu'elle était la « catho de service ». Elle avait l'habitude. Mais ses parents étaient loin d'imaginer la nature réelle de ses doutes et de ses angoisses.

Le visage de Judith se rembrunit lorsqu'elle songea à la raison de sa venue ce matin-là.

La veille, alors qu'elle quittait le palais, elle avait reçu de Dino Lorenzo, en rendez-vous avec le cardinal camerlingue, un message rédigé à la hâte.

Le feuillet portait en en-tête les armoiries du Saint-Siège.

Chère Judith, il est urgent que nous nous voyions dès demain à huit heures, à mon bureau. Cela concerne les fouilles de Meggido. La presse n'a pas été informée des événements qui se sont produits — du moins pas encore. En dehors de nous, seuls les services secrets israéliens et l'Autorité palestinienne sont au courant. La situation est tendue. J'ai personnellement prévenu le Saint-Père immédiatement. Sachant que vous avez eu la tâche de traduire une partie des parchemins d'Akko, il souhaiterait que je vous confie le soin d'investigations plus poussées. Je sais la confiance qu'il vous porte, et vous savez que je la partage. Mais j'ai hésité à abonder dans son sens, car cette mission n'est pas sans danger. Elle intéresse directement les affaires de l'Église. Je vous en dirai plus demain.

D.L.

Judith fronça les sourcils.

Cela concerne les fouilles de Meggido...

Depuis quelque temps, un petit groupe d'archéologues mandatés par le Vatican avait en effet entamé des recherches sur le sanctuaire de Meggido, en Israël. L'équipe était pilotée par Enrico Josi, directeur de l'Institut d'archéologie du Vatican. Meggido demeurait une zone sensible en Terre sainte. On se souvenait de la grève de la faim des cent prisonniers palestiniens détenus dans la prison de la cité ; des manifestations des Femmes en noir, les *Women in Black*, apparues dès la première Intifada, contre la politique d'occupation des Territoires ; de l'attentat suicide perpétré par le Jihad islamique qui avait coûté la vie à dix-huit Israéliens, ou de la ville voisine de Djénine mitraillée par les chars et les hélicoptères. Verrou stratégique, Meggido était également proche d'une base de l'armée israélienne.

Judith et le Vatican avaient eu un mal fou à obtenir les autorisations nécessaires à l'engagement des fouilles. Ils y étaicnt parvenus en arguant du fait qu'il s'agissait d'une mission scientifique sous contrôle : le projet avait finalement reçu l'aval des services israéliens, et l'administration palestinienne en avait également été avisée. La curiosité jamais assouvie pour les mystères bibliques, fondée sur la conscience d'une mémoire partagée, avait fait le reste, et permis d'associer à l'équipe de recherches deux savants israéliens.

Depuis que les relations avaient commencé de se normaliser entre l'Église et l'État hébreu, ce type d'opérations avait plus de chances de voir le jour que par le passé. Ces collaborations n'étaient pas neuves, même si elles étaient toujours suspendues à l'évolution du contexte politique.

En relisant le message de Dino, Judith fut saisie d'une bouffée d'inquiétude. Qu'avait-il bien pu se passer à Meggido ?

Elle jeta un œil vers son sac abandonné à côté d'elle, sur un banc. Elle s'assit, essayant de dominer sa nervosité, et en sortit les documents à l'origine de toute cette affaire. Seule sous les voûtes, dans le plus grand silence, elle regarda une dernière fois les fresques de la basilique… puis elle se replongea dans son dossier, faisant appel à toute sa concentration.

Au travail.

Ce n'était pas en Israël que tout avait commencé… mais, ici même, au cœur de la basilique Saint-Pierre. Lorsque, entre 1933 et 1950, le Pr Ludwig Kaas avait mené ses travaux, dans les profondeurs de cet endroit unique où Judith venait si souvent se recueillir. *Cher professeur Kaas. Sans vous, jamais nous n'aurions retrouvé le Testament de Longinus.* Peu de gens savaient ce qui se trouvait là, sous ses pieds et ces dalles de marbre. Au fin fond de l'ancienne nécropole, sur laquelle reposaient les fondations de la sublime basilique…

C'était au Vatican que Judith avait pour la première fois commencé sa quête, si étrange, de la fameuse Lance dite du Destin, ou de la Destinée.

La photo de l'archéologue Ludwig Kaas, un brin passée par le temps — elle avait été prise en 1933 —, figurait en tête du dossier. Judith la regarda, cherchant peut-être à pénétrer le secret de cette étonnante personnalité, avec laquelle elle se sentait une obscure familiarité. Originaire de Trèves, en Allemagne, le Pr Kaas avait longuement navigué dans les méandres de l'exégèse biblique, cette Bible qu'il n'avait cessé de vouloir arracher aux sables et aux sédiments de la mémoire. Noble combat que celui-ci, à l'époque où, dans son pays d'origine, Hitler devenait chancelier du Reich et où, dans le ciel d'Europe, s'amoncelaient les nuages annonciateurs d'un nouveau crépuscule des dieux... La réputation de Ludwig avait brui jusqu'aux oreilles du pape Pie XI qui, en personne, l'avait chargé d'étudier le sous-sol et les fondations de la basilique Saint-Pierre. Il s'agissait alors de déterminer si, oui ou non, les reliques de l'apôtre s'y trouvaient enfouies. Ludwig avait ainsi engagé ses fouilles, sous la houlette multiséculaire des héritiers du saint apostolat. *Eh bien ! Moi, je te le dis : tu es Pierre et sur cette pierre je bâtirai mon Église, et les portes de l'enfer ne pourront rien contre elle.* La fameuse apostrophe de Jésus au petit pêcheur de Capharnaüm, sur les bords du lac de Génésareth, résonnait encore aux oreilles de Judith. Devenu chef de la première communauté chrétienne de Jérusalem et de Judée, Pierre avait étendu son action jusqu'en Asie Mineure, avant d'être martyrisé à Rome ; ses restes étaient enterrés ici même, sous le maître-autel de la basilique.

Le tombeau de saint Pierre. La première église du Vatican.

Les fouilles du Pr Kaas avaient permis de mettre au jour l'antique nécropole. Judith s'imaginait sans mal ce que l'archéologue avait dû éprouver en conduisant ses travaux. Le site devait alors ressembler aux écuries d'Augias. Les sépultures s'étaient entassées en strates successives. On y trouvait des sarcophages de pierre et de marbre ; des dalles de toutes sortes et de toutes tailles, semées d'inscriptions écrites en diverses langues ; des milliers d'ex-voto aux lignes brisées et à la calligraphie désordonnée. De curieuses stèles découpaient leur forêt austère en angles déchiquetés sous une voûte sans étoiles — englouties là comme un océan mortuaire, dans l'oubli et les noires profondeurs de la pierre. Le cours des siècles n'avait cessé d'accentuer cette vaste entropie, achevant de conférer à ce débarras de l'Histoire la dimension d'un musée interlope. Aux antiques tombes païennes s'ajoutaient celles de figures dynastiques du plus haut lignage : des rois, des princes et des empereurs, que côtoyaient, en toute simplicité, quelque cent cinquante papes, ainsi qu'une multitude de cardinaux et de courtisans. Voici ce sur quoi l'on marchait alors, dans les soubassements méconnus de la basilique Saint-Pierre ; sur les vestiges d'un peuple chtonien, qui semblait encore retranché dans le repli d'ombres anciennes et la fulgurance de suppliques oubliées. Tout cela au cœur d'un silence qui, s'il n'était d'or, avait le goût de l'ivoire et des marbres anciens. Le silence des grands mystères et des grands mythes, celui de tous les fantômes, dont certains remontaient avant le temps du Christ… Et de ce lieu pourtant obscur, il faisait un mausolée ardent, où l'on croyait voir soudain ressuscitées des formes glissantes à la lueur des torches qui, d'un tombeau à un autre, s'échangeaient des chuchotements étranglés.

Judith connaissait bien cette sensation.

À la mort de Pie XI, Ludwig avait été chargé par son successeur de trouver un emplacement adéquat pour le sarcophage de Sa Sainteté, au cœur même de la nécropole. En faisant déposer une lourde plaque de marbre à l'endroit dit, il manqua de provoquer une catastrophe. Dans un grand fracas, un pan entier de mur s'était effondré. Ludwig et son équipe avaient alors découvert, derrière le mur, un espace voûté qui ressemblait aux fondations d'une église ancienne. *Très* ancienne. En son cœur se trouvait un tombeau.

Ludwig ne doutait plus que ce fût là le tombeau des premiers temps.

Les archéologues s'étaient aussitôt attaqués aux travaux de déblaiement. À sept mètres de profondeur, le Pr Kaas avait identifié des mosaïques chrétiennes. L'une représentait Jonas et la baleine. Une autre, le Bon Pasteur. Une autre encore… Pierre, en pêcheur, avec sa ligne. Les signes s'accumulaient. Sur les murs et le socle du monument confiné dans le tombeau, les pèlerins des premiers siècles, venus selon toute vraisemblance honorer la mémoire de Pierre, avaient laissé leurs marques. Des offrandes en monnaie de Germanie, de Gaule, de Bretagne ou des bords du Danube jonchaient le sol. Informé de ces présomptions qui, de jour en jour, se muaient en certitudes, Pie XII lui-même était descendu dans la crypte que Ludwig avait mise au jour.

On déclencha le feu des expertises et des contre-expertises, jusqu'à ce que le doute ne fût plus permis. On décida alors de rendre publique l'une des plus extraordinaires découvertes archéologiques de l'Histoire. Là, sous les fondations de l'antique basilique de Constantin, on avait bel et bien retrouvé le tombeau de l'apôtre Pierre.

Judith toussa et porta la main à sa bouche. Sa toux avait résonné au cœur de la basilique. Elle attrapa dans son sac une paire de lunettes qu'elle chaussait de temps à autre, lorsqu'elle travaillait en bibliothèque. Puis elle se pencha de nouveau sur ses documents — car ici, le directeur des Collections lui avait communiqué une nouvelle série de photos. L'une d'entre elles portait la mention : *Sépulture du croisé d'Akko, MCCXCI.*

En surplomb du tombeau, à quelques pas de son enceinte, on avait en effet découvert une autre sépulture, noyée parmi les vestiges de l'antique nécropole. Creusée à même le mur, comme dans les anciennes catacombes romaines, celle-ci était bien modeste en comparaison des autres. À l'intérieur se trouvait un sarcophage dont le couvercle figurait un gisant en armes. Le mortier sur la tête, la cotte d'armes frappée d'une croix, le heaume sous le bras, le haubert de mailles clouées, l'écu sur le flanc gauche, l'épée reposant en travers du corps… le gisant respirait la sérénité. Sur son visage sculpté courait un vague sourire, figé pour l'éternité. Le drapé de sa cape, finement travaillé, tombait en volutes de pierre de part et d'autre du sarcophage. C'était un chevalier templier ; et lorsqu'on savait de quelle façon avait fini l'ordre du Temple, il était bien étrange de retrouver la tombe de l'un de ces chevaliers à deux pas du sépulcre de Pierre. On pouvait distinguer, gravées tout autour du socle, des formules votives rédigées en latin, telles que « Saint Pierre, priez pour nous… » « Soyez notre intercesseur auprès de Dieu… » « Pour le salut de mon âme… ». On apercevait également, aux pieds de ce chevalier anonyme, des marques coutumières, des croix, des poissons et autres symboles d'origine chrétienne. Sur son bouclier figurait une inscription discrète : *AKKO*, suivie d'une date indistincte en chiffres romains : *MCCXCI*. Si l'on en croyait les notes de Dino Lorenzo, Akko était le nom de l'ancienne Saint-Jean-d'Acre, la dernière place forte à avoir résisté à la reconquête des États latins d'Orient par les musulmans… et les Templiers y étaient effectivement restés jusque vers la date inscrite sur le bouclier : 1291.

Les notes de Dino racontaient ensuite les circonstances dans lesquelles Ludwig Kaas avait ouvert le sarcophage. Du templier, il ne restait qu'un squelette grimaçant, vêtu de lambeaux d'étoffe qui avaient dû représenter son manteau d'armes, ainsi que le haubert de mailles dans lequel flottaient les ossements nus. La décomposition avait achevé son œuvre de longue date. On retrouvait là le heaume, l'épée ébréchée et le bouclier. Et surtout, le long des côtes décharnées du chevalier, au milieu de ces restes morbides à demi dissimulés par l'ombre, Ludwig Kaas avait extrait un sac de cuir, d'environ soixante centimètres par quarante. Lorsqu'il en avait dénoué les lanières, il avait exhumé une grande quantité de rouleaux de parchemins. De rares morceaux étaient encore intacts. À peine l'archéologue avait-il tenté d'ouvrir l'un des parchemins que celui-ci tomba en pluie. Les rouleaux semblaient plus anciens que le templier lui-même.

Kaas et son équipe avaient entrepris de les soustraire au sépulcre, de façon à sauver ce qui pouvait l'être. Une équipe du Vatican les examinerait dès que possible. Mais il fallait en convenir : au regard des études menées sur le tombeau de Pierre, il était évident que les parchemins du templier n'étaient pas prioritaires. Tout au plus seraient-ils inventoriés dans l'attente d'une analyse convenable. Bien qu'ils eussent éprouvé une rare jubilation, les archéologues étaient loin d'imaginer qu'ils venaient d'exhumer le témoignage de Longinus. Ils ne pouvaient avoir la moindre idée de la façon dont ces rouleaux avaient pu être ensevelis ici, en compagnie du chevalier d'Akko.

À la veille de Noël 1950, Pie XII s'était fendu d'une allocution radiodiffusée pour annoncer au monde que l'on avait, sans nul doute possible, retrouvé le tombeau de saint Pierre. Personne n'évoqua, alors, la dépouille du templier, ni les fragments de parchemins qui avaient reposé si longtemps à quelques mètres de l'endroit où gisait l'apôtre. L'archéologue lui-même mourut en n'ayant fait qu'effleurer l'importance de sa découverte. Pourtant, de ce moment, les parchemins du croisé de Saint-Jean-d'Acre, baptisés plus tard *Testament de Longinus*, sous la référence n° 24578-B cotée XL, furent confiés aux directeurs des Collections successifs.

En l'an 2006 du calendrier chrétien, 5766 du calendrier hébraïque, Dino Lorenzo, directeur des Collections lui-même, avait à son tour exhumé les parchemins afin d'en effectuer la traduction. Et un soir, dans la Vaticane, rassemblant les premiers indices, il avait commencé à reconstituer le puzzle.

Dino s'était alors pris à espérer en l'authenticité du secret qu'il pouvait receler. Mais, débordé comme toujours, il avait chargé Judith de poursuivre la traduction de ces rouleaux. Une partie d'entre eux avait également été expédiée au père Jean-Baptiste Fombert, de l'école biblique et archéologique de Jérusalem, un spécialiste des Manuscrits de la mer Morte.

Les rouleaux, en réalité, étaient particulièrement complexes. Une première rédaction semblait avoir été effectuée en grec. À peu près à la même époque, un peu plus tardivement peut-être, deux autres écritures avaient été ajoutées, minuscules, entre les lignes, rédigées en hébreu et en araméen. Elles ne constituaient pas qu'une simple traduction du récit premier, faisant du parchemin une sorte de pierre de Rosette ; il s'agissait là d'un commentaire apocalyptique qui, tel le texte de Jean, racontait le retour prochain du Messie et le combat final, eschatologique, qui se jouerait entre le Bien et le Mal.

Judith avait déjà rendu un premier rapport six mois auparavant. Et c'était sur la base de ses conclusions que le Vatican s'était décidé à engager les fouilles sur le site de Meggido, la cité à laquelle les parchemins de Longinus faisaient explicitement référence. Apparemment, il y avait du neuf. Les archéologues avaient-ils découvert quelque chose ? Mais pourquoi le ton inquiet du message de Dino, et le caractère d'urgence qui, de toute évidence, motivait ce matin la convocation de Judith dans son bureau ?

La jeune femme fronça les sourcils. Puis elle ôta ses lunettes et rangea le message dans son dossier. Elle se releva, se signa rapidement et regarda sa montre.

Il était temps de retrouver son mentor.

⁂

C'est bien elle… La Lance de la Destinée !

Oh mon Dieu, je crois que c'est bien elle.

Un chapeau sur la tête, le front suant, fasciné par l'endroit dans lequel il se trouvait, Enrico Josi, directeur de l'Institut d'archéologie du Vatican, continuait de prendre des notes sur son petit carnet. *Incroyable… C'est incroyable !* se disait-il. Il essuyait de temps à autre ses paumes moites sur sa chemise beige. Il régnait ici une chaleur étouffante.

C'était à Meggido, devant la plaine d'Esdraelon et la vallée de Jezreel, à onze milles à l'ouest du mont Thabor ; au-delà se trouvait la ville de Nazareth et, à l'est, la colline de Moreh. Autrefois, la cité occupait une position stratégique sur la route de la mer. Ses richesses archéologiques étaient parmi les plus importantes d'Israël : Meggido renfermait les écuries de Salomon, et n'avait rien à envier aux vestiges des bains rituels de Massada, aux beautés de la Cité de David ou aux synagogues du long de la mer Morte. Sur une surface de cinq hectares, les fouilles avaient permis de retrouver les ruines de vingt villes superposées. La plus récente d'entre elles datait de l'an 400 avant J.-C. Dans cette fameuse plaine, selon la prophétie, devait commencer la bataille finale, la guerre de l'Apocalypse, l'Armageddon : de l'Ar du *har* hébreu, qui signifiait colline, et de *mageddon* pour Meggido. *À ce moment je vis sortir de la gueule du Dragon, de celle de la Bête et de la bouche du faux prophète trois esprits impurs*, disait le livre des Révélations. Et ces esprits impurs rassembleraient leurs armées au lieu dit en hébreu Har-Mageddon, aux jours de la fin des Temps.

Enrico Josi se trouvait seul à l'intérieur de la chapelle. Il travaillait sur le site depuis deux semaines, et son excitation n'avait cessé de grandir. Le rapport rendu par Judith Guillemarche au sujet des rouleaux retrouvés sur la dépouille du templier de Saint-Jean-d'Acre avait déterminé sa décision d'engager les fouilles ici — avec l'appui du pape, naturellement. Les parchemins originaux, infiniment fragiles, étaient conservés sous la responsabilité de Dino Lorenzo, bien à l'abri à la Vaticane. Josi n'en possédait que de fidèles reproductions, mais cela lui suffisait. Ce qu'ils avaient exhumé était tout bonnement fantastique.

Jusque-là, on pensait que la Lance de Longinus était conservée au musée de Hofburg, en Autriche. Mais, bien qu'elle s'entourât de toutes les précautions nécessaires, Judith avait remis en cause sans difficulté l'idée que la Lance de Hofburg fût bel et bien l'authentique Lance de la Destinée, comme on l'appelait. Elle n'avait d'ailleurs pas été la seule : partout dans le monde, des églises abritaient des reliques dont on ne savait plus guère, du tibia de sainte Pétronille à la clavicule de saint Anselme, ce qu'elles recouvraient de réalité et de légende. Si la Lance de Hofburg n'était pas la bonne…

Y en avait-il une autre ? Cette idée, qui trouvait là de quoi accentuer des doutes déjà bien légitimes quant à l'origine de la relique de Hofburg, était en soi une petite révolution pour la communauté des archéologues et autres spécialistes des mystères bibliques. Les parchemins du templier représentaient un argument de poids en faveur de la thèse alternative. La question avait alors été posée à Enrico Josi : la Lance authentique avait-elle pu être ensevelie quelque part en un lieu consacré, *au lieu dit Har-Mageddon*, comme le laissaient entendre les rouleaux, désignant avec une si grande précision l'endroit même où Josi se trouvait en cet instant ? Ce lieu, évoqué dans l'Apocalypse de Jean, figurait également dans le *Testament de Longinus*. Le récit qui s'y trouvait consigné, en grec, était-il bien celui du légionnaire romain qui avait percé le flanc du Christ sur le Golgotha ? À ce stade, on ne pouvait que l'imaginer ; mais, indiscutablement, des recherches méritaient d'être menées. Toutes ces coïncidences n'étaient que trop troublantes. Et que dire de ces écritures, hébraïques et araméennes, qui couraient entre les lignes de ces rouleaux ?

Judith avait ainsi formulé son rapport, et Josi, pour l'avoir lu et relu, s'en souvenait presque par cœur :

> Les parchemins étaient trop abîmés pour que nous puissions en reconstituer le sens dans sa totalité. Mais leur nature messianique et apocalyptique pourrait avoir une relation avec la doctrine des esséniens de Qumrân. Les écritures hébraïques et araméennes ajoutées au Testament font référence à l'Armageddon, et au début de la bataille finale relatée par saint Jean. Le vocabulaire employé, qui désigne la guerre entre les « Fils de la Lumière » et les « Fils des Ténèbres », est également semblable à celui des

esséniens. L'un de leurs prophètes aurait prédit qu'en l'an 5766, selon le calendrier hébraïque, le bien et le mal se livreraient une guerre sans merci pour récupérer une arme énigmatique, qui pourrait être une épée, une lance ou un javelot. Or, cette année 5766 correspond à l'an 2006 de notre calendrier. Et l'étincelle de la guerre eschatologique jaillirait, toujours selon les parchemins, d'un endroit très précisément situé à Meggido.

(Cf. annexe 7.)

Josi était accompagné sur le site de Meggido par Damien Seltzner, un archéologue français de trente-cinq ans, du père Ungaro, l'un des collaborateurs de Jean-Baptiste Fombert à l'École biblique de Jérusalem, et des deux chercheurs israéliens qui s'étaient joints à eux en cours de route. À peine l'équipe avait-elle été réunie que, suivant les indications du *Testament*, elle avait dégagé un tubercule rocailleux sur la colline, à une hauteur d'environ vingt-cinq mètres au-dessus de la première cité. Au pied du tubercule, une ouverture avait été pratiquée, cernée de roches qui laissaient à peine passer un homme adulte. Il fallait se courber pour avancer à l'intérieur.

Des ouvriers locaux, en tunique ou djellaba blanches, portant pelles et pioches, avaient été affectés à la conduite de leurs travaux. Trois militaires israéliens surveillaient la progression des fouilles. Sur une table étaient installés des ordinateurs portables permettant de visualiser une réplique du relief du sanctuaire. Un peu plus loin, une parabole assurait une transmission satellite immédiate des informations traitées par l'équipe de recherches. Naturellement, toutes les communications étaient encodées. L'équipe travaillait dans le plus grand secret. L'un des militaires israéliens, spécialiste en cryptologie, garantissait la sécurisation des données, et la zone était protégée ; on ne plaisantait pas avec les trésors bibliques. Deux Jeep et un camion bâché étaient garés à l'entrée du site. Après avoir découvert l'entrée de l'ancienne chapelle, il avait fallu également dégager un boyau plongeant à une dizaine de mètres sous la surface du sol. Des spots étaient disposés sur toute sa longueur. Au bout de cet étrange couloir, on avait abattu à coups de pioche un mur fait de main d'homme, et porteur de signes lapidaires indéterminés, qui résonnaient comme un avertissement. Le passage était plus délicat encore à franchir. Il fallait escalader un mètre de gravats et se faufiler, cassé en deux, sous la voûte de pierre, avant de parvenir de l'autre côté.

Là, en effet, ils avaient trouvé la chapelle.

Les premiers clichés et comptes rendus avaient été envoyés à Dino Lorenzo deux jours plus tôt. Si l'on en croyait les strates successives d'occupation de la cité, cet endroit, assez haut perché sur la colline, faisait sans doute partie de la plus récente des villes superposées sur le site. Et, à présent, Enrico poursuivait son travail, s'efforçant de dominer son excitation. En plus de son carnet, il tenait en main une lampe torche, ce qui ne facilitait pas sa prise de notes. La chapelle devait faire une vingtaine de mètres carrés. Les voûtes en étaient grossièrement travaillées. Le sol caillouteux conduisait à un mur prolongé par une arcade abîmée. Là, se trouvait une sorte de vasque, ou de fontaine liserée de pierre. Elle côtoyait une alcôve où avait dû figurer, autrefois, une statuette — peut-être une statuette de saint, dont les vestiges morcelés étaient tombés sur le plat du renfoncement et dans l'écrin de la vasque. Entre les deux, un présentoir, qui avait perdu ses dorures anciennes, évoquait le dessus d'une cheminée.

Enrico était saisi par le décor qui, d'un bout à l'autre de la paroi, recouvrait le fond de la chapelle. Le mur nord était orné d'une mosaïque très abîmée. Si l'on devinait le raffinement extrême qui avait dû présider à sa création, la myriade des fragments d'émail qui la composaient n'avait plus que l'éclat terni de tristes allégories. Les tons bleus, gris et pastel, voisinaient avec un jaune pâli par les ans, et le contour indistinct de silhouettes avalées par l'ombre. Josi s'en approchait ou s'en éloignait alternativement. Il en croquait des détails, qui se reflétaient dans le verre de ses lunettes. La première fois qu'il était entré ici avec les autres membres de l'équipe, et que tous avaient contemplé cette merveille, ils s'étaient tus longtemps, happés par l'étrange beauté de ce spectacle. L'archéologue redressa un instant la tête dans la pénombre, semblant écouter le silence. Il jeta un œil à sa montre. Au-dehors, la nuit tombait. Damien Seltzner, Ungaro et les chercheurs israéliens se trouvaient à l'extérieur. L'un devait rédiger son rapport, un autre déguster un café devant le soleil rougeoyant, un troisième envoyer un message électronique à l'École biblique ou au Vatican, pour annoncer les extraordinaires progrès qu'ils avaient faits depuis leur arrivée sur le site. Josi ne tarderait pas à les rejoindre. Il avait du mal à s'arracher à cet endroit.

Cette mosaïque... On dirait... qu'elle raconte une histoire, ne cessait-il de se répéter.

Elle était composée de plusieurs tableaux. Au milieu, occupant la plus large place, se trouvait le visage indistinct d'un démon, à la particularité des plus étonnantes. Il était travesti en Madone, vision à la fois choquante et tout à fait inhabituelle. Josi n'en avait jamais rencontré de semblable. Une queue fourchue s'échappait du drapé de la créature, dont la pose évoquait par ailleurs la figure traditionnelle d'une Pietà. Elle tenait un enfant entre ses bras. Un démon travesti en Vierge, berçant un enfant ? Une sorte de Pietà inversée ? Que pouvait faire pareille représentation au milieu d'une chapelle chrétienne ? Que pouvait-elle signifier ?

À gauche, le premier des panneaux représentait un groupe de personnages, silhouettes à cheval portant casque et pilum. Pour Damien Seltzner, et bien que les figures fussent très effacées, il s'agissait sans nul doute de légionnaires romains. Josi partageait cet avis. Du poing de la première silhouette, qui se détachait un peu des autres, paraissait jaillir une sorte de trait noir. Une épée… ou une lance ! À cette découverte, les archéologues avaient compris qu'ils brûlaient. Ces légionnaires étaient-ils ceux du détachement du Temple ? Et, en tête… était-ce Longinus lui-même ? Le second panneau semblait confirmer l'hypothèse. Les mêmes soldats, par un chemin sinueux, montaient en direction d'une colline. Le tertre du Golgotha ? À l'endroit où auraient dû figurer les croix, la mosaïque était tellement abîmée que l'on n'y voyait plus rien. Les carrés d'émail s'étaient effrités.

Le dernier panneau à droite était des plus inattendus. On y voyait distinctement une tête de dragon. L'encolure cuirassée d'arêtes reptiliennes, les anneaux aux écailles comme des boucliers ondulant sous une gueule grande ouverte, il exhibait sa langue rouge en crachant le feu. Le front de cette représentation impressionnante était couronné de diadèmes, et la lentille noire de son œil brillait d'une expression atroce, au réalisme saisissant. Cette chimère semblait émerger d'un océan, que figuraient mille touches bleues passées par le temps. Au-dessus d'elle, le ou les artistes avaient ajouté une voûte céleste constellée d'étoiles.

Cela n'était encore rien. Ils ne l'avaient pas remarqué tout de suite en découvrant la chapelle… mais au-dessous de la Pietà inversée, entre la vasque et l'alcôve centrale, se trouvait le présentoir aux lointaines nuances dorées. Celui-ci, recourbé de part et d'autre, évoquait une sorte de pagode de pierre. Deux arceaux poussiéreux enserraient, il y a quelques heures encore, un objet que les hommes de Josi avaient également identifié. C'était une lance, de près d'un mètre cinquante de long ! Une lance, à ceci près que le manche, recouvert d'une moisissure verdâtre, avait pourri sur plus de la moitié de la longueur. Il n'en restait que des débris épars, recouverts d'une pellicule de poussière sèche. L'arme s'était ainsi affaissée entre les deux extrémités du présentoir, qui rebiquaient en volutes pierreuses. À droite, un morceau du manche sombre était resté fiché dans la pointe de métal. Seule l'intuition d'Enrico et de ses hommes leur avait permis de dire qu'il s'agissait d'une lance ; la pointe elle-même était encore emmaillotée de bandages au bord de s'évanouir en poussière, et qui semblaient dater de temps immémoriaux. Peut-être était-ce là l'authentique Lance de Longinus !

Toi, lance d'Hérode Antipas ! Flèche du tétrarque et des proconsuls ! Emblème de la toute-puissance de cette autre déesse du monde — Rome la Grande ! La lance était assez lourde au bras du légionnaire. Pourvue d'une pointe de métal particulièrement affilée, elle mesurait plus d'un mètre cinquante. Malgré l'absence de soleil, son manche noir semblait luire de reflets opalescents. Elle était composée de plusieurs tiges que l'on ajustait les unes aux autres ;

repliée, elle ressemblait à un gros bâton. Longinus la soupesait, la faisant glisser sur sa paume comme pour assurer sa prise. Le fer vulnérant était enchâssé dans un maillon couleur de glace. À la base, deux barbes mobiles et tranchantes, crantées de fines arêtes d'argent, s'ouvraient sitôt qu'elle transperçait quiconque avait le malheur de s'y embrocher. Au milieu du manche, la figure d'une aigle impériale dessinait une boucle, et ses ailes faisaient deux saillies de part et d'autre de l'arme. Six anneaux d'or ceignaient ce symbole, trois au-dessus de l'aigle, trois au-dessous. Deux autres se trouvaient en son extrémité inférieure, d'où semblaient jaillir des voiles légers, qui tombaient de l'instrument en une langue bifide. Longinus l'avait pointée haut dans le ciel ; à présent, tout en continuant de chevaucher sous les nuages lourds, il la calait sous son aisselle.

L'excitation des archéologues avait redoublé.

Josi se souvenait des paroles qu'il avait alors échangées avec Damien Seltzner.

— Imaginez-vous… si nous apprenions de nouvelles informations sur la façon dont le Christ est mort ? avait-il dit. Il y a encore tant de débats sur les circonstances exactes de la crucifixion de Jésus… La position des bras sur les traverses… L'attitude précise du corps !…

— Oui, avait renchéri Seltzner. Et si, grâce à nos recherches… nous parvenions à prouver que la lance de Hofburg n'est qu'une fantaisie… et que l'authentique Lance de Longinus est bien *celle-ci* ?

Ils s'étaient regardés longuement, interdits. Ils se retenaient encore de croire à l'impensable. De nombreuses analyses les attendaient avant que le faisceau d'indices ne puisse se muer en certitude. Pourvu que tout concorde ! Datation, examen de la pointe, des échantillons de poussière et des restes du manche… L'ensemble avait été déposé avec toutes les précautions requises dans un caisson hermétique, et chargé l'après-midi même à l'arrière de l'une des Jeep. On avait envoyé la bonne nouvelle à Lorenzo sous la forme d'un message crypté. Le caisson serait acheminé d'abord à l'École biblique, puis au Vatican, sans doute sous la surveillance d'hommes de confiance. Josi lui-même retournerait bientôt en Italie.

Et si jamais nous avions raison… Ce serait la plus belle aventure de ma carrière, songea Josi.

À vrai dire, de Longinus et de sa lance, on savait peu de chose. Seul l'Évangile de Jean y faisait explicitement référence — Jean, qui avait aussi été le seul disciple à assister, au moins partiellement, à la Crucifixion. L'épisode était relaté ainsi :

« Comme c'était le jour de la Préparation, les Juifs, pour éviter que les corps restent sur la croix durant le sabbat — car ce sabbat était un grand jour —, demandèrent à Pilate qu'on leur brisât les jambes et qu'on les enlevât. Les soldats vinrent donc et brisèrent les jambes du premier, puis de l'autre qui avait été crucifié avec lui. Venus à Jésus, quand ils virent qu'il était déjà mort, ils ne lui brisèrent pas les jambes, mais l'un des soldats, de sa lance, lui perça le côté, et il sortit aussitôt du sang et de l'eau. Celui qui a vu rend témoignage — son témoignage est véritable, et celui-là sait qu'il dit vrai — pour que, vous aussi, vous croyiez. Car cela est arrivé afin que l'Écriture fût accomplie : *Pas un os ne lui sera brisé.* Et une autre Écriture dit encore : *Ils regarderont celui qu'ils ont transpercé.* »

C'était tout. Tout ce qui figurait dans la Bible. Le nom de Longinus, ou plutôt de Cassius, n'était pas même cité. À l'issue de ses longues recherches à la

Vaticane, Judith leur avait apporté des précisions. La légende voulait que ce Cassius fût baptisé plus tard Longin ou Longinus ; certains textes disaient qu'il était devenu diacre après sa conversion, et avait exercé un ministère de prédication. On disait aussi qu'il portait toujours sur lui un peu du sang du Christ prélevé après son coup de lance, sang qui s'était desséché et qu'il avait conservé jusque dans son tombeau. À ceci près que ce tombeau n'avait pas été retrouvé, contrairement à celui de Pierre. On supposait qu'il avait été inhumé dans une ville d'Italie, proche de celle où avait vécu sainte Claire, religieuse augustine, et voisine d'une île cernée par un grand lac. Selon Judith, il pouvait s'agir de Mantoue, proche du lac de Garde, qui conservait cette tradition ; ou bien de Montefalco, la patrie de sainte Claire, qui donnait sur le lac de Bolsena et l'île de Bisentina. Tout cela restait bien vague. Les parchemins, eux, avaient le mérite d'indiquer l'emplacement exact de la lance sur le site de Meggido. Une autre tradition, issue de textes épars, légendaires et rarement fiables, faisait mourir Longinus en Cappadoce, son pays d'origine en Asie Mineure, où il aurait subi le martyre au Ier siècle — d'où le souvenir de ce « saint Longin ». Bien que son destin eût sans nul doute été des plus miraculeux, on voyait mal, toutefois, comment le bon légionnaire avait pu mourir à la fois en Italie et en Turquie…

Josi sourit. Une fois de plus, on oscillait entre Histoire, légende et vérité.

C'est fantastique. C'est bien simple : ce que nous vivons est fantastique. Hors du temps.

L'archéologue referma son carnet et tendit l'oreille, entendant vaguement des cris au-dehors. On devait ranger le matériel de la journée et se préparer au départ. De l'intérieur de la chapelle, Josi était condamné au silence. Au-delà du monticule de gravats qui attendaient d'être déblayés et de l'étroit boyau, il ne pouvait guère entendre ce qui se passait sur le terre-plein menant au site. Ce soir, tous se rendraient dans un endroit chaleureux pour faire un bon dîner, et célébrer leurs découvertes. Un petit verre bien mérité.

Josi eut un sourire. Il frissonna, il avait un peu froid. Il inspira une dernière fois en regardant la mosaïque, puis éteignit sa lampe en cliquant sur le commutateur. Guidé par la faible lumière qui provenait de l'entrée, il se dirigea vers l'extérieur. Il mit quelques secondes, en remontant la pente du couloir, avant de s'apercevoir que quelque chose n'était pas normal.

Un des spots avait implosé.

Lorsqu'il sortit, il fut saisi d'une soudaine appréhension.

Mais mais mais…

Il lui sembla soudain qu'il arrêtait de respirer. Stupéfait, il eut un haut-le-cœur et porta une main à sa poitrine.

Sa bouche s'agrandit démesurément.

Il se crut victime d'une horrible hallucination.

… *Que s'est-il passé ICI ?*

À ses pieds, un homme était allongé dans une mare visqueuse. C'était l'un des ouvriers en djellaba. Le sang coulait devant les lourdes chaussures de marche d'Enrico. Son regard remonta pour se porter au-delà, plus loin sur le terre-plein. Deux autres ouvriers étaient étendus de la même manière, les membres comme désarticulés, dans des positions grotesques. Hébété, Josi fit quelques pas, contournant le premier cadavre. Non loin, quatre planches de bois étaient disposées en croix sur une excavation permettant d'accéder à l'un des points de la ville basse, sur des fouilles précédemment menées à Meggido. Vacillant, avec l'impression de basculer dans un cauchemar, Josi risqua un œil en contrebas. Il poussa un cri en découvrant le père Ungaro, que deux balles avaient touché au niveau du thorax. Une pioche poussiéreuse était fichée dans le sol près du corps, ainsi qu'une pelle abandonnée.

Josi pivota sur lui-même, saisi d'une brutale bouffée d'adrénaline.

Tous... Toute l'équipe !

Plus loin encore, les trois militaires israéliens dessinaient une improbable trinité, la mitraillette toujours en bandoulière. Josi ne fit que deviner leurs silhouettes dans les dernières lueurs du couchant. Le soleil disparaissait derrière la colline et le tubercule, l'obscurité mouchetant les environs de son voile. Auprès de la table dressée pour le matériel, la parabole tournait lentement, dans un grésillement imperceptible. Un écran d'ordinateur était encore allumé comme une bouche lumineuse, sous l'auvent piqué à la manière d'une tente. Les soldats n'avaient pas eu le temps de tirer le moindre coup de feu. Mais pourquoi Enrico n'avait-il rien entendu ?

Il ne faut pas rester là, pas rester l...

La sueur inonda ses aisselles lorsqu'il entendit :

— *Enrico Josi ?*

Il se retourna. La voix avait un accent indéfinissable.

Les armes utilisées étaient équipées de silencieux.

La première balle le toucha entre les deux yeux, dessinant une étoile sur son front. La seconde fit jaillir de son poumon droit une gerbe de sang. La troisième lui perfora l'abdomen. Josi tituba un instant — puis il s'effondra, les yeux vitreux. Son chapeau s'en alla rouler non loin de lui, tandis qu'il mordait la poussière. Ses yeux emportèrent en ultime vision celle de l'étoile du berger qui venait de s'allumer dans le ciel ; sa dernière pensée fut pour le dragon, ainsi que la Pietà inversée, qu'il venait de reproduire dans son carnet de notes et de croquis.

— *Vae victis*, dit la voix avec ironie.

C'était à Megiddo, devant la plaine d'Esdraelon et la vallée de Jezreel, à onze milles à l'ouest du mont Thabor ; au-delà se trouvait la ville de Nazareth et, à l'est, la colline de Moreh. Et sur le site des fouilles de Meggido, au lieu dit en hébreu Har-Mageddon, une demi-douzaine de cadavres, dispersés sur un périmètre d'une centaine de mètres carrés, composaient un bien curieux champ de bataille.

⁂

— *Rompez !*

Arriver dans sa Fiat d'occasion brinquebalante au Vatican faisait partie de ces petits plaisirs que s'autorisait Judith, malgré la pompe des lieux ; cela ne manquait pas de faire sourire les Suisses. Ils la connaissaient depuis assez longtemps pour savoir que la jeune femme avait ses entrées. Elle les plaisantait de temps en temps sur leur tenue d'apparat, leurs pantalons bouffants, leurs chapeaux et leurs hallebardes, faisant mine de passer les troupes en revue — ce à quoi les gardes répondaient par des clins d'œil qui tranchaient avec leur placidité ordinaire. Ce matin, avant sa venue à la basilique, Judith avait trouvé une place à l'angle de l'avenue de la Conciliation, et ne leur avait pas infligé d'arrivée tonitruante, hors ce salut enthousiaste qui tenait lieu entre eux de boutade rituelle.

Elle gagna la porte Sainte-Anne, à droite de l'entrée principale que franchissaient chaque jour les foules de touristes. Seuls les hauts dignitaires du Vatican et les hallebardiers pontificaux avaient le droit de l'emprunter. Après avoir murmuré quelques mots dans l'interphone, Judith entra en territoire *vietato al pubblico*, la zone interdite au public. Elle croisa un autre garde qui, pour la forme, vérifia que son nom était bien inscrit sur le registre noir. Puis elle gravit des escaliers et monta jusqu'au deuxième étage du palais où se trouvaient les bureaux de Dino Lorenzo. Non loin, les cloches de Saint-Damase sonnèrent les huit heures.

Tandis qu'elle avançait dans les couloirs du Saint-Siège, Judith ne pouvait s'empêcher de songer à la tournure qu'avaient prise les événements depuis la succession de Clément XV et l'avènement du cardinal Leonardo Spinelli di Rosace. Des frémissements, puis de véritables changements s'étaient produits au Vatican. Des signes d'ouverture, qui s'étaient manifestés non seulement dans les idées, mais aussi dans les actes. L'atmosphère avait changé.

Spinelli, qui détenait le flambeau suprême depuis sept ans, n'avait pas ménagé sa peine. La situation dont il avait hérité était délicate. La baisse de la pratique religieuse et des vocations, le recul de la culture chrétienne s'ajoutaient aux franches attaques d'une partie des opinions publiques. Le premier défi du nouveau pape avait été de procéder à un aggiornamento devenu nécessaire, tout en ménageant les équilibres imposés par la nature de sa mission. À la différence de son prédécesseur, Spinelli avait clairement affiché sa volonté réformatrice. Il avait eu l'ambition de promouvoir durant son pontificat un « Vatican III ». Sa grande idée. Mais il avait aussi été contraint, une fois élu, de relativiser ses ambitions. On ne changeait pas une institution pluriséculaire d'un coup de baguette magique. L'Église restait l'Église. Et Spinelli le garant de la représentation du Christ sur terre. Il avait la lourde tâche de présider à la direction de plus d'un milliard de fidèles.

Il ne manquait pas d'atouts : le dynamisme, l'expérience, une longue pratique de la diplomatie vaticane et des rouages de l'administration romaine… Il avait réussi sans mal à affirmer son autonomie par rapport à la curie. Si, par tradition, l'on trouvait encore beaucoup d'Italiens dans les services centraux du Vatican, ceux-ci s'étaient fortement internationalisés. Nord et Sud-Américains, Asiatiques, Africains avaient donné au Saint-Siège un second souffle, tout en changeant la physionomie des dicastères. Issu lui-même du sérail diplomatique, l'ancien cardinal di Rosace avait tenu dès son arrivée au pontificat à renforcer le rôle de plaque tournante du Vatican, dans les échanges intra-ecclésiaux comme avec les sociétés civiles de toutes les latitudes. Cent quarante pays entretenaient une ambassade permanente auprès du Saint-Siège, dont les États-Unis et Israël, depuis la reconnaissance diplomatique réciproque du Vatican et de l'État hébreu. Les représentations vaticanes à travers le monde avaient presque doublé. Le nouveau pape savait s'adresser aux populations jeunes, et adapter son discours aux préoccupations des cinq continents. Les médias avaient été sensibles à cette évolution. Les relations entre la presse et la papauté s'étaient progressivement réchauffées. Spinelli était d'ailleurs trop conscient du pouvoir de la presse — en particulier audiovisuelle — pour ne pas l'instrumentaliser au service de ses grands projets.

Judith hocha la tête. *Ses grands projets*. Ils étaient aussi nombreux que les problèmes à résoudre. Pour les mener à bien, Spinelli s'était entouré d'hommes de confiance. Le cardinal Acquaviva à la tête de la Congrégation pour la doctrine de la foi. Romero au

Conseil Justice et Paix. Nabisso comme responsable de la Congrégation des évêques. Mgr Almedoes en ambassadeur sur tous les terrains difficiles à l'étranger. Prudent, consensuel et réaliste, Spinelli savait aussi être offensif. Son premier geste de portée universelle avait été la promulgation d'une encyclique, dès le troisième mois de son pontificat. *De natura rerum.* De la nature des choses. L'encyclique, qui reprenait l'intitulé d'une œuvre célèbre de Lucrèce, matérialiste antique, avait fait l'effet d'un coup de tonnerre. L'allusion était voulue, naturellement. Le Saint-Père l'avait utilisée pour mieux la retourner contre un autre matérialisme — celui du temps présent. Mais il ne s'attaquait pas aveuglément à la société moderne, en se retranchant derrière les impératifs catégoriques du dogme : il mettait en garde contre une certaine évolution de celle-ci. Le retentissement planétaire du texte lui avait permis d'affirmer sans ambiguïté ses priorités. Aujourd'hui, il préparait sa nouvelle « bombe ». Une autre encyclique intitulée *Ad vitam aeternam*, qui se pencherait sur les questions hautement délicates du sexe, de la procréation assistée, de la contraception, du clonage, de l'euthanasie. « Naissance et mort »...

Spinelli ne craignait pas d'ouvrir les débats les plus difficiles. Il fallait pour cela de la nuance, du temps, du respect. L'ordination des femmes. Le célibat des prêtres. La contraception. Les accouchements sous X. Les droits de l'enfant. L'homosexualité, y compris au cœur de l'Église. Le terrorisme et le rapport à l'islam. Les dérives du génie génétique. Le relativisme et l'absolu. La question de la vérité et de la conviction, devenues objets de méfiance spontanée. Dans tous ces domaines de la politique et du vivant, il fallait discuter des frontières. Arbitrer entre ce que l'Église pouvait admettre, au nom de sa foi et de la personne humaine, et ce à quoi elle ne pourrait se résoudre. Après la fin difficile du pontificat de Clément XV, Spinelli voulait sonner l'heure du réveil. Ainsi tentait-il de toucher le cœur des croyants et des non-croyants, dans l'absolu respect de leurs différences.

Le dernier de ses grands chantiers, mais non le moindre, avait pour but de poursuivre les efforts du dialogue interreligieux et de l'œcuménisme, auprès du judaïsme, des protestants, des anglicans, des bouddhistes, de l'islam. Il avait déjà prévu de rééditer l'exploit d'Assise en 1986, lorsque le pape était parvenu — geste inédit — à rassembler autour d'une même table les représentants des trois religions du monde. Spinelli, lui, voulait commencer par réunir les trois religions du Livre au cours d'une cérémonie de paix. Le projet était lancé depuis un moment. Il serait mis en œuvre d'ici à quelques semaines. En plein cœur de Jérusalem, berceau des civilisations abrahamiques. Là encore, il s'agissait bien d'une révolution. Spinelli transformait l'utopie en idéal, pour l'incarner, l'inscrire dans une réalité tangible. Il serait le pape du renouveau spirituel et de l'échange.

Judith eut un sourire. Comment ne pas s'associer à ce formidable élan d'espérance ? Elle voulait y croire : peut-être ce pape transformerait-il le visage de l'Église. Elle ne pouvait que le suivre sur ce terrain. Pour autant, bien sûr, tout n'était pas aussi merveilleusement harmonieux, elle ne l'ignorait pas. L'ombre du défunt cardinal Angelico planait encore dans les couloirs du Vatican. Les conservateurs viraient parfois au sectarisme et à l'intégrisme. Par ses prises de position, Spinelli en avait paradoxalement radicalisé plus d'un. Ceux-là s'écharpaient sur la lettre du dogme depuis Latran et le concile de Nicée. Si une grande fraction de théologiens était gagnée de longue date à la cause du souverain pontife, le Vatican restait divisé par des courants très divergents. Certains en venaient même, aujourd'hui, à redouter un véritable schisme capable, à terme, de faire imploser la curie. Le nouveau pape n'avait pas seulement la tâche de rassembler. Il devait aussi agir en pompier…

Non loin de Judith, un rayon de soleil tombait en rais bien tranchés sur le tapis du couloir. La jeune femme passa auprès de l'une des grandes fenêtres qui donnaient sur les jardins. Elle se serait volontiers arrêtée pour contempler l'ordonnancement serein de ces allées, des fontaines, des parterres de fleurs, et la silhouette élancée de ces arbres près de la balustrade. Mais ce n'était pas le moment de traîner.

— Bonjour, Pietro.

— Ah ! Judith. Vous pouvez entrer, il vous attend.

Pietro, petit bonhomme au crâne dégarni et à l'allure modeste, était l'ancien secrétaire particulier du cardinal Angelico, que l'on avait reclassé ici. Le pauvre avait très mal vécu la fin navrante d'Angelico. Il s'était remis bon an mal an de cette aventure, en se jetant dans le travail, lorsqu'il n'était pas surpris, quelle injustice, en train de remplir des grilles de sudoku. Judith sourit et entra dans le bureau où l'attendait le directeur des Collections. « L'attendre » était un bien grand mot. Judith ne le vit pas tout de suite. Cassé en deux derrière son fauteuil, Dino Lorenzo ramassait avec une balayette les débris d'une statuette de terre cuite qui, visiblement, avait chu à la suite d'un geste malheureux. Dans sa bure à amples manches noires, il râlait en lâchant des *Porca miseria* et autres jurons plus fleuris.

Judith frappa discrètement à la porte entrouverte. Dino se releva d'un trait, comme un enfant pris en faute. Ses bajoues de bouledogue dansèrent un instant autour de son menton, puis son visage s'éclaira. Il avait atteint la soixantaine ; le front dégarni, les yeux profondément enfoncés dans leurs orbites qui lui donnaient un air tantôt chafouin, tantôt malicieux ; le visage lippu, qui s'achevait sur un double menton. Il resta une seconde sans rien dire, la balayette en main. Judith sourit de nouveau.

— Vous avez eu un petit accident ?

— Euh… *Si.* Les restes d'une statuette d'art traditionnel africain. Offerte par Mgr Bonafé. Hem… Fragile, tout de même.

Il s'éclaircit la gorge, puis, se souvenant du motif de leur entrevue, retrouva son air grave. Il jeta les restes de la statuette, glissa la balayette sous son bureau. Puis il prit place dans son fauteuil de velours clouté d'or, et invita Judith à faire de même en face de lui. Sa tête paraissait trôner au centre d'un tableau qui, par un curieux effet de perspective, se détachait de la peinture, le couronnant de cheveux de comète brillants — une Annonciation, au sein de laquelle il semblait soudain s'improviser en ange Gabriel descendu des cieux. Judith doutait qu'il s'en fût jamais rendu compte. Il faudrait tout de même lui rendre service, et le lui dire. Mais, pour l'heure, Dino affichait un air sombre.

Il fit glisser lentement un dossier sur son bureau d'acajou.

— J'ai une très mauvaise nouvelle. Attendez avant d'ouvrir ce dossier. Ce que vous allez y voir peut vous faire un choc.

Judith cilla. Lorenzo eut une profonde inspiration, se passa les doigts sur les yeux, puis réunit ses mains devant lui, coudes sur le bureau, comme s'il était en prière.

— Vous connaissiez Enrico Josi, n'est-ce pas ?

— Le directeur de l'Institut d'archéologie ? Oui, bien sûr… pourquoi ?

Dino se passa la langue sur les lèvres. Il parut chercher ses mots, puis :

— Il a été assassiné. Avant-hier soir. Alors qu'il continuait les fouilles de Meggido.

Assise dans son fauteuil, Judith demeura tétanisée.

Non, ce n'est pas possible.

Elle ne savait que dire.

— Et il n'est pas le seul. Toute l'équipe a été abattue. En quelques minutes.

Les yeux de Dino se baissèrent sur le dossier.

Judith suivit son regard, la gorge sèche.

On pouvait lire, sur la couverture de la pochette jaune que lui transmit Lorenzo, la mention : *Confidentiel.* Il était enluminé, au centre, par un hologramme : la reproduction d'un Christ en croix, peint par Fra Angelico. Judith le contempla un instant, comme s'il eût renfermé un insecte noir, une araignée prête à lui sauter au visage.

Judith prit le dossier, en fit sauter les attaches et découvrit un jeu de photos, qu'accompagnait un rapport rédigé à la hâte. Elle fit une grimace et retint un gémissement. Le père Ungaro, désarticulé au fond d'un trou. Les trois militaires israéliens. Josi baignant dans son sang… Le regard de Judith se porta brièvement vers les fenêtres du bureau, avant de revenir aux photos. Elle serra les dents, faisant défiler les clichés un à un, plus rapidement.

Puis elle releva les yeux et se racla la gorge. Elle était blême.

— Racontez-moi.

— Ce que nous pensions n'être qu'une affaire archéologique qui passionnerait les revues spécialisées est en train de prendre… un tour très différent,

Judith… Les parchemins d'Akko retrouvés dans la nécropole sous la basilique, ce *Testament de Longinus* comme nous les avons appelés… Nous avons, maintenant, toutes les raisons de penser qu'il ne s'agissait pas seulement d'une lubie de spécialistes. Il recouvrait bel et bien une réalité. Et, au moment où nous pensions résoudre l'un des grands mystères bibliques, nous voilà dans une tourmente qui ne me plaît guère. Israël et l'Autorité palestinienne nous demandent des explications. Je vous ai dit que, jusqu'à présent, nous sommes parvenus à faire régner la discrétion sur cette opération, mais… Je ne sais si cela pourra durer. Voyez-vous, Judith, la Lance de Longinus n'est sans doute pas celle du musée de Hofburg. Selon toute vraisemblance, vous aviez raison.

Il se gratta le front, puis planta son regard dans celui de la jeune femme.

— *Ils l'ont trouvée*, Judith. Dans la chapelle. À l'endroit exact stipulé dans les parchemins.

Judith allait de surprise en surprise.

— Comment ? Vous voulez dire qu'ils ont vraiment… *vraiment* trouvé la Lance ? La Lance authentique ? Mais… C'est extraordinaire !

En d'autres circonstances, Judith eût volontiers laissé libre cours à son enthousiasme naturel. Mais les photos de l'équipe assassinée refroidissaient singulièrement son ardeur.

Dino leva une main.

— Ils ont trouvé *une* lance, Judith. Vous savez ce que c'est. Nous étions prêts à partir sur deux ou trois ans d'expertises et de contre-expertises, avant de pouvoir en parler. Disons que nous pouvions dresser les meilleures conjectures. Et visiblement… nous n'avons pas été les seuls à le faire. Josi m'avait envoyé un message pour me faire part de leur découverte, avec une partie des photos qui figurent dans votre dossier. C'était… avant, bien sûr.

Elle voyait maintenant défiler sous ses yeux des clichés du tubercule dégagé sur le site, du boyau menant à la chapelle… Puis de la chapelle elle-même. Elle vit enfin la Lance. Elle s'y arrêta quelques secondes, fascinée… Elle observa aussi des clichés des mosaïques. Les soldats marchant sur le sentier. Le flanc de la colline, sous la partie abîmée. Le Dragon surgi de la mer, sous la voûte céleste, et… cette incroyable Pietà inversée, démon ou succube, qui berçait un enfant au-dessus des eaux.

— Dino, mais vous vous rendez compte de ce que…

Elle releva les yeux et se tut, soufflée.

Ils restèrent longtemps silencieux.

— Il se passe quelque chose, Judith, reprit enfin le directeur des Collections. Vous le savez, les conclusions de Jean-Baptiste Fombert au sujet des parchemins étaient assez identiques aux vôtres. Le récit originel de Longinus a été écrit en grec, mais l'utilisation de l'hébreu et de l'araméen laisse penser que les rouleaux ont pu passer par d'autres mains. Fombert a reconnu que les parchemins d'Akko ont peut-être été en la possession des esséniens de Qumrân. Autrement dit, ils pourraient avoir fait partie du corpus des Manuscrits de la mer Morte. Mais cela n'est pas prouvé. Il a noté comme vous les références à la guerre entre les « Fils de la Lumière » et les « Fils des Ténèbres ». Une vision messianique, apocalyptique, et pour tout dire très manichéenne. Mais pas incompatible avec la doctrine de Qumrân, loin de là. Et il y a autre chose… Depuis quelque temps, nous recevons ici même toutes sortes de messages insensés… Oh, nous y sommes habitués. J'ai même reçu des cassettes audio porteuses de messages enregistrés, sur fréquences basses, de 14 à 20 Hz, ou en ultrasons, de 17 000 à 20 000 Hz. Certains s'amusent à enregistrer les messages à l'envers… La dernière en date portait un message perdu au milieu de l'*Ave Maria* de Gounod, par exemple. Ces petits malins utilisent pour ce faire des segments phonétiques très brefs, presque indécelables. Nous avons eu nous-mêmes beaucoup de mal à comprendre de quoi il s'agissait initialement… Vous avez dû entendre parler de ce genre de pratique, Judith. Cela ne vous rappelle rien ?

— Si… C'est le genre de coquetteries courantes chez les illuminés du satanisme.

— Exactement, dit Dino en se renfonçant dans son siège.

Il se passa la langue sur les lèvres avant de poursuivre :

— Je sais ce que vous pensez, Judith. Je vous l'ai dit, la mission à laquelle nous avons songé pour vous peut être dangereuse. Mais vous êtes la plus à même de démêler ce qui s'est produit à Meggido, et vous connaissez les parchemins par cœur. Quelque chose frémit, Judith. Des groupuscules de tout poil nous annoncent la fin du monde ! Rien de bien sérieux, mais tous ne sont pas des anges ou des fantaisistes… Les *Millénaires*, par exemple, qui passent leur temps à attaquer la prétendue immoralité de nos cardinaux… Les *Prévaricateurs*… Bien entendu, les *Raéliens*… J'en ai un autre, pas mal : les *Soixante-Douze Prophètes*… Et, il y a deux semaines… Hum. Savez-vous ce qu'est un cheval de Troie, Judith ?

— Euh… En dehors de celui de l'*Iliade*… C'est une sorte de virus informatique, non ?

— Exactement. Il y a deux semaines, un hacker a réussi à pénétrer notre système, dit Dino en tapotant légèrement sur son Hewlett-Packard noir, installé sur le bord de son bureau. Le site, les e-mails... Il s'est installé dans la place... Et a lancé sur tout notre réseau des messages d'alerte nous annonçant lui aussi rien de moins que le retour de l'Antéchrist. Cela ne me fait plus sourire. Ici, ces messages sont tous analysés, décryptés...

La question de l'éventualité de l'espionnage au Vatican, d'écoutes ou de piratage informatique n'avait rien de folklorique. Le Saint-Siège avait à sa disposition des spécialistes électroniciens, qui s'affairaient sans cesse à traquer de possibles micros, en particulier lors de la réunion des conclaves. La Constitution apostolique prévoyait que, durant cette période, deux techniciens devaient s'assurer qu'aucun moyen d'enregistrement ou de transmission ne pénétrait dans la Sixtine ou dans les locaux de résidence des cardinaux. Le Vatican avait également son site officiel, www.Vatican.va, par lequel on pouvait faire transiter des dons ou obtenir sur le Saint-Siège toutes sortes de renseignements pratiques. Le site, de même que le réseau des saints lieux, était dirigé par une sœur américaine, Emily Banner, affublée du sobriquet de « Sœur Internet ». Depuis la recrudescence de ces SPAM qui venaient faire « bugger » les systèmes du Vatican en répandant des messages sectaires et blasphématoires, extrémistes voire terroristes, sœur Internet était débordée. Sous sa houlette, à présent, on tâchait de décrypter à tour de bras le sens exact de certains messages ainsi que leur provenance, tout en multipliant les sauvegardes, balayages d'antivirus et autres *Firewalls.*

Dino poursuivit :

— Plusieurs de ces messages faisaient référence à la Lance, Judith... Dieu sait comment, des informations ont filtré. Si on a pu nous envoyer un cheval de

Troie, on a tout aussi bien pu intercepter certaines communications électroniques, malgré toutes les précautions que nous avons prises, au sujet de votre rapport et des fouilles de Meggido. Autrement dit, au sujet de la Lance. Sœur Internet a préparé pour vous la copie des messages. Le pire est à craindre. Si tout cela vient à se savoir, nous risquons d'assister à un phénomène qui pourrait dépasser de loin celui que nous avons connu avec le suaire de Turin. Car ici, sans mauvais jeu de mots, du sang a coulé, Judith.

Il eut une toux brève, puis :

— Je vous disais tout à l'heure que toute l'équipe des fouilles avait été assassinée... Ce n'était pas tout à fait exact. L'un d'eux s'en est tiré. Vous avez également sa photo dans le dossier.

Judith compulsa de nouveau les documents du dossier, et finit en effet par sortir la photo en question.

— Damien Seltzner, archéologue français de trente-cinq ans, continua Dino. Nous le soupçonnons d'avoir servi... de passeur.

— De passeur ? Auprès de qui ?

— D'une organisation encore indéterminée. La relique, voyez-vous, a été dérobée.

Judith releva les yeux. *Nous y voilà.*

— Quelqu'un s'est emparé de la Lance du Christ ? dit-elle d'une voix étranglée.

Dino acquiesça en silence et poursuivit, après un temps :

— ... Seltzner est le seul personnage de l'équipe vivant et, en dehors des chercheurs israéliens, il est aussi le seul que nous n'ayons pas recruté nous-mêmes. Il a disparu de la circulation le soir même de cette tragédie. Nous en avons informé les services secrets israéliens. Pour couronner le tout, le Mossad dit l'avoir identifié et localisé... en Égypte. Il n'a pu franchir la frontière sans user de son passeport. Il est sans doute un maillon essentiel si nous souhaitons retrouver la prétendue Lance. Il m'a tout l'air d'un amateur. Mais les agents des services israéliens ne veulent pas commettre d'impair en territoire égyptien. Ils n'interviendront qu'en dernier ressort. D'autre part, si Seltzner sentait le danger, ou si les choses tournaient mal, nous nous priverions de la seule piste dont nous disposons. Nous pensons que…

Dino fit une nouvelle pause, cherchant ses mots.

— … Nous pensons que vous pourriez tenter de lui parler. En étant couverte, bien sûr. Il ne se méfiera pas de vous. Vous seriez patronnée par notre contact du Mossad… et pas seulement. Cette mission, comme je vous le disais, comporte des dangers. Mais nous vous laissons le… privilège du premier contact. Vous êtes la seule capable de comprendre ou d'interpréter correctement certaines informations que Seltzner pourrait vous donner. Si cela échoue, vous sortez immédiatement du jeu, et nous vous faisons revenir aussitôt. Nous laisserons quoi qu'il en soit le Mossad l'appréhender. Ils attendent notre décision. C'est l'affaire d'une journée sur place. Et, comme je vous l'indiquais à l'instant, je ne vous laisserai pas partir seule. Il vous faut avec vous quelqu'un d'expérience. Quelqu'un dont les compétences sont, disons… d'un autre ordre. Quelqu'un que vous connaissez.

D'un geste, il l'incita à se retourner.

Il était entré pendant la conversation, sans même qu'elle l'eût entendu, pour se poster à deux mètres derrière elle. Anselmo se tenait debout, silencieux comme un chat, avec cette solennité recueillie de premier communiant qu'il affichait dans toutes les cérémonies officielles.

Ils étaient peu nombreux au Vatican à connaître la nature exacte de ses fonctions, et la particularité de l'équipement qu'il dissimulait sous sa soutane : mais en sa qualité d'ex-garde du corps pontifical, affecté notamment à la sécurité de Judith Guillemarche depuis qu'il l'avait suivie de Rome à Notre-Dame-Sous-Terre, il était en permanence armé de deux revolvers. Tout en muscles, ou tout en prière, selon les cas, on le voyait parfois glisser dans les couloirs avec son sac de sport, entre deux stages de tir dans les Apennins. Il salua Judith d'un signe de tête et d'un léger sourire en coin. Toujours aussi peu loquace, Anselmo, grand gaillard aux cheveux sombres et aux tempes grisonnantes, la fossette au menton, portait beau comme un Valentino, bien qu'il fût d'un naturel nettement plus discret. Col de clergyman et soutane particulièrement bien coupée de chez Gamarelli — le Dior des ecclésiastiques, tailleur du pape depuis Pie VI —, silhouette athlétique, cheveux bruns, yeux perçants, Anselmo était à lui seul une petite légende au Vatican.

Il avait longtemps dirigé les opérations des Suisses et de ses autres confrères lors des mouvements de foule et déplacements du Saint-Père à l'étranger. En relation avec les polices ou services secrets nationaux, il positionnait et pilotait les escouades de tireurs d'élite dans les appartements voisins des trajets pontificaux ; dans ces circonstances, il ne se déplaçait jamais sans un spécialiste de la balistique. On le caricaturait souvent en train de regarder fébrilement sa montre, car à chaque déplacement il vérifiait le minutage, le découpage de chaque épisode du voyage ou de la cérémonie en tranches très précises, tout comme le père Travelli, ce théologien jésuite et grand horloger des sorties du pape, l'un des rares ecclésiastiques du Vatican vêtu de la même façon que lui. Tous deux étaient sans cesse rivés à l'oreillette qui les reliait aux directeurs locaux de la sécurité publique, prêts à tout moment à modifier les itinéraires prévus s'ils pressentaient le moindre danger. Familier des marées humaines et des soubresauts de la célèbre *papamobile*, immatriculée SCV1, *Stato della città del Vaticano 1*, Anselmo avait toujours semblé partout et nulle part à la fois. Dans les couloirs du Vatican, on le surnommait « le Caméléon ».

Il avait été recruté jadis grâce à son frère aîné, déjà introduit dans les milieux ecclésiastiques, alors qu'il songeait à la prêtrise, et que son quotidien consistait surtout à traquer les canards sauvages avec son père, dans leur Lombardie natale. Anselmo était animé d'une foi sincère, mais passait aussi, à l'époque, pour une forte tête. Son destin avait basculé lors d'un dîner de famille où il avait fait la connaissance d'un « rabatteur » de la Sapinière, les services secrets du Vatican, qui officiaient de longue date de par le monde. Le parcours d'Anselmo, et la carrière déjà bien entamée de son aîné, faisaient de lui un impétrant tout indiqué. Les préliminaires s'en étaient trouvés simplifiés. Un jour, il avait raconté à Judith ce matin de mai où il avait pris contact avec son futur « officier traitant », dans un bureau situé dans les loges de Raphaël. Il avait commencé son cursus à la Minerva, l'académie diplomatique, en suivant les traces glorieuses de Spinelli. Les deux hommes s'étaient d'ailleurs rencontrés à cette époque, et avaient commencé de nouer une solide amitié. Devenu le garde du corps de Clément XV, puis de Spinelli lui-même, Anselmo avait depuis rejoint son corps d'origine. Il incarnait aujourd'hui la fine fleur des *monsignori*, agents extraordinaires de Sa Sainteté.

Il était ainsi l'héritier d'une tradition qui avait fait ses preuves. Au fil du temps, la Sapinière était devenue l'un des meilleurs services de renseignements du monde, œuvrant notamment main dans la main avec Solidarnośc contre le KGB, sous la guerre froide. Si les enquêtes au sein de l'État du Vatican étaient confiées à la *Vigilanza* — la gendarmerie —, le service de sécurité et d'espionnage intérieur, la Sapinière, avait en charge les enquêtes extérieures, et dépendait de la première section de la secrétairerie d'État. Une rivalité ancienne, commune à toutes les organisations de ce type, animait les deux services. Seule la place Saint-Pierre, bien qu'en territoire pontifical, était placée sous la juridiction de la police italienne.

Sans qu'elle fût « membre » à part entière de l'organisation, Judith, dans le cadre des missions que lui confiait Lorenzo, avait déjà collaboré avec les agents de la Sapinière. Leur rôle consistait notamment à collecter des informations sur l'activité des États et les affaires catholiques dans le monde. Un travail qui impliquait plusieurs centaines de personnes, à la fois religieuses et laïques… Certaines d'entre elles pouvaient porter l'habit ecclésiastique sans pour autant appartenir aux ordres sacrés. C'était le cas d'Anselmo. Et s'il avait dû renoncer à ses ambitions de jadis, l'espionnage et la sécurité du souverain pontife étaient naturellement les plus sérieuses des choses. Lorsqu'on s'avisait de lui demander aujourd'hui de quelle manière il parvenait à concilier sa foi avec le recours parfois nécessaire à la violence, Anselmo pouvait citer des passages entiers de saint Augustin et de sa théorisation de la guerre juste… Longtemps, il s'était interrogé sur les contradictions inhérentes à son activité. Il s'était parfois senti déchiré. L'œuvre de Dieu, la justice des hommes ! Il fallait bien des gens comme lui. Même s'il lui arrivait de regretter ses rêveries de promeneur lombard.

Par le passé, il avait déjà accompagné Judith sur le terrain. Anselmo était son ange gardien depuis un moment. Indéniablement, sa présence était nécessaire, et tout à fait rassurante. Ces deux-là n'avaient pas besoin de se parler pour se comprendre.

Elle sourit.

— Vous n'êtes pas obligée d'accepter, Judith, dit Dino.

La jeune femme baissa les yeux.

Elle évacua une poussière du revers de sa jupe noire.

Puis elle se retourna vers le directeur des Collections.

— Quand partons-nous ?

Par-delà les fenêtres du couloir, le drapeau de la Cité, jaune et blanc, arborant la clé de saint Pierre ornée des trois couronnes, ondulait doucement dans le vent au-dessus de la basilique. Perdue dans ses réflexions, Judith quittait le bureau de Lorenzo, essayant de récapituler tout ce qu'ils s'étaient dit, son dossier *Confidentiel* sous le bras. Anselmo était resté avec Dino.

La Lance… retrouvée à Meggido… L'étincelle de l'Apocalypse…

Tout à coup, un brouhaha à l'angle du couloir la fit sursauter. Et là, au fond, elle le vit arriver.

Pour l'heure, il avait abandonné la tiare et la crosse pastorale d'argent dans le secret de ses appartements. Calotte sur la tête, soutane et camail immaculés de laine fine, croix pectorale d'or et mocassins de cuir bordeaux parfaitement lustrés, anneau pontifical à la main droite, le pape avançait à pas mesurés.

Il avait la même énergie, la même noblesse, la même stature, la même lueur conquérante dans le regard que par le passé. Depuis leur première rencontre, sept ans auparavant, sa chevelure, d'un noir de jais, s'était mâtinée de mèches cendrées. Cela n'entamait en rien sa démarche altière, celle du meneur d'hommes, que Judith lui connaissait déjà du temps où il n'était « que » cardinal. Leonardo Spinelli di Rosace, dit Clément XVI, avançait ainsi, entouré d'un aréopage d'éminences, parmi lesquels la jeune femme reconnut Nabisso et Acquaviva. Elle se tenait au centre du couloir et s'arrêta. En la voyant, le Saint-Père sourit, de ce sourire radieux dont il avait le secret, et ralentit sa marche jusqu'à se poster devant elle. Il la dépassait de deux bonnes têtes.

Lentement, Judith s'agenouilla et baisa l'Anneau du Pêcheur.

Elle leva les sourcils et, à son tour, esquissa un sourire.

— Relevez-vous, Judith, dit Leonardo. J'ai cru comprendre que Dino avait quelque chose à vous confier…

— C'est exact, Très Saint-Père. Je sors de son bureau à l'instant.

La complicité entre le pape et sa protégée ne trompait personne. Ils s'étaient rencontrés aux funérailles d'Itzhak Witzberg, vieil ami de Spinelli, et professeur d'histoire de l'art de Judith. Itzhak venait alors d'être assassiné. Le cardinal Angelico était mêlé à l'affaire, et la jeune femme s'était trouvée impliquée malgré elle dans la tempête de la succession pontificale. Spinelli se revoyait lui-même, sept ans plus tôt, sur le parvis de Notre-Dame de Paris, découvrant cette jeune femme qui se frayait un chemin parmi la foule pour tenter de lui parler. Puis, dans le hall de l'aéroport de Roissy Charles-de-Gaulle, où il avait compris ce qui se tramait, alors qu'il repartait en Italie et que, déjà, se profilait l'organisation du conclave. Au Mont-Saint-Michel enfin, où ils s'étaient finalement retrouvés, devant la baie inondée de lumière. Il se souvenait distinctement de Judith, contemplant la flèche de l'Archange dressée dans le ciel.

Soudain, son front se rembrunit

— Lorenzo vous a dit, je crois, que je pensais à vous pour une affaire qui nous inquiète…

— Je pars demain. Anselmo m'accompagne.

— Oui… Vous serez en de bonnes mains. Et Dino me tiendra informé. Bon courage, Judith. Mais tout va bien, j'espère ?

Elle hésita, une mèche blonde vola sur son front, qu'elle ramena derrière son oreille.

— Euh… Et vous ?

Spinelli retrouva le sourire, amusé.

— J'ai, comment dirais-je… beaucoup de travail.

Il repartit, dans un frémissement de son aréopage, le brouhaha des discussions reprenant autour de lui. Dans un dernier regard pour elle, il se retourna :

— Judith… Soyez prudente.

Il lui sourit encore avant de gagner ses appartements.

Judith resta là quelques instants, le regardant s'éloigner… puis elle tourna les talons.

⁂

Elle passa le reste de la journée à préparer son départ avec Anselmo et à passer au crible tous les éléments du dossier que Dino lui avait remis. Lorsqu'elle regagna son appartement de la via Veneto, elle était fébrile. Absorbée par ses pensées, elle ne cessait de se remémorer sa discussion avec le directeur des Collections.

Elle prit machinalement son courrier dans la boîte aux lettres, monta au troisième étage, et jeta un soupir de soulagement en entrant chez elle. Elle devait se détendre. Abandonnant ses clés sur le canapé, elle se prépara un thé et, pendant qu'il infusait, prit une douche chaude. Puis, comme elle le faisait souvent en revenant du Saint-Siège, elle troqua sa tenue vaticane contre un T-shirt blanc, un jeans et une paire de baskets. Elle tenta de se distraire mais, n'y parvenant pas, continua de travailler un moment. Il lui fallut une heure avant de repérer, parmi les enveloppes qui lui étaient parvenues ce jour, l'une d'elles dont le logo la saisit aussitôt.

Elle sentit son cœur battre plus fort.

Ainsi, cette fois, elle est arrivée…

Judith mit une demi-heure de plus avant de se décider à l'ouvrir, tournant autour, la gorge sèche. Ce fut les mains tremblantes qu'elle décacheta l'enveloppe, lorsqu'elle se décida enfin.

Cinq minutes plus tard, Judith considérait encore sa tasse de thé, les yeux perdus dans le vide.

Puis, soudain, elle la jeta. La tasse se brisa et le thé couvrit l'évier de ses éclaboussures.

Judith se prit la tête entre les mains pour laisser libre cours à ses larmes, les épaules secouées de frissons.

Non… Pourquoi ?

Elle se servit cette fois un verre de vodka glacée, puis contourna le comptoir de la cuisine et retourna s'asseoir à son bureau, dans le petit salon, devant les fenêtres. Au-dehors, le soleil plongeait vers un nouveau crépuscule. Judith regarda le feuillage mouvant des arbres qui bordaient la rue en contrebas.

Calme-toi, Judith. Calme-toi.

Elle suivit avec indifférence les allées et venues des voitures et des passants, contempla les riches façades des villas romaines alentour, ses pensées confuses s'attardant sur les détails les plus insignifiants, la couleur de leurs volets, la forme de leurs encorbellements, la profusion chaotique des toits. Judith, le cœur gros, se massa les paupières. Le ciel, lentement, se déchirait de couleurs, la pénombre gagnant peu à peu le souvenir des antiques empereurs, avalés par l'oubli de nouvelles obscurités, irisant les arcades du Colisée, les Neptune de la fontaine de Trévi et le marbre lointain du mausolée augustinien. Elle se recula sur sa chaise. Son ordinateur portable, sur lequel elle pianotait d'ordinaire ses rapports, était éteint. De nouveau, elle fut gagnée par les larmes. C'était comme si elle l'avait toujours su. Elle se disait même que cette intuition inexplicable, irrationnelle, n'avait cessé de peser sur son destin, depuis le temps où elle était étudiante. Une pensée idiote, bien sûr. Mais la confusion de son esprit était si grande qu'elle ne pouvait s'empêcher de relire toute sa vie à l'aune de ce qu'elle éprouvait à présent. Comme si ce sentiment de fatalité, de drame à venir, n'avait jamais cessé d'être là, quelque part en elle.

Elle se leva. Elle était déjà inquiète de son départ imminent, et voici que cela lui tombait dessus, en plus de tout ! *Maintenant*, pour être bien sûr qu'elle perde sa lucidité !

— Merde, MERDE !

Judith, reprends-toi, je t'en prie. Reprends-toi.

Il y aura toujours des solutions, d'autres solutions…

Allons… Était-ce un hasard si, autrefois, elle avait sérieusement caressé l'idée d'entrer dans le secret d'une congrégation silencieuse ? Était-ce un hasard si, adolescente, puis jeune fille, elle avait eu l'impression de n'être pas du siècle, pas de ce temps, mais toujours à côté de la marche du monde, assistant en observatrice incrédule à la progression d'un chaos qui l'étouffait ? Était-ce un hasard si, face à ses peurs enfouies, elle s'était sans cesse jetée dans toutes les formes de sublimation ? L'art… La religion… Trouver une autre voie, une forme de transcendance. Une espérance. Espérer, oui ! que derrière le voile de cette terre, il existât une autre réalité. Plus belle, plus pacifique. Arrachée au chaos. *La catho de service.* Ce besoin de sens, que même ses parents n'avaient pas compris, pas mesuré en tout cas. Cette foi qui prêtait si facilement à la suspicion de certains. Et, aujourd'hui, la blessure tant redoutée. Elle n'avait pas osé leur en parler — à eux, ses parents, qui rêvaient encore d'une autre vie pour elle, malgré le chemin qu'elle avait pris. Judith vacilla, ses yeux chavirèrent. Très pâle, elle porta une main à son front. Ses lèvres se perdaient en murmure. Elle ne leur avait pas dit… et n'en dirait pas davantage, alors que ses craintes étaient confirmées. Les forces lui manquaient. Elle préférait les laisser au seuil de leur rêve. De leur romance.

Tu n'auras jamais d'enfant.

Elle retint ses larmes.

Un faible rayon de soleil traversa son visage d'une lumière orangée.

Pourquoi lui envoyait-on une telle épreuve ? Était-ce sa foi même qu'il lui fallait remettre en cause ? Elle devait rester lucide. Ce n'était qu'un problème physiologique, n'est-ce pas ? Elle secouait la tête. La fenêtre devant laquelle elle se trouvait lui renvoyait son reflet. Elle y vit une farce, une grimace, un simulacre. Elle avait tant rêvé de son royaume céleste, de sa Jérusalem de lumière ! Tant cru à la poésie de ces textes, de ces peintures, de ces recherches dans lesquelles elle avait engagé toute sa force d'âme ! Et voici qu'elle s'imaginait de nouveau voilée, triste et voilée, comme ce reflet indistinct, étoilé, presque déformé. *Seule…* elle s'était toujours sentie si seule. Et ce soir peut-être plus que jamais. Même au cœur de l'Église, même avec cette idée d'une communauté de plus d'un milliard de fidèles... Cela lui faisait une belle jambe ! *La maternité ! La maternité, tout de même !*

Et de toute façon, quelle importance ? ajouta-t-elle mentalement avec une froide ironie, *je ne suis même pas fichue de trouver un homme, alors...*

Elle avait commencé par avoir des douleurs au bas-ventre, puis dans les jambes et le bas du dos. Une échographie urgente avait mis au jour des kystes d'endométriose. Endométriose. Mot inquiétant, inconnu du profane. Les effets de cette maladie étaient, eux, parfaitement clairs. L'endométriose était la principale cause de l'infertilité. Une paroscopie sous anesthésie locale avait confirmé le diagnostic. Le médecin avait demandé à Judith si elle souhaitait avoir des enfants — ce à quoi elle avait répondu oui, naturellement. Une première, puis une seconde intervention, censées sauvegarder et améliorer ses « capacités de reproduction », comme l'on disait si poétiquement, n'avaient pas suffi. On avait tenté de combiner ces interventions avec un traitement médical. Hormones ou pilules contraceptives, il s'agissait toujours de bloquer l'ovulation pour soulager la douleur ou faire disparaître les lésions, du moins provisoirement. Mais ces sortes de ménopauses artificielles, calculées, ne réglaient pas la source du problème.

Restait la possibilité ultérieure d'une reproduction assistée utilisant le sperme d'un éventuel conjoint, pour augmenter la probabilité de grossesse d'environ un tiers.

Tout n'était pas perdu : mais, jusqu'à aujourd'hui, l'amélioration des taux de fécondité grâce à ce genre de traitement n'avait jamais été démontrée. On s'était donc contenté de lui prescrire des analgésiques simples et des anti-inflammatoires. Et les résultats des dernières analyses, qu'elle venait de découvrir ce soir, n'étaient pas bons. Sa gynécologue avait même récemment évoqué la possibilité d'une hystérectomie pour lui assurer une vie « normale ». Une vie où elle renoncerait définitivement à avoir des enfants. En attendant, elle pouvait toujours prendre de l'aspirine…

Son regard croisa une miniature, encadrée d'or, disposée sur son bureau. Un cadeau que Dino lui avait offert, quelques années plus tôt, lorsqu'elle était entrée à son service. Elle avala une gorgée de vodka. La miniature était l'œuvre de l'un des disciples de Raphaël. Sur le marché, elle aurait sans doute valu plusieurs centaines de milliers d'euros. Voilà ce qui lui passa par la tête. Plusieurs centaines de milliers d'euros. N'était-ce pas ainsi que l'époque traitait de toutes les valeurs ? Elle eut un sourire amer.

On y voyait une représentation conventionnelle de Marie, auréolée de grâce, le voile tombant sur l'arrondi de son visage, une expression d'infinie douceur dans les yeux.

Penchée sur son enfant.

Marie, la Toujours Vierge ! Ah !

Judith leva le poing, prête à pulvériser la petite glace qui protégeait la miniature.

Il lui fallut toute sa force, et le vieux souvenir du respect qu'elle portait aux œuvres d'art, pour ne pas balayer l'icône de son bureau.

Bondieuseries ! *Marie, l'Immaculée Conception, la Toujours Vierge !*

Alors quoi, elle, la gentille fille, était-elle abandonnée de Dieu ? Mais quel était ce monde ?

Comment pouvait-Il laisser faire ?

Je vous salue Marie, pleine de grâce…

Elle renifla encore et alla s'effondrer sur son canapé.

Tu n'auras jamais d'enfant.

Maintenant, il fallait affronter. Une main effleura son ventre.

Le masque était tombé. La faille s'était ouverte, béante. Elle resta là longtemps, les yeux dans le vide. Ses doigts caressaient mollement son verre.

La Lance de la Destinée… Tu parles.

Elle hasarda un regard vers une pochette déposée auprès des documents de Lorenzo, sur son bureau. Des liasses d'argent liquide, des cartes de crédit et les billets d'avion délivrés par la gracieuse agence du Vatican, *Ad sedem Petri*.

Le kit complet.

Son vol pour Le Caire partait le lendemain aux aurores.

3

Le Caire, al-Azhar, Khan, Cité des Morts, 2006
Désert du Sinaï, 2006
Vatican, 2006

J'ai toujours voulu mettre en scène une paranoïa de l'interprétation. J'ai médité la phrase de G. K. Chesterton : « Depuis que les hommes ne croient plus en Dieu, ce n'est pas qu'ils ne croient en rien, c'est qu'ils sont prêts à croire en tout. » C'est que, face à la grande crise des idéologies, la réaction n'est pas un athéisme dur, mais au contraire une fascination pour tout mystère, kabbalistes, rose-croix, templiers, schismes des Églises. L'occultisme, l'ésotérisme et les dérivés envahissent les librairies depuis de nombreuses années, et les racines mystiques des terrorismes sont évidentes. La poussée religieuse, une recherche de l'absolu, du satanisme, tout ça forme un cocktail assez délirant…

Allocution. Citations de U. Eco,
article signé J.-P. A. p. 91,
in *Le Point* nº 1693 du 24 février 2005.

Dans l'avion d'Alitalia qui l'emmenait au Caire, assise à côté d'Anselmo, Judith tentait avec difficulté de se concentrer. Elle avait disposé une pile de journaux sur la tablette devant elle. Elle avait mal au crâne, ses yeux étaient encore cernés de sa nuit tourmentée, et elle s'était levée à quatre heures et demie du matin pour gagner l'aéroport. Anselmo, lui, s'était plongé dans la lecture de *Chasse et Nature*, et semblait se passionner pour la traque de la palombe ; ce qui, en temps normal, n'eût pas manqué de faire sourire la jeune femme, étant donné le statut peu habituel de son précieux ange gardien. Anselmo avait quitté sa soutane ordinaire pour un costume noir, et tripotait sans y penser la petite croix d'argent agrafée au revers de sa veste De Retis, l'un des tailleurs préférés des *porporati*, les cardinaux. Toujours intuitif bien que peu loquace, Anselmo avait tout de suite remarqué que Judith n'allait pas très bien. Il lui avait demandé s'il pouvait l'aider, elle s'était contentée de répondre évasivement. Mais connaissant la discrétion et la retenue naturelles de son chaperon, cette sollicitude l'avait touchée.

Judith s'efforça de retrouver ses esprits pour se plonger dans la presse du jour. Les services du Vatican utilisaient parfois les journaux, en particulier l' *Osservatore Romano* — évidemment —, pour transmettre des messages cryptés à destination de leurs agents. Judith avait assisté pendant quatre ans à de nombreuses conférences dispensées à la Minerva, la plus ancienne école de diplomatie du monde. Les élèves de cette noble institution étaient logés dans un palais, via della Scrofa, appartenant au Saint-Siège et doté du statut extraterritorial, dans des séminaires romains, ou bien à l'intérieur même de la cité du Vatican, dans le bâtiment Sainte-Marthe. Judith avait ainsi bénéficié d'une longue expérience, ainsi que de stages de formation un peu plus… spéciaux. Dirigés par des jésuites et des cardinaux de diverses nationalités, ces stages étaient avant tout destinés aux personnels de la Sapinière… On y enseignait les *black arts* indispensables à tout agent de renseignements, fût-il épinglé du statut de « conseiller spécial » comme l'était Judith. Elle avait tout appris des *codes and ciphers*, de la parapsychologie, de la cryptologie ; elle avait également suivi des cours de photographies cachées, dont certains étaient d'ailleurs dispensés aujourd'hui par Anselmo à ses — rares — heures perdues.

Mais rien de crypté ce matin dans la presse officielle — c'était le moins que l'on puisse dire. Comme l'avait craint Dino Lorenzo, l'information avait filtré. Les journaux s'étaient emparés des mystérieux morts de Meggido. UNE ÉQUIPE D'ARCHÉOLOGUES ET TROIS MILITAIRES ISRAÉLIENS TROUVENT LA MORT À MEGGIDO, lisait-on dans le *Corriere della Sera*. Le *Libération* français annonçait un BAIN DE SANG À MEGGIDO et le *Herald Tribune* titrait MASSACRE INCOMPRÉHENSIBLE À MEGGIDO. La seule donnée — mais de taille — qui avait pu être occultée concernait l'objet même des fouilles, à savoir la Lance. On évoquait seulement des « recherches internationales à caractère biblique » ou « portant sur les premiers temps du christianisme ». Les raisons du carnage restaient imprécises. Et pour cause : les services du Vatican, du gouvernement hébreu et des Palestiniens avaient fonctionné efficacement. Mais les spéculations allaient bon train. Le site lui-même avait été bouclé par les autorités israéliennes. Bientôt, les journalistes en apprendraient davantage ; ce n'était qu'une question de temps. Judith était de plus en plus tendue.

Elle jeta un regard en direction du hublot, considérant quelques secondes la fuite des nuages sous le ciel azuré. Le reflet du soleil dessinait une étoile de lumière sur l'aile de l'appareil. Elle continuait de faire des efforts pour se remobiliser, mais ses pensées restaient fuyantes. Les élancements dans son crâne ne la laissaient pas en paix.

Mettant la presse de côté, elle soupira et fouilla dans son sac, pour en sortir de nouveau le dossier *Confidentiel* du directeur des Collections.

Elle tenta de récapituler ce qui s'était produit depuis la rédaction du premier rapport qu'elle avait rendu à Lorenzo. Premièrement : il était dit dans la Bible qu'au soir de la Crucifixion un légionnaire du nom de Cassius ou Longinus, futur saint Longin, avait transpercé le flanc du Christ pour s'assurer de sa mort. Deuxièmement, Ludwig Kaas, puis Dino Lorenzo avaient exhumé les parchemins du *Testament de Longinus* sur la dépouille d'un templier revenu de Saint-Jean-d'Acre, après la défaite de 1291 contre les musulmans. Les parchemins, rédigés d'abord en grec par Longinus — ou sous sa dictée — étaient sans doute passés entre les mains des esséniens de Qumrân, qui les avaient complétés et entremêlés de leurs propres prophéties apocalyptiques, annonçant le retour du Messie et la bataille eschatologique finale. De quelle manière les rouleaux avaient-ils bien pu se retrouver dans la nécropole de Saint-Pierre ? Mystère. Troisièmement, les traductions conjointes de Judith et du père Fombert de l'École biblique leur avaient permis de mettre au jour la chapelle de Meggido, sur le site prétendu de l'Apocalypse. Tout cela ne pouvait être le seul fait du hasard !... Et, pour finir, l'équipe des fouilles, après deux ou trois semaines de travaux, trouvait la lance. Sous réserve d'expertises complémentaires, il existait désormais de très fortes présomptions pour que celle-ci fût authentique.

C'est incroyable ! se dit Judith en se passant une main sur le front. *Insensé !* On pouvait encore imaginer que les parchemins de Longinus eux-mêmes fussent des faux, mais les analyses avaient prouvé la coïncidence des dates, et la marge d'erreur était très faible. Qui donc pouvait avoir intérêt, à l'époque, à raconter une telle histoire, si ce n'était le légionnaire en personne ? S'était-il rendu à Qumrân avant de retourner dans son Italie ou sa Cappadoce natale ? Les extraordinaires découvertes de la chapelle, puis de la lance, semblaient bien à elles seules constituer des preuves. Une attestation de cette fantastique vérité.

Nous avons peut-être trouvé l'une des plus fascinantes reliques de la chrétienté, pensa Judith.

Après tout, on avait bien retrouvé le tombeau de saint Pierre, les reliques de l'évangéliste Marc, ramenées en 828 d'Alexandrie à Venise, ou le saint suaire — dont, il est vrai, on débattait toujours sans fin l'authenticité. La lance n'échapperait pas davantage aux nécessités d'expertise et aux controverses ésotériques. Mais voici qu'à peine trouvée elle était dérobée… Et, si l'on en croyait les informations de Dino et des Israéliens, l'opération avait visiblement été perpétrée par des professionnels. L'examen des douilles retrouvées sur place et les analyses balistiques effectuées en toute hâte par le Mossad avaient montré que les tirs provenaient d'armes de pointe, de type M16 à munitions 13 mm, à lunette et visée laser — des fusils d'affût à longue portée dans le genre de ceux utilisés par les snipers au temps de la guerre en Bosnie. Josi avait été tué par un pistolet, sans doute équipé d'un silencieux. Judith, Enrico Josi et le Vatican n'avaient pas été les seuls à prendre ces recherches au sérieux... Si cet homme, Damien Seltzner — apparemment le seul survivant —, était impliqué, il avait eu tout le temps de servir d'intermédiaire avec telle ou telle organisation, et de la tenir informée de la progression des travaux durant la période des fouilles. La chapelle avait été rapidement repérée, et excavée en deux semaines. Sa seule localisation grâce aux parchemins suffisait à laisser penser que la lance avait toutes les chances de s'y trouver. Les terroristes, puisqu'il fallait bien leur donner un nom, à défaut d'un visage, avaient dû agir vite, sitôt que la lance avait été découverte, et avant qu'elle ne fût acheminée à l'École biblique de Jérusalem.

Une organisation... Mais laquelle ?

Les réflexions de Judith dessinaient sur son front des traits fatigués. Elle regardait la photo de Damien Seltzner. Trente-cinq ans environ, plutôt séduisant, mèche châtaine lui barrant le front, petites lunettes rondes, barbe de trois jours. Son chapeau et la pose de circonstance qu'il avait prise lui donnaient tout de même un air d'Indiana Jones d'opérette. Elle soupira encore. Certes, si la lance était bel et bien la Lance biblique, elle possédait en soi une valeur inestimable. Mais elle était également impossible à monnayer. Pourquoi avoir décidé d'une telle tragédie, dans les lueurs du soleil couchant à Meggido ? Pour la conserver bien à l'abri, quelque part dans une autre grotte, une autre cave ? Dans le sous-sol d'un collectionneur privé ? Il existait bien un marché international des reliques volées, comme de toute œuvre d'art. Mais celle-ci ne pourrait manquer d'attirer l'attention. Elle serait immédiatement repérée. L'enjeu était trop grand. Alors à quoi bon ?

Judith referma un instant le dossier *Confidentiel* de Dino. S'emparant d'un stylo, elle nota sur une petite feuille quadrillée :

Meggido → Satanistes ? Secte apocalyptique ?

Elle songea de nouveau à ce que lui avait dit le directeur des Collections au sujet du regain de courriers électroniques reçus au Vatican ; des messages prophétiques enregistrés à l'envers sur des cassettes audio, en basses fréquences, quasi indécelables et glissés jusque dans les *Ave Maria* ; du hacker à l'identité indéterminée qui avait téléchargé sur leur site officiel et sur les ordinateurs de Sa Sainteté un cheval de Troie. Le Vatican était habitué aux attaques et aux bouffées délirantes de certains illuminés. Leur récente recrudescence inquiétait Dino, qui se faisait là le porte-parole de la curie. Et en effet il n'y avait pas de quoi rire. *Les illuminés du satanisme.* Dans le bureau de Dino, Judith avait fait le lien spontanément. Elle-même avait étudié le phénomène dans le cadre des travaux de documentation et de recherche qu'elle avait menés aux Archives. Ce n'était d'ailleurs pas son meilleur souvenir. L'Église psychédélique de Vénus, la Société du culte noir, l'Église de la source éternelle, le Culte gnostique des ophites de Satan, l'Ordre vert, les Fils du feu, The Church of Satan… On ne comptait plus les mouvements qui, au tournant du troisième millénaire, s'étaient développés à grande vitesse. Si leurs intitulés faisaient sourire, le cortège de crimes rituels qui les accompagnait était, quant à lui, nettement moins drôle. Aux États-Unis, la police de Pennsylvanie avait recensé pas moins de dix mille groupes ou factions se réclamant du satanisme en 1946, et cent trente-cinq mille en 1985 ! Leur nombre avait encore grandi depuis, bien que plus aucun chiffre exact ne fût fourni. Certains articles du *Daily News* ou du *Los Angeles*

Herald Examiner que Judith avait lus lui faisaient encore froid dans le dos. La litanie horrifique était telle qu'en 1990 l'American Family Foundation avait publié un guide pratique entièrement consacré au satanisme, et destiné à aider les familles confrontées aux tentatives de manipulations sectaires.

La pointe du stylo de Judith dansait sur la feuille quadrillée.

Elle se souvenait d'avoir consulté le célèbre fichier VICAP du FBI. Les adeptes de la première forme de satanisme étaient souvent les produits de l'underground américain, des adolescents isolés et souvent drogués, fans de jeux de rôles, de musique hard-rock et de *heavy metal.* Éprouvant pour les symboles maudits une fascination morbide, ils organisaient des « rituels » au cours desquels ils égorgeaient des chats et se barbouillaient de sang. La chambre de ces adeptes donnait une idée assez précise de la saine ambiance dans laquelle ils baignaient : posters exaltant le sexe et le sadisme, cierges, ossements, ouvrages de démonologie, croix gammées nazies, pendentifs gravés d'un 666 ou d'un FFF, la sixième lettre de l'alphabet, piercings sur les lèvres, graffitis tels que *Natas* ou *Nema* — Satan ou Amen à l'envers — cassettes vidéo gore ou *snuff-movies*, disques de Judas Priest ou AC/DC — *AnteChrist* / *Demon-Child*... Dans ce genre de musique syncopée et ultraviolente, traversée d'appels à la barbarie et au meurtre, on trouvait parfois le même genre de messages subliminaux que ceux adressés au Vatican. Des messages comme *Do it !*, incitation au suicide, ou *Le Pouvoir, c'est Satan*, ou encore *Mon Doux Satan... Il est en moi*, enregistrés en basses fréquences ou en ultrasons, et selon les mêmes modalités que celles décrites par le directeur des Collections.

Dans quelles sociétés vivons-nous pour produire ces phénomènes ?

Mais cela n'avait-il pas été de tout temps — sorcellerie, cauchemars, fantasmes de rituels sanglants ? En outre, il fallait davantage qu'un *serial-killer* isolé ou un adolescent détraqué pour inquiéter la sécurité vaticane, et rendre tangible une menace organisée — *quoique, dans un monde comme le nôtre*, songea Judith, *il suffit parfois d'un fou pour faire basculer la vie de milliers, voire de millions de personnes...* Il y avait bien des « familles » d'individus endoctrinés, que les thérapies psychiatriques parvenaient rarement à faire sortir des cycles infernaux, ainsi que des sectes adeptes de la sorcellerie comme la Fondation Abraxas ou la Wicca qui, sans nécessairement prôner des crimes rituels, en encourageaient l'émergence au nom d'une liberté absolue, favorable à tous les plaisirs et à toutes les orgies sexuelles. Non seulement ces atrocités ne relevaient pas que du fantasme, mais les États-Unis étaient loin d'être le seul pays touché. Le Brésil, l'Argentine, la Hongrie en étaient d'autres exemples. La France elle-même n'était pas en reste. Dix ans plus tôt, un docker de Rouen avait tué au nom de Satan une greffière, l'un de ses amis, puis un gardien de prison, après avoir fait ses « premières armes » en sacrifiant des animaux. Et le temps n'était pas si loin où *Paris Match*, avec force envolées pathétiques, dépeignait les délirantes cérémonies occultes organisées, de nuit, au cimetière du Père-Lachaise. Du grotesque au sérieux, il n'y avait parfois qu'un pas, que franchissaient aisément les plus dérangés.

Pourtant... Judith fit la moue. Elle avait beau être inquiète de la destinée universelle, elle avait peine à croire que, derrière le carnage de Meggido, puisse se profiler un quelconque groupe sataniste. Le satanisme et l'ésotérisme étaient suffisamment à la mode pour servir de paravents en toute occasion. En l'espèce, la jeune femme restait sceptique.

Elle se reconcentra, quel était le mobile réel ? Malgré les délires apocalyptiques déversés sur les serveurs du Vatican, annonçant le retour de l'Antéchrist ou l'invasion des extraterrestres, la froideur chirurgicale de l'opération de Meggido ne cadrait pas avec l'extravagance frénétique de ce genre de mouvements. Leurs moyens, du moins pour la plupart d'entre eux, restaient tout de même limités, certainement pas paramilitaires, et relevaient d'endroits très localisés. Tout cela s'était produit au milieu d'une équipe d'archéologues, en plein cœur d'Israël, à deux pas de Nazareth. Aucun symbole rituel ou signe particulier n'avait été retrouvé sur place. Seul dansait dans la tête de la jeune femme le souvenir de ce Dragon émergeant des eaux, et de la Pietà inversée des mosaïques…

Il restait que la Lance elle-même possédait ses propres liens avec l'occultisme. Cela n'avait pas échappé à Judith, lorsqu'elle avait commencé à rédiger son rapport. Dans la tradition occulte, la Lance était un symbole de puissance, qui prenait sa source dans la Bible, de la même façon que l'épée Excalibur. Elle n'était pas non plus sans lien avec les chevaliers de la Table ronde et la quête du Saint-Graal — le *sang real*, le vrai sang du Christ recueilli dans le calice par Joseph d'Arimathie au soir de la Crucifixion. On disait qu'Hitler lui-même, dont l'appétence pour l'ésotérisme n'était un secret pour personne, s'était passionné pour sa légende. Il en avait entendu parler en 1913, au milieu des gravures astrologiques et de dessins rituels, dans l'arrière-boutique d'une petite librairie, perdue dans les rues hantées de Vienne. À la même époque, le Dr Walter Johannes Stein, futur conseiller de Churchill, faisait lui aussi des recherches sur le Graal et *Parzifal*. Il travaillait à partir du texte initiatique qui inspira Wagner, et qui, selon lui, était bien plus qu'un roman de chevalerie. Versé dans les « secrets cachés de la légende du Graal », Stein tomba dans cette librairie viennoise sur le vieux poème de *Parzifal* — un exemplaire qu'Hitler avait annoté de sa main, au moment où il commençait à théoriser ses fantasmes délirants autour de la filiation aryenne, du destin du peuple allemand et de la résurrection du pangermanisme. Le livre avait été laissé en gage chez l'occultiste, et Stein l'avait acquis par erreur, avec trois aquarelles d'Hitler. Toutes représentaient le trésor de Hofburg, dont la fameuse *Heilige Lance* : la Sainte Lance.

Il était dit que cette Lance, après avoir été détenue par Longin puis Joseph d'Arimathie, avait été utilisée comme talisman de puissance par tous les grands empereurs germaniques, de Charlemagne à Frédéric Barberousse. Quelque temps plus tard, Stein fit la connaissance d'un dénommé von List, écrivain politique qui animait également une loge au sein de laquelle étaient révérés les idéaux pangermaniques, et dont les membres, devant le swastika sinistrogyre qui remplaçait la croix, perpétraient allégrement rites lucifériens et perversions sexuelles. Avec Hitler, Stein fut conduit par von List dans les galeries du fameux Hofburg Museum, devant la prétendue Lance exposée en vitrine — la Lance de Hofburg qui, selon Judith et d'autres spécialistes, avait toutes les chances d'être un faux.

Hitler, si l'on en croyait des sources elles-mêmes douteuses, était tombé sous l'emprise de l'objet fabuleux, à l'occasion d'une sorte de transfiguration malfaisante : en transes, il semblait possédé, dans cet état qu'on lui connaîtrait plus tard à l'occasion de ses discours enflammés et millénaristes. Il se serait emparé de la *Heilige Lance*, pour bénéficier de ses pouvoirs occultes, tout à sa quête de la pureté du sang originel — son Graal personnel, s'alliant ainsi les puissances des ténèbres. En avril 1945, des soldats de l'armée américaine sous la direction d'un certain lieutenant Horn auraient exhumé la Lance, mise au secret par Hitler, dans un caveau de Nuremberg. Le soir même, le Führer se suicidait dans son bunker. Y avait-il un rapport réel entre ces différents épisodes, pour le moins étranges ?

Continuant de prendre des notes, Judith écrivit :

Lance → Fantasme de pouvoir occulte ?

Elle soupira. Le revers maléfique de la tradition de la Lance était chargé de cette filiation propre à enflammer les imaginations, et susceptible de servir d'adjuvant idéologique à toutes les formes de manipulations et de diabolisations. Cette possible captation de la Bible au profit du pire lui donnait la nausée. En même temps, elle qui, d'ordinaire, était un modèle de rationalité, ne pouvait nier qu'elle avait été fascinée par l'histoire de la Lance. Il y avait là un piège courant, qui la mettait dans une situation inconfortable. Mais de là à imaginer un lien entre cette filiation et l'épisode actuel, du moins un lien authentique… Elle n'y croyait guère non plus. Car enfin, quel était l'ennemi ? Quel était le véritable ennemi d'aujourd'hui ?

La Lance de la toute-puissance… Encore des délires sectaires… Ou bien ?…

Judith était habitée d'un sentiment très désagréable. Son appréhension redoubla.

Elle regarda sa montre. Ils arriveraient bientôt.

Peut-être le Mossad en saurait-il déjà davantage. La jeune femme rechercha la « fiche contact » sur laquelle figurait le nom de l'agent qui serait leur interlocuteur au Caire : un certain Harry Milchan — du moins était-ce là l'une de ses identités. Il préviendrait Anselmo de leur point de rendez-vous, quelque part au cœur de la vieille cité, dès qu'ils seraient arrivés en ville et qu'ils auraient déposé leurs affaires dans leurs chambres d'hôtel de Zamalek, le quartier des ambassades. S'ils mettaient la main sur Seltzner et qu'il refusait de leur parler, Milchan aurait pour tâche de livrer l'archéologue aux autorités israéliennes et de le transférer à Beer Sheva, en Israël, pour interrogatoire. Peut-être Judith et Anselmo devraient-ils s'y rendre également, si Dino le jugeait opportun, et s'ils recevaient les autorisations nécessaires, ce qui était loin d'être acquis. Mais tout cela passerait directement par le Vatican. Elle n'avait pas à s'en préoccuper.

Judith ferma les yeux. Les images des cadavres de Meggido revinrent troubler son esprit. Une pensée vague, lancinante et très désagréable lui passa par la tête. Les membres de l'équipe étaient morts… et c'était à la suite de ses recommandations à elle, Judith Guillemarche, que les fouilles avaient été entreprises. Une ombre passa sur son front et son mal de crâne redoubla. Elle se sentait soudain un peu responsable. Mais il n'avait jamais été question que cela comporte le moindre danger ! Pourquoi tout cela ? Elle n'y comprenait rien. Elle sursauta en entendant soudain la voix du commandant de bord nasiller dans les haut-parleurs.

— Mesdames et messieurs, nous amorçons notre descente vers l'aéroport international du Caire. Nous vous prions de regagner vos places, de relever vos tablettes et d'attacher votre ceinture. La température au sol est de…

Anselmo referma son *Chasse et Nature…*

Judith boucla sa ceinture.

⁂

Judith passa par Midan al-Ataba pour gagner al-Azhar, la « mosquée splendide », d'origine fatimide, située à deux pas du souk où Anselmo et l'agent du Mossad devaient se trouver en ce moment même. Elle y serait en sécurité, le temps qu'Anselmo et Milchan s'assurent d'avoir « fixé » Seltzner, que l'Israélien traçait depuis sa localisation au Caire par les services secrets, dans une boutique voisine. Judith, tendue, consultait sa montre à intervalles réguliers en essayant de rester lucide. Anselmo avait promis d'user des services de l'un de ces enfants des rues qui couraient le souk pour la prévenir dès que possible. Ils se retrouveraient auprès de la mosquée avant d'appréhender définitivement l'archéologue.

La jeune femme inspira et releva les yeux.

Pourvu que tout se déroule selon nos plans.

Judith ôta discrètement son crucifix et couvrit ses cheveux blonds. Elle se déchaussa pour pénétrer dans la cour centrale écrasée de lumière, déambulant entre les piliers et les arcs persans des portiques, trompant sa nervosité en admirant le mihrab couvert de mosaïques. Une minute plus tard, elle entra dans la vaste salle de prière, un vaisseau large et profond, semé d'innombrables tapis rouges et verts et de huit rangées de colonnes. Elle trouva singulier de profiter de ce moment, ici même, pour formuler une prière silencieuse. Elle joignit les mains, laissant son regard s'attarder autour d'elle. Les cinq minarets et les trois cents colonnes de marbre d'al-Azhar étaient de toute beauté. La mosquée avait jadis abrité un collège pour les étudiants chiites ; l'enseignement religieux s'y était étendu à la philosophie, la chimie et l'astronomie. Fermée pendant près d'un siècle après la restauration du rite sunnite par les Ayyubides, elle avait été rouverte par les Mamelouks au XIIIe siècle, avant de devenir la plus célèbre université musulmane. Aujourd'hui, elle comptait près de vingt mille étudiants et neuf facultés — langue arabe, études islamiques, droit et législation, affaires administratives et commerce, agriculture, médecine, polytechnique, pédagogie et faculté de jeunes filles.

Judith inspira. Elle était arrivée en terre d'islam.

Elle demeura en silence quelques minutes au cœur de la mosquée. Heureusement, elle n'eut pas longtemps à attendre. Lorsque, enfin, elle se sentit timidement attrapée par le bras, elle baissa les yeux, interrompant sa prière. Un enfant de dix ans la regardait en souriant.

Avec un fort accent arabe, il prononça son nom.

— Euh... *Judith ? Judith ?*

La jeune femme acquiesça. C'était sans doute le « petit ange » qu'Anselmo avait promis de lui envoyer pour la conduire à la boutique de Khaled Muhammad où l'on allait piéger Seltzner. Le gamin recula de quelques pas, puis fit signe à Judith de le suivre. Elle lui emboîta le pas. Tous deux traversèrent la cour centrale dans l'autre sens. Les fidèles affluaient maintenant, le moment de la prière était imminent. Judith jeta un dernier regard vers les cinq minarets éclatants de blancheur, puis alla se rechausser à l'entrée de la mosquée. Son mal de crâne avait disparu.

Elle retrouva bientôt Anselmo. Avec lui se trouvait Harry Milchan, l'agent du Mossad, vêtu d'une chemise blanche, d'une veste et d'un pantalon beige. Comme Judith l'avait lu dans le rapport de Dino, Harry Milchan travaillait au Caire pour le compte des services secrets israéliens depuis quinze ans. Petit, corpulent, les cheveux noirs et bouclés, il n'avait rien d'un James Bond. Ils échangèrent un regard, puis une poignée de main. Tandis que Judith enroulait son chèche autour de son visage, son garde du corps se pencha sur elle. Un rayon de soleil tombait entre eux, dans lequel semblaient danser des particules de poussière.

— Nous l'avons repéré. Il prend un thé dans une arrière-boutique du Khan, dit Anselmo. Nous allons entrer ensemble. Il n'y a qu'une sortie. Et apparemment Seltzner n'est pas armé… Nous, si. Je rentrerai avec vous. Et s'il se passe quoi que ce soit, Harry fera le guet dehors. Il prendra le relais et saura convaincre Seltzner de répondre à nos questions, si nous n'y parvenons pas. Mais pressons-nous. Il ne faudrait pas qu'il disparaisse de nouveau.

— Bien. Allons-y, dit Judith. Monsieur Milchan, merci de votre collaboration.

L'autre se contenta d'opiner du chef sans un mot. Le « petit ange », toujours là, tendit la main. Judith mit une seconde avant de réaliser qu'il attendait l'inévitable bakchich. Mais elle n'était au Caire que depuis deux heures et le « petit ange » avait dignement accompli sa mission. Ellc sortit de sa robe un billet de cinq livres qu'elle lui donna en récompense. Anselmo fit signe au garçon de déguerpir. Celui-ci éclata de rire, remercia Judith et, multipliant d'espiègles courbettes, se carapata aussitôt. Judith, son garde du corps et Harry se frayèrent un chemin vers la sharia al-Mu'izz li din illah, l'axe principal du souk — le fameux Khan al-Khalili de cette incroyable ville du Caire.

Dans ces rues commerçantes régnait comme toujours un mélange invraisemblable d'odeurs raffinées et fétides. À chaque pas, on risquait de bousculer la population fourmillante venue en sens inverse, ou se déversant des ruelles adjacentes. Des enfants couraient pieds nus d'une boutique à une autre. Des Égyptiens en djellaba, en pyjama, en costume traditionnel ou européen, vaquaient à leurs affaires sous le regard tranquille de leurs congénères qui fumaient le narghilé. Des femmes, voilées ou non, enveloppées de leur sebleh d'étoffe noire, marchaient les bras surchargés de fardeaux, de nourriture, de sacs d'épices, de ballots improbables. Judith avait pris soin de couvrir la blondeur de sa chevelure pour ne pas attirer l'attention, mais elle ne pouvait manquer d'être remarquée. *Bravo pour la discrétion, c'est réussi...* Les hommes l'interpellaient : *Ma gazelle, hé, ma gazelle !*, l'invitaient à prendre le thé dans leur boutique, la fixaient en souriant sans pouvoir détacher les yeux de son joli visage. On la prenait pour une touriste comme les autres. Ah, la beauté ! L'interdit ! On n'osait cependant trop l'approcher, et encore moins la toucher. On la suivait parfois sur quelques mètres, avant qu'elle ne s'évanouisse dans la cohue, et on la laissait s'échapper, comme un rêve qui passe... Plus prosaïquement, des ânes trottaient dans des nuages de poussière et recevaient de temps à autre les coups de klaxon intempestifs d'une vieille camionnette, qui se risquait avec audace au milieu de cette effervescence, en faisant tousser son moteur. Judith croisait des charrettes brinquebalantes, des touristes négociant les produits du souk, des adolescents filant sur de vieux vélos.

Serrées les unes contre les autres, les devantures alignaient tapis de valeur et tissus brodés ; des artisans travaillaient le bois, le cuivre, l'ivoire ou la nacre ; les objets précieux étaient sertis sous les yeux des passants, dans la rue ; des pièces de maroquinerie étalées dans un joyeux désordre.

Au bout de quelque trois cents mètres, Harry et Anselmo s'arrêtèrent, désignant à Judith l'entrée de l'une des boutiques. Au milieu du chaos du Khan, la boutique de Khaled Muhammad ne déparait pas. Dès l'entrée, on manquait de trébucher sur une profusion de narghilés, serpentins multicolores lovés sur eux-mêmes, que dominaient ici des colonnes improbables de batteries de cuisine, là des piles innombrables d'étoffes de toutes sortes — serviettes, sets de table, nappes et napperons orientaux, voisinant avec des plateaux et des paniers en osier. Dans l'espace exigu qui s'étendait au-delà régnait un véritable capharnaüm. Sur la gauche, des bibelots et des flacons de parfum — Secret du Désert, La Verte Oasis, Senteur des Dunes ou Splendeur des Pyramides, dont on vous assurait qu'ils avaient servi à embaumer Cléopâtre et autres momies de dimension pharaonique — étaient alignés sur des étagères défiant les lois de la gravité. Des tapis aux motifs travaillés comme des rosaces de cathédrale, que l'on devait écarter du bras en s'aventurant plus profondément à l'intérieur de ce cabinet de curiosités, pendaient du plafond. Le souffle brûlant de la rue et les miasmes des véhicules s'engouffraient dans ce local entre deux envolées de poussière. Et, impeccable dans sa djellaba blanche, tête nue, teint mat et grosse moustache, Khaled Aziz Muhammad, fils de Kamel Aziz Muhammad, petit-fils de Ahmed Aziz Muhammad, se tenait assis sur un pouf rouge et or, grillant une cigarette non loin d'une ancienne bouteille de propane redécorée de couleurs vives. Un petit meuble de bois supportait un téléviseur antédiluvien, qui grésillait de temps à autre, lors des retransmissions sportives. En voyant entrer Harry et Judith, talonnés par Anselmo — qui contemplait ce fatras avec sa retenue habituelle —, Khaled se leva. Il considéra la jeune femme de pied en cap d'un œil pétillant, mais se rembrunit en voyant Harry Milchan.

— Il est toujours là ? demanda celui-ci au marchand.

Khaled, grave, opina du chef.

— Merci, dit encore Harry.

Il lui glissa quelques billets dans la main. Khaled se retourna et ouvrit les pans d'un rideau de toile, découvrant l'entrée d'un étroit couloir plongé dans l'obscurité. À l'invitation d'Anselmo, Judith s'y engagea. La fraîcheur subite du couloir lui fit l'effet d'une bénédiction, mais elle était nerveuse. Elle passa la main sur son front. Milchan se contenta de rester en sentinelle devant la boutique, non loin du téléviseur.

Khaled, dominé de deux bonnes têtes, leva les yeux vers lui. Il hasarda un sourire :

— Alors… ça va ?

Milchan acquiesça en silence.

— Thé à la menthe, mon frère ?

Milchan, que son arme dissimulée sous sa veste gênait, joignit les mains. Devant l'absence de conversation de son interlocuteur, Khaled s'assit de nouveau sur son pouf, attrapa son propre verre et, tout en préparant de nouveau son narghilé à la pomme, considéra d'un air intrigué ce visiteur…

— *Inch'Allah !* dit-il enfin en levant son verre.

Harry se contenta de lui répondre d'un signe de tête.

Au bout du couloir, Judith entra dans une petite pièce sombre, éclairée par une simple lampe. Là, assis sur un coussin, se trouvait Damien Seltzner. Son visage resta un instant dissimulé dans l'ombre. Judith plissa les yeux et s'approcha de quelques pas. Enfin, l'archéologue lui apparut à la lumière. La première impression de la jeune femme fut qu'il avait les traits plus marqués, et l'air plus antipathique que sur la photo qu'elle avait eue entre les mains. Il s'était penché légèrement en avant pour porter une cuiller à sa bouche. En fait de thé, Seltzner s'était fait offrir un repas de roi. Khaled avait bien rempli son office pour le retenir. Une énorme couscoussière se trouvait devant lui, ainsi que des plats divers disséminés tout autour de lui — fèves, pois chiches, légumes et viande.

À l'irruption de Judith et d'Anselmo, il interrompit son geste et les regarda. Une subite lueur d'inquiétude lui traversa les yeux. Son chapeau était posé non loin de lui. Un paquet de cigarettes Cleopatra dépassait de la poche de sa chemise beige. Judith remarqua qu'il portait un petit médaillon d'argent autour du cou, qui figurait un symbole maçonnique, l'œil enfermé dans le triangle. Elle serra les dents, prit une inspiration puis s'avança d'un air déterminé, sortant elle aussi définitivement de l'ombre.

— Monsieur Seltzner ? demanda Judith.

L'archéologue ne répondit pas. Il était totalement immobile.

La jeune femme se contenta de plonger une main dans sa chemise… et d'exhiber son petit crucifix d'argent en guise d'introduction.

— Je m'appelle Judith Guillemarche. J'ai eu la charge de la traduction des parchemins d'Akko. *Le Testament de Longinus.* Monsieur Seltzner…

Avec une tranquillité feinte, elle s'assit sur un autre coussin en face de Seltzner, tandis qu'Anselmo, toujours debout, se postait derrière elle.

— Je suis envoyée par le Vatican.

Seltzner ne répondit pas, se contentant de les regarder tous les deux par-dessus ses petites lunettes rondes, la cuiller toujours en suspension. Puis il la posa, essayant maladroitement de cacher le trouble que cette irruption lui avait causé. Il tenta de garder contenance pour donner le change, mais l'affolement de ses yeux ne trompait pas. Cela encouragea Judith. Comme elle l'avait pressenti, Seltzner se donnait les apparences d'un tempérament qu'il n'avait pas. Anselmo et elle avaient l'ascendant sur lui. Coincé derrière sa couscoussière, l'archéologue était en mauvaise posture. Anselmo, toujours debout derrière Judith, ne bougeait pas.

— Eh bien, dit-il avec un sourire faux. Le Vatican n'est plus ce qu'il était… Le recrutement a changé… À moins que vous ne soyez bonne sœur… C'est ça qu'on m'envoie ?

Judith ne cilla pas tandis qu'il détaillait visiblement les formes gracieuses de son corps, avec un intérêt tout masculin — mais, visiblement, mêlé de mépris pour sa fonction.

Très bien, se dit-elle. *On peut la jouer comme ça aussi.*

Elle avait soudain l'impression que son mal de crâne lui revenait, mais elle parla d'une voix ferme et posée. Ce Seltzner ne la connaissait pas.

— Monsieur Seltzner, gardez votre ironie pour vous, je ne suis pas mère Teresa et je n'ai pas de temps à perdre avec les chiffonniers de votre espèce. Nous voulons savoir ce qui s'est exactement passé à Meggido. Ce que vous avez fait de la Lance. Pourquoi vous l'avez dérobée…

Elle se pencha. Son chèche commençait de se dénouer autour de ses cheveux.

— *… et à qui vous l'avez donnée.*

Elle se retourna brièvement en direction des rideaux qu'elle avait franchis quelques instants plus tôt.

— … Il est inutile d'imaginer que vous sortirez d'ici par l'opération du Saint-Esprit. À l'instant où je vous parle, un agent des services israéliens nous accompagne. Le Vatican a également informé les autorités égyptiennes de votre présence sur leur territoire, et du lien que vous avez avec le massacre de l'autre jour. La partie est finie, monsieur Seltzner. Et, croyez-moi, vous n'êtes pas dans la meilleure des situations. Il vaut mieux me répondre, à moi, plutôt que de faire front à ceux qui vous attendent.

Elle se racla la gorge. Mais elle s'était trouvée plutôt convaincante. Visiblement, le coup avait porté. Seltzner serra les dents. Sa main s'agitait nerveusement. Ses lèvres se tordirent en un rictus amer.

— Vous me menacez ?

— On peut le dire comme ça. Monsieur Seltzner…, vous êtes un amateur. Et je pense que vous n'avez pas pris la mesure exacte de la situation. Comment avez-vous pu vous laisser entraîner là-dedans ? Vous avez voulu jouer les aventuriers ?

Ils se toisèrent longuement, puis Seltzner, de plus en plus inquiet, s'épongea le front. Il considéra encore Judith, puis Anselmo, qui avait glissé la main à l'intérieur de la veste de son costume. Impassible, il ressemblait à un pasteur presbytérien et arborait cet air trompeur de communiant recueilli qu'il savait afficher en toutes circonstances. L'archéologue commençait de suer à grosses gouttes. Il chercha une Cleopatra dans sa chemise et l'alluma avec des gestes saccadés.

— Moi, je crois que c'est *vous* qui n'avez pas pris la mesure de la situation. Je ne suis pas responsable, vous comprenez ? Ce n'est pas moi qui les ai descendus ! Nom de Dieu, je suis archéologue, moi ! J'ai rien à voir avec cette histoire ! Je me suis fait piéger !

— C'est peu de le dire.

Il se pencha à son tour.

— Ça ne devait pas se passer comme ça. Tout ce que j'avais à faire, c'était de transmettre des informations. Ils m'ont menacé, vous comprenez ? *Ils m'ont menacé de mort*, nom de Dieu ! C'était du chantage ! J'avais pas le choix ! Dès qu'ils ont su ce qu'on avait trouvé… Ils sont arrivés. Je… J'étais là, dehors, et…

Il releva ses lunettes et passa les mains sur son visage, ses doigts laissant des empreintes blanches sur ses traits congestionnés. Ses yeux étaient cernés et injectés de sang. Il n'avait pas dû beaucoup dormir depuis le début de sa cavale éclair, qui l'avait conduit de Meggido au souk du Caire. Son débit, maintenant, s'accélérait.

— C'est allé à toute vitesse. On a vu les trois militaires tomber les uns après les autres, comme des mouches… On ne savait même pas d'où ils tiraient ! C'était affreux. Ils s'effondraient et on n'entendait pas un seul coup de feu… Le temps de comprendre, quatre hommes baignaient dans leur sang… J'ai vu de la poussière voler autour de moi. On me canardait aussi ! Je me suis précipité à l'intérieur du périmètre des fouilles, en contrebas. Ils ont eu Ungaro l'instant d'après… Ils me sont presque tombés dessus… Je suis resté piégé dans un trou, comme un rat ! Ils sont restés un moment… Des fauves à l'affût, je vous assure… Puis ils ont disparu, et moi je me suis enfui, j'ai quitté Meggido au beau milieu de la nuit ! Josi était encore dans la chapelle, ils l'ont cueilli à la sortie… Voilà, *voilà* ce qui s'est passé ! Je ne leur ai rien donné, vous comprenez ? Ils ont voulu me descendre aussi, comme les autres ! Et ils ont fait une bavure… Ils m'ont *raté* !

— Qui ça, « ils » ?

Seltzner secoua la tête dans tous les sens, sa mèche brune s'agitant sur son front. Le masque de l'archéologue s'était bien vite fissuré. Il avait quelque chose de pathétique. Il lorgna vaguement son chapeau mou toujours posé à ses côtés, mais on le sentait au bord des larmes. Il ôta ses lunettes, pour en essuyer compulsivement les verres avec un mouchoir qu'il sortit de sa poche.

— Monsieur Seltzner, qui ça, *ils* ?

Damien sentit une grosse boule rouler dans sa gorge. Puis il secoua la tête pour lui-même, les dents serrées, roula des épaules et tout à coup planta son regard dans celui de la jeune femme.

— Vous avez vu les mosaïques sur les murs, dans la chapelle, n'est-ce pas ? Ungaro et Josi vous ont envoyé les clichés… Vous les avez vus ? Les légionnaires au Golgotha… Du moins, c'était ce que pensait Josi… Et le Dragon couronné d'étoiles qui sort de l'océan, le démon qui figure une Pietà inversée… Savez-vous de quoi il s'agit ? La chapelle était localisée dans la partie de la cité de Meggido datant de moins 400, mais elle a été construite postérieurement, au tout début de l'ère chrétienne, peut-être sur les instances de Longinus lui-même… Ces symboles ne sont pas là par hasard. Pour leurs auteurs, ils désignaient le *futur*… Le retour du Messie, mademoiselle Guillemarche. À moins qu'il ne s'agisse de l'avènement de l'Antéchrist, ou du faux prophète qui se ferait passer pour tel… Comme si la vision eschatologique des esséniens était soudain mêlée à la terreur de l'Armageddon…

Soudain, levant un doigt doctoral, il se mit à réciter avec une emphase travaillée :

— *Un signe grandiose apparut au ciel : une Femme ! Le soleil l'enveloppe, la lune est sous ses pieds et douze étoiles couronnent sa tête ; elle est enceinte et crie dans les douleurs et le travail de l'enfantement. Puis un second signe apparut au ciel : un énorme Dragon rouge feu, à sept têtes et dix cornes, chaque tête surmontée d'un diadème. Sa queue balaie le tiers des étoiles et les précipite sur la terre... En arrêt devant la Femme en travail, le Dragon s'apprête à dévorer son enfant aussitôt né. Or la Femme mit au monde un enfant mâle, celui qui doit mener toutes les nations avec un sceptre de fer...*

Seltzner eut un rire qui ressemblait à une sorte de hoquet étranglé, puis poursuivit :

— ... D'aucuns vous diraient qu'il s'agit de la Lance, mademoiselle, la Lance du Destin... *Et son enfant fut enlevé jusqu'auprès de Dieu et de son trône, tandis que la femme s'enfuyait au désert, où Dieu lui a ménagé un refuge pour qu'elle y soit nourrie mille deux cent soixante jours.* Cela ne vous dit rien, mademoiselle Guillemarche ?

Judith fronça les sourcils, se demandant où Seltzner voulait en venir.

— Bien sûr. Ce sont des versets de l'Apocalypse de Jean. Juste avant le combat de Michel et des anges contre le Dragon...

L'archéologue se pencha encore. De la sueur perlait sous son nez et à la commissure de ses lèvres.

— Et si je vous disais que les mosaïques avaient raison, mademoiselle Guillemarche ? Que c'est bien cela qui est en marche ? L'Apocalypse, la fin d'un monde, d'une race... Savez-vous ce que la Lance du Destin représentait dans la tradition ?

Son visage perdit tout sourire.

— Le pouvoir suprême, l'arme de l'anéantissement, la fin de l'homme. Qui détiendrait la Lance pourrait dominer le monde… De quoi crever de rire, aujourd'hui, n'est-ce pas ? Dans une époque comme la nôtre, qui ne jure plus que par le matérialisme tangible et les certitudes scientifiques ! Mais, précisément, ce dont je vous parle n'a rien à voir avec des spéculations ésotériques, mademoiselle Guillemarche… Vous pouvez remiser au placard les délires satanistes, mais pas les sorcelleries de notre temps… Vous est-il jamais venu à l'esprit que cette Apocalypse pouvait être… métaphorique ? C'est de cela que parlaient les mosaïques. Une *métaphore de la fin du monde*, la fin d'un monde, tel que nous le connaissons. Une anticipation sur les moyens que l'homme serait capable d'inventer pour se détruire lui-même, comme le feu nucléaire… Mais un feu nucléaire intérieur… Oh oui, j'ai compris ce qu'elles voulaient dire. Je l'ai compris, mais trop tard…

— Monsieur Seltzner, je ne comprends rien à ce que vous dites.

— Écoutez-moi ! coupa Seltzner. Vous êtes en danger. Vous m'entendez ? Vous êtes en danger de mort, et moi aussi. Ils peuvent nous retrouver d'un moment à l'autre !…

Judith se tourna pour envoyer brièvement un regard à Anselmo, puis revint sur l'archéologue.

— Pour la dernière fois, *de qui parlez-vous*, monsieur Seltzner ?

Il acheva enfin de frotter ses lunettes, les reposa sur son nez et considéra Judith.

Ses lèvres semblèrent hésiter à lui dire quelque chose… puis, finalement :

— Je veux un avocat maintenant. Vous comprenez ? Je veux un putain d'avocat !

Il fit mine de se lever.

— Monsieur Seltzner… Je vous conseille de vous rasseoir.

— Je connais mes droits, et c'est pas parce qu'on est en Égypte que…

— Nous n'avons pas le temps pour ces enfantillages !

— *J'ai dit que je voulais un avocat.* Vous perdez votre temps, je ne dirai pas un mot de plus. Je veux d'abord que vous garantissiez ma sécurité !

Elle frappa sur ses cuisses avant de se redresser, jetant un nouveau regard à Anselmo.

— Bien ! Monsieur Seltzner…, si vous refusez de nous dire tout ce que vous savez maintenant, voilà très exactement ce qui va se passer. Le gouvernement israélien veut mettre la main sur vous. Et comme je vous le disais, un agent du Mossad est ici même avec nous. Vous pouvez vous considérer en état d'arrestation. Ce soir, vous serez emmené en avion en Israël, à Beer Sheva, où vous serez interrogé par les services secrets israéliens. Nous vous accompagnerons, si le Vatican et l'État hébreu nous en donnent le feu vert.

Elle inspira.

— Ne cherchez pas à nous rendre la tâche plus difficile qu'elle ne l'est, monsieur Seltzner. Oui, là-bas vous serez en sécurité. Mais je ne vous protégerai pas des interrogatoires… Vous me suivez ?

Seltzner hésita encore longuement, puis :

— J'y serai toujours mieux qu'ici.

Anselmo acquiesça.

— Bien. Alors veuillez nous…

Elle n'eut pas le temps d'achever sa phrase. Seltzner se rua en avant.

Mais qu'est-ce qu'il lui prend !… se demanda Judith, en un éclair.

Il s'était levé à contretemps, à un moment où on ne l'attendait pas. Dans son mouvement, son genou fit voler la vieille couscoussière. Les plats de fèves et les pois chiches tombèrent, les gerbes de semoule éclaboussèrent jusqu'au plafond. L'archéologue bouscula Judith au passage. La jeune femme manqua de basculer et de percuter le mur de la pièce. Seltzner espérait surprendre aussi Anselmo qui, posté devant l'unique sortie de la pièce, lui faisait obstacle. Mais les réflexes du garde du corps n'avaient rien perdu de leur acuité. Passé un instant d'hésitation, il fut prêt à le recevoir. Seltzner se jeta sur lui à toute force. Anselmo accompagna son mouvement, le fit pivoter sur lui-même et le força aussitôt à s'agenouiller, l'immobilisant d'une clé au bras. Seltzner grimaça.

Tout s'était joué en à peine cinq secondes.

— *Basta*, monsieur Seltzner, dit l'ange gardien. Restons-en là, je crois que cela vaut mieux pour vous.

Anselmo et Judith sortirent ainsi, de part et d'autre de Seltzner, et saluèrent Khaled. Celui-ci n'avait pas quitté son narghilé et Milchan les attendait quant à lui dans la rue, sur le pas de la boutique.

L'agent du Mossad toisa l'archéologue un instant.

— M. Seltzner a accepté de nous suivre sans faire d'histoires… Désolés pour le dérangement, monsieur Muhammad. Vous serez dédommagé comme il convient. Harry… Nous allons repartir à l'aéroport et remettre M. Seltzner aux autorités de votre pays. À compter de maintenant, il est sous votre responsabilité. Anselmo va prévenir le Vatican et s'assurer que tout est en ordre avec le gouvernement égyptien. Nous viendrons avec vous comme convenu pour poursuivre les interrogatoires à Beer Sheva. Je vous ai dit que vous étiez en état d'arrestation, monsieur Seltzner. Votre avenir dépendra des informations que vous nous communiquerez.

Harry opina du chef silencieusement ; puis il saisit à sa ceinture une paire de menottes jusque-là dissimulée sous sa chemise.

— Attendez… C'est quoi ça ? demanda Seltzner en désignant les menottes.

Bon, finalement ce n'était pas si difficile, se dit Judith. *Tout a roulé comme sur des…*

On ne vit pas d'où le coup était parti ; mais de la poitrine de Milchan jaillit soudain une gerbe de sang, comme s'il avait explosé de l'intérieur.

Les yeux de Judith s'agrandirent d'horreur. Elle avait eu à peine le temps de deviner un point rouge danser sur le torse d'Harry : avant même que cette information n'ait été analysée par son esprit, il était trop tard. Milchan tomba à la renverse. Les menottes s'échouèrent dans la poussière. Judith se retourna, tandis qu'Anselmo étouffait un cri. Seltzner ne put, lui, retenir un hurlement de panique. Il regarda Harry à terre, puis Judith, et brusquement bouscula Anselmo pour se précipiter dans le flot du Khan. Il s'enfuyait ! Le garde du corps hésita un instant à rester auprès de Judith.

De toutes parts, maintenant, on se mettait à crier. Judith s'agenouilla auprès de Milchan agonisant. Dans le mouvement, son chèche acheva de se dénouer, libérant ses cheveux. Elle redressa le visage :

— *Allez !* Je m'occupe de lui ! dit-elle à Anselmo.

L'Italien opina du chef… et se rua à son tour dans les profondeurs du souk, tandis que Judith, bouleversée, posait deux doigts sur la carotide de l'agent du Mossad.

La Cité des Morts.

C'était là que, après s'être extirpé de l'enchevêtrement des ruelles du Khan et avoir franchi comme un fou la rocade de Salah Salem encombrée de véhicules, Damien Seltzner s'était littéralement jeté.

Maintenant il continuait de courir.

Sous le ciel déchirant les ombres, au milieu des morts et des vivants qui se partageaient ce gigantesque et insolite cimetière, l'archéologue courait. Là résidaient près de deux millions de personnes, parmi les tombeaux des plus anciennes familles mameloukes et ottomanes. La Cité des Morts. Semée de ses milliers de mausolées fondus dans la ville. En plein cœur du Caire, tandis que résonnaient dans le lointain les voix des muezzins appelant à la prière, dans le giron déliquescent et poussiéreux de ces limbes émaillés du souvenir des anciens rites funéraires, Seltzner en fuite tentait de disparaître. Il était comme avalé par ces murs ocre que dévorait la poussière, et ces pierres qu'il avait côtoyées si longtemps — englouti par cette matière brute, dans laquelle il avait si souvent cherché à déchiffrer le visage des anciens nobles d'Égypte, des momies embaumées de mystère. Des tombes et des tombes et des vivants, les cimetières du Caire s'étendaient à l'infini, Bassatine, al-Darassa, Sayda Nafissa, Sayda Aicha, Bab el-Nasr… L'archéologue courait ! Noyé au milieu dc la nécropole, cette ville dans la ville, il chassait de la main ce linge suspendu entre deux portes, zigzaguant entre les colonies d'enfants dispersées au milieu des épitaphes et des ordures. Crochet à gauche, crochet à droite ; entre les carrés de sépultures il courait, parmi ces limbes déchirés de ruelles tortueuses et encombrées. Ici, il sautait par-dessus un chien indolent, à peine repu d'immondices ; là, il heurtait les poignées d'une brouette, sous les protestations d'un vendeur de figues. Sur le minaret de Qàitbày et le sabil aux baies grillagées, un rai de lumière tombait. Au loin montaient encore, dans les nappes grises de la pollution du soir, la fanfare des klaxons impatients et la sono tonitruante des cafés, dont les vibrations couraient le long des fils électriques, pluie noire pendouillant en cascade entre les forêts anarchiques d'antennes et de paraboles.

Et Anselmo, ancien garde du corps pontifical, égaré parmi ces héritiers de Haute-Égypte ou de la région de Suez, courait aussi sous les yeux de cette population colorée, à la fois méfiante et étonnée de cette intrusion brutale. Chèche bleu ciel autour du crâne, les yeux d'un blanc de nacre cerné de rouge, le front creusé de rides profondes comme des ravins, la peau parcheminée, les mains noueuses crispées sur un bâton, fripées d'arabesques évoquant les dessins d'un coquillage trop longtemps roulé par le ressac, un vieillard voyait passer soudain l'étranger. Cet homme, qui semblait lui-même entre la vie et la mort, suspendu entre deux mondes à l'image de la nécropole, était un *tourabi*. Un croque-mort qui, depuis trente ans, s'occupait de l'entretien des lieux de son quartier de cimetière. Le *mu'allem*, patron du secteur, responsable des vivants, agent immobilier et gardien de ces maisons-tombes, venait encaisser non loin un loyer. Lorsqu'il vit à son tour passer l'archéologue, puis son poursuivant, il jeta dans sa langue une sourde prophétie.

Anselmo bondissait à l'orient, il haletait, le sang battait à ses tempes. Deux gamins innocents se jetèrent à sa suite en faisant irruption de leur caveau, que surmontait un toit de fortune soutenu par d'énormes pierres tombales. Ils paraissaient jaillir, tels des petits diables, des chambres funéraires. Pour quelques centimes par mois, les habitants des quartiers limitrophes acceptaient parfois de poser une bretelle sur leur compteur électrique ; ainsi, la nuit, ils éclairaient la nécropole, qui scintillait de halos disséminés comme des lucioles.

À un moment, Seltzner s'arrêta, dégoulinant de sueur, chemise ouverte sur sa poitrine luisante. Le médaillon qu'il portait autour du cou étincela brièvement. Il hésitait entre deux voies possibles, devant la bouche torturée d'un mausolée cerné de linges, et dont l'embrasure dessinait comme le décor expressionniste d'un cabinet fantôme. Il allait repartir lorsqu'il fut soudain fauché en plein élan.

Une éclaboussure de sang jaillit de sa clavicule, puis de son abdomen.

Il bascula en arrière.

Oh non non pitié pas ça, non !

Il n'avait rien entendu. Il vit ses pieds agités de spasmes. Ses mains se crispèrent.

Anselmo arriva trop tard. Il regarda autour de lui, comme dans le Khan, pour identifier la provenance de ce tir venu de nulle part. Déjà, un autre attroupement se formait autour d'eux. Des bambins piaillaient dans un concert qu'Anselmo n'entendait plus. L'Italien s'agenouilla et souleva la tête de l'archéologue. Celui-ci le regarda, les yeux vitreux. De son épaule et de ses entrailles coulait un sang poisseux. Ses lèvres furent agitées d'un tremblement.

Il essayait de dire quelque chose !

— Quoi ! dit Anselmo. Que voulez-vous dire ? Seltzner… *Qui vous a fait ça ?*

Damien eut un hoquet, un nouveau flot de sang coula de sa bouche. Sa pomme d'Adam roula dans sa gorge. Il porta une main tremblante sur l'épaule d'Anselmo, qu'il pressa avec la force du condamné. Dans un effort désespéré, il tenta de dresser un peu plus la tête, et Anselmo accompagna son mouvement, collant son oreille auprès des lèvres du mourant.

Alors, dans un dernier souffle, il entendit :

— *Axus Mundi !... La Nouvelle Marie...*

— Comment ? Que dites-vous ?

— Axus Mundi… Trouvez-les…

Puis sa main retomba lentement le long de son corps.

Anselmo le fouilla rapidement. Il trouva son passeport et des cartes de crédit dont il se saisit, abandonnant là quelques liasse de billets. Mais surtout… Le garde du corps fixa l'objet qu'il tenait à présent entre les doigts. *Une clé...*, se dit-il. *Une clé USB !* Fronçant les sourcils, il glissa aussitôt la clé dans l'une des poches de son costume. Désorienté, il se releva en tournant sur lui-même, des rides crasseuses dessinées sur le front, le visage grimaçant. Il épongea son visage d'un revers de manche. Le soleil lui brûlait la face. Le souffle court, il entendait sa propre respiration, son buste se soulevant encore de sa longue course.

Axus Mundi, se répétait-il tandis que son crâne lui causait de violents élancements.

Axus Mundi... La Nouvelle Marie...

Autour du cadavre s'était formé un cercle d'adultes et d'enfants mêlés.

Il fallait retrouver Judith.

Un voile d'obscurité et de poussière tomba sur la Cité des Morts.

L'âme de Damien Seltzner s'apprêtait à gagner l'autre rive.

⁂

Rivé à ses jumelles, Frank Duncan, en treillis, scrutait l'horizon et terminait sa cigarette, debout entre les grilles d'entrée du Centre. Il se sentait mal à l'aise. Il avait chaud et, depuis le *houmous* ravageur dont il s'était goinfré la veille, son estomac ne cessait de le tirailler. La nourriture égyptienne ne lui convenait guère. Il jeta son mégot de cigarette du bout des doigts, continuant de mener une riche introspection au sujet de ses récents problèmes gastriques. Devant lui, la route poussiéreuse courait sur trois cents mètres, avant de plonger entre les cimes rocheuses. De l'autre côté de l'endroit où il se trouvait était Djebel Musa, le mont Moïse : selon la tradition, c'était là, sur ce mont, dont le sommet dansait aujourd'hui dans les brumes d'une chaleur limpide, que le prophète avait reçu de Dieu les Tables de la Loi. On l'appelait aussi la Sainte Cime, car là était le vrai Sinaï des Écritures.

Frank avait fait l'ascension lorsqu'il était arrivé ici, en montant les quelque trois mille marches qui permettaient d'accéder à son sommet. De là-haut, le panorama était inoubliable : on voyait toute la péninsule du Sinaï jusqu'au golfe d'Aqaba, et au sud-ouest le Djebel Katharin. Une chapelle avait été construite sur l'étroite plate-forme couronnant le mont, que l'empereur Justinien avait fait démolir pour la remplacer par une grande église, dont il ne restait que quelques ruines. À côté se trouvaient les vestiges d'une petite mosquée sous laquelle une grotte avait servi, disait-on, de refuge à Moïse. Ici s'étaient nouées l'Alliance et la théophanie. *Dieu prononça toutes ces paroles, et dit : « Je suis Yahvé, ton Dieu, qui t'a fait sortir du pays d'Égypte, de la maison de servitude. Tu n'auras pas d'autres dieux devant moi... Tu ne te feras aucune image sculptée... »*

Frank plissait les yeux sous la clarté du soleil et s'épongeait le front de temps à autre.

— Bon, qu'est-ce qu'ils foutent, merde...

Il poussa un juron et se tourna en direction des bâtiments derrière lui. Au-delà des grilles se trouvait un vaste parking, occupé par trois camions blancs et deux voitures, stationnés devant les bâtiments du Centre.

Le complexe était cerné de barbelés austères, qui lui donnaient un aspect concentrationnaire.

Assurer la sécurité de cet endroit, songeait Frank, tenait en réalité de l'exploit. Aménagés dix ans plus tôt par le gouvernement égyptien, les édifices qui se profilaient derrière les barbelés avaient été construits selon la mode locale : carrés de béton que l'on eût dits peints à la chaux, posés comme des cubes au creux de cette vallée étroite, entourée des falaises rocailleuses du Sinaï. Les trois départements du Centre, ainsi qu'on les appelait pompeusement, ne comportaient que deux ou trois étages chacun. Leur construction avait parfois été suspendue en cours de route, si bien qu'après l'élan initial engendré par l'enthousiasme du Numérobis qui en avait eu la charge, les ouvriers s'étaient arrêtés sans que les armatures du béton, les poteaux de fer et les moellons de construction n'eussent été évacués de tous les toits.

Une antenne du ministère de la Défense égyptien avait été basée là quelque temps, avant que les crédits affectés au site ne lui fussent retirés. Les bâtiments étaient donc restés à l'abandon durant près de cinq ans, à l'image de ces complexes hôteliers semi-construits au milieu de nulle part, et totalement déserts, que l'on croisait le long de la route menant du Caire au Sinaï — plusieurs centaines de kilomètres en ligne droite, émaillés de quelques check points gardés par des grappes de militaires dont l'intense productivité défiait les imaginations les plus fertiles. Sur les grillages du Centre figurait la pancarte *No Trespassing* ainsi que l'indication — mensongère — que la clôture était électrifiée.

Le laboratoire avait profité de la situation retirée de l'endroit pour y installer ses recherches, sous l'ombre tutélaire de Moïse veillant depuis sa montagne, et un peu à l'écart du célèbre monastère Sainte-Catherine où défilaient presque quotidiennement les cars de touristes. L'État égyptien avait été trop heureux de concéder une location à des chercheurs occidentaux pour occuper ces édifices. Ici, on vivait en autarcie. Les quelque trente personnes présentes logeaient dans un autre cube bétonné qui jouxtait les départements. Derrière eux, on devinait les entrepôts, deux hangars de tôle grise et poussiéreuse. Une partie des équipements se trouvaient en sous-sol. Le labo avait profité de certains aménagements, comme ces sas qui ne coulissaient qu'une fois sur deux, selon que les badges et passes magnétiques décidaient de fonctionner ou non. Mais les équipements de pointe avaient été acheminés directement d'Allemagne, de France et de Suisse. L'austérité extérieure du lieu contrastait avec les installations ultramodernes invisibles aux regards. Aux quatre coins du mur grillagé, les vestiges de miradors gardés par les sentinelles achevaient de dessiner la physionomie du Centre.

Frank jura encore, puis revint à ses jumelles…

— Bon, alors ils comptent arriver avant Noël, ou… ?

Et soudain, ils apparurent.

Ah.

Dans le rond de ses jumelles, Duncan vit surgir un camion bâché, encadré de deux autres, tous grondant dans les vapeurs de chaleur jaillies de terre. Au détour de la piste, ils furent rejoints par quatre véhicules supplémentaires : deux Jeep devant, deux derrière.

Maintenant le convoi avançait, serpentant entre les montagnes du Sinaï, soulevant des nuages de poussière.

Ils transportaient la Lance de la Destinée.

Duncan laissa retomber les jumelles sur son torse. Il essuya ses mains moites sur son treillis, et son visage se tordit en un sourire.

Il fit signe au gardien de faction qui, sous sa guérite, devant les grilles, achevait son café. Puis il saisit le talkie-walkie à sa ceinture pour prévenir le Centre de l'arrivée du camion.

Le convoi avait roulé toute la nuit, et une partie du jour. Lorsqu'il se présenta aux grilles du complexe, Duncan salua le chauffeur du premier véhicule et son accompagnateur, puis demanda à ce que l'on ouvre la remorque bâchée. Après avoir vérifié son contenu, et l'identité des hommes qui s'y trouvaient assis, il reprit son talkie-walkie, tout en faisant signe au garde que tout était en ordre. Les portes s'ouvrirent dans des grésillements électriques hoqueteux, le camion vrombit et alla gagner docilement sa place dans l'un des hangars du fond. Les deux autres firent de même, bientôt rejoints par les Jeep, en épi de part et d'autre. Ils s'arrêtèrent dans des crissements de freins. Les hommes à l'arrière du fourgon qui transportait la *Heilige Lance* descendirent bientôt, ainsi que le conducteur et son passager. Le Pr Park Li-Wonk était en blouse blanche ; il salua Duncan qui les rejoignait, tandis que deux autres personnes en blanc sortaient de l'un des bâtiments voisins et marchaient vivement dans leur direction.

— Elle est là, dit simplement Park Li-Wonk au professeur italien Ferreri, dans une poignée de main. Les prélèvements ont déjà été effectués. Les analyses ont commencé immédiatement.

On examina le contenu du véhicule. Dans le caisson étanche où on l'avait déposée depuis l'opération de Meggido, gisait la Lance de la Destinée. Tout autour, laissant à peine de la place pour les membres de l'équipe qui se trouvaient encore à l'arrière quelques instants plus tôt, étaient disposés de multiples caissons réfrigérants, qui ressemblaient à autant de glacières empilées les unes sur les autres.

On fit glisser le caisson sur des rails coulissants qui émirent un chuintement, jusqu'à un diable dont s'emparèrent deux personnes en treillis, avant de l'entourer de lanières et de le faire rouler bruyamment en direction du bâtiment principal, qui donnait sur le parking. D'autres soldats en armes encadraient la Lance. On s'écartait devant eux ; une sourde excitation avait gagné l'ensemble du personnel. Les portes s'ouvrirent devant la petite équipée que suivaient les Prs Park Li-Wonk, Ferreri et Yzamata, les pans de leur blouse s'agitant au passage du léger souffle dégagé par la dépressurisation du sas. Ils franchirent le hall d'entrée un peu délabré en direction des sous-sols. Les passes magnétiques décidèrent de fonctionner du premier coup : ils entrèrent dans un vaste ascenseur gris et rectangulaire qui avait tout du monte-charge. On pouvait y tenir à près de quinze personnes, matériel compris. L'ascenseur descendit sur une dizaine de mètres dans un épouvantable raffut métallique. En bas, la troupe pénétra dans la première salle de recherches, baptisée la Majeure. Ici, tout avait commencé, dès l'installation du noyau dur de l'équipe initiale.

À leur arrivée, plusieurs personnes se levèrent comme à la parade. Une étrange haie d'honneur se formait en guirlande de part et d'autre du chemin sur lequel on conduisait la Lance. Un observateur posté sur le diable, découvrant cette pièce en grand angle, eût remarqué l'étrangeté de ce plafond, pour partie creusé à même la roche du Sinaï, que soutenaient des traverses d'acier cloutées disposées comme des arcades, et qui conférait à l'endroit les dimensions d'un vaisseau souterrain, le Temple secret d'une nouvelle Jérusalem, ou le plan gothique d'une cathédrale inversée. Le reflet contre la pierre des ampoules et des spots enquillés de loin en loin en dessinait les vitraux et les rosaces, les appareils électroniques figurant une forêt de piliers d'où débordaient des faisceaux de branchements électriques. Dans le chœur de cette nef chargée des souvenirs géologiques du désert, où il faisait si frais, les tables blanches dessinaient d'improbables travées, lisses et alignées au cordeau, sur lesquelles se trouvaient disposés à intervalles réguliers microscopes et matériel d'examen reliés aux ordinateurs, instruments de prélèvement, caméras numériques destinées à l'enregistrement des tests, cahiers des protocoles et plans de travail équipés, répartis selon le séquençage prévisionnel des opérations.

En lieu et place du tabernacle de ce sanctuaire se trouvait un lit immaculé, pourvu de sangles, et cerné par l'œil inquisiteur de nouvelles caméras miniatures. Un espace était préparé pour recevoir l'arrivée de la Lance. Ici était le saint des saints d'Axus Mundi. Le Pr Park Li-Wonk appuya sur l'un des interrupteurs du pupitre de commande voisin. Un piédestal noir et luisant sembla monter lentement des entrailles de la terre et se stabiliser à mi-hauteur d'homme. Alors, on ouvrit l'habitacle de Plexiglas d'un côté, le caisson de l'autre. De celui-ci jaillit un sifflement, puis des volutes de fumée pâle lorsque l'on découvrit enfin son contenu.

C'était une messe, une procession sacrée ; et tous, fascinés, la regardèrent.

La Lance était là. Sa pointe emmaillotée. Les débris de sa hampe, remisés un à un dans le caisson.

Il se fit alors un grand silence.

Une équipe procéda au transvasement, avec d'infinies précautions. Les hommes aux mains gantées se saisirent uniquement du fer vulnérant et de ses barbes mobiles, figées depuis si longtemps. Afin que la Lance fût reconstituée, d'autres avaient préparé une nouvelle hampe, d'une longueur équivalente au manche originel, environ un mètre cinquante. Les scientifiques lièrent la pointe à l'embout métallique prévu à cet effet, tandis que le caisson étanche se refermait dans un souffle cryogénique sur les vestiges de la hampe d'autrefois. Maintenant, elle retrouvait son intégrité. Ils la contemplèrent encore, serpent raide et luisant, elle, elle qui jadis avait percé le flanc du Christ, la Lance interdite et secrète de Longinus retrouvée à Meggido, et le Pr Park, sourcils froncés derrière ses lunettes, finit par briser le silence, tandis que son visage se détendait dans un sourire :

— Eh bien, cette fois nous y sommes. Appelez Heinrich.

Pendant ce temps, dans le hangar, Frank Duncan s'assurait que l'on achevait de vider l'arrière du camion de ses caissons métallisés. Il avait beau être d'un naturel curieux, le sens d'une bonne partie des opérations qui se déroulaient ici lui demeurait encore étranger. On l'avait d'ailleurs invité à demeurer discret sur ce qu'il voyait et entendait ici. Frank était un professionnel et, en mercenaire de confiance qu'il était, savait respecter ses engagements. Du moment qu'il était rétribué, et il l'était grassement, il avait coutume de respecter ce genre de recommandations, et de ne pas trop poser de questions. Mais alors qu'il aidait le personnel d'Axus Mundi, et au bout du vingt et unième bloc qu'il fit rouler sur les rails, il commença à perdre patience. D'autres prenaient le relais et descendaient les caissons vers le laboratoire du sous-sol, suivant le même chemin que celui de la Lance.

Frank s'épongea le front et dit en haletant, à l'un des gars en blanc :

— Bon sang, mais qu'est-ce qu'il y a, là-dedans ?

L'autre se tourna vers lui et sourit, en haussant les sourcils.

— Vous voulez vraiment le savoir ?…

Il regarda l'intérieur du camion, froid et immaculé.

— Des ovules, mon cher Duncan. Une belle moisson d'ovules.

⁂

Plus vite.

Judith et Anselmo se trouvaient dans un taxi et venaient de passer par Maarashly Street, dans l'île de Zamalek, pour récupérer leurs affaires déposées à l'hôtel réservé pour eux. Depuis l'épisode de la Cité des Morts, ils avaient dû filer sans demander leur reste. Anselmo avait réagi très vite ; ils avaient enfourné les bagages dans le coffre avant de démarrer en trombe.

Ils fonçaient maintenant vers l'aéroport, en ignorant tout de leurs futures instructions. Que faire maintenant qu'ils n'avaient plus ni agent du Mossad ni prisonnier à accompagner, ni à Beer Sheva ni ailleurs ? Judith n'en avait pas la moindre idée. Elle avait définitivement abandonné son chèche et enfilait rapidement un veston beige, sans manche, par-dessus le T-shirt tendu sur ses seins, tout en essayant de se recoiffer. Elle dégoulinait de chaud. Et elle se prenait à douter sérieusement d'être qualifiée pour ce genre de situation. *Que suis-je venue faire ici ?* se demandait-elle soudain. Après un regard dans le rétroviseur, elle attrapa son portable et composa le numéro de téléphone direct de Dino Lorenzo. Pendant ce temps, Anselmo, au téléphone lui aussi, se débrouillait comme il le pouvait avec leurs contacts auprès des autorités locales, et tentait d'expliquer ce qui venait de se produire. Attendre la police égyptienne sur place, dans le souk ou la Cité des Morts, eût été la pire des choses à faire. Les autorités allaient découvrir à la fois le cadavre d'un ressortissant français et celui d'un homme sans identité, agent du gouvernement israélien opérant sur leur sol, ce qui risquait fort de faire désordre... Tout en attendant que la communication soit établie avec Dino, Judith, qui s'était saisie de son ordinateur portable parmi ses bagages, y introduisit la clé USB découverte par Anselmo sur le cadavre de l'archéologue.

— Lorenzo.

— Dino ? C'est Judith. J'ai de terribles nouvelles. Damien Seltzner est mort.

— *Comment ?*

— Oui... Anselmo a récupéré ses papiers ainsi qu'une clé USB, dont j'examine le contenu en ce moment même. Je vous ferai parvenir les fichiers dès que possible... Mais l'agent du Mossad aussi a été tué, Dino ! Sous nos yeux ! Il est urgent de réunir toutes les informations que vous pourrez obtenir sur une organisation du nom d'Axus Mundi... Notez bien : Axus Mundi ! Personnellement, je n'en ai jamais entendu parler. Vous pouvez aussi croiser le nom avec les messages électroniques que nous avons reçus ! Je n'en sais pas davantage...

L'ordinateur sur les genoux malgré les tressautements de la voiture, le téléphone coincé entre le menton et l'épaule, Judith transférait le contenu de la clé sur son Toshiba noir. Elle vit apparaître sous ses yeux une quinzaine de fichiers. Par une manipulation rapide, elle les ouvrit en même temps, et plusieurs fenêtres apparurent simultanément sur son écran.

— … Il se trame quelque chose de vraiment grave ! poursuivit-elle. Seltzner a évoqué autre chose avant de mourir. Il a parlé d'une Nouvelle Marie, Dino. Je ne sais pas ce que cela veut dire. Que faisons-nous ?

Elle plissa les yeux, examinant les noms de fichiers. ETUDES.doc, allyna4.doc, CourJosi.win…

Dino poussa un chapelet de jurons, puis il y eut un silence. Enfin, il reprit :

— Bon. La situation est trop dangereuse pour vous. Je sors d'un entretien avec le cardinal Almedoes. Nous venons d'être alertés par le père Jean-Baptiste Fombert, de l'École biblique de Jérusalem, d'un élément nouveau. Il le tient lui-même d'un moine de Sainte-Catherine, avec lequel il est en contact depuis de nombreuses années et qui est venu le trouver pour… Je vous exposerai les détails plus tard. Écoutez, Judith : tous deux seront dès ce soir à Alexandrie. Il est hors de question que vous restiez au Caire maintenant. Vous m'entendez ? Retrouvez-les demain avec Anselmo. Ils seront à la Grande Bibliothèque à partir de quatorze heures, ça vous laisse le temps de prendre le train du soir à la gare Ramsès. Je vous rappelle plus tard. Nous vous dirons de quoi il retourne. Judith… J'espère que nous nous trompons. Croyez-moi, je l'espère.

Elle referma son portable dans un bruit sec.

— Changement de programme, dit-elle à Anselmo. Nous filons à la gare Ramsès.

Ah ! Enfin… Elle venait de trouver quelque chose. MEGGIDO.doc. AnalysLance.doc.

Elle pianota rapidement sur son clavier pour fermer les autres fichiers et se concentrer sur ces deux-là. Anselmo prévint le chauffeur qui, après une ou deux exclamations, opina du chef dans le rétroviseur. Judith regarda sa montre. Dix-sept heures trente. Elle n'avait aucune idée de l'heure à laquelle partirait le prochain train pour Alexandrie. Elle revint aux fichiers sous ses yeux. L'un d'eux réunissait visiblement les premières analyses effectuées par Seltzner et l'équipe de Josi sur la Lance de la Destinée, sitôt après qu'ils l'eurent trouvée.

La Lance de Longinus devait être composée de plusieurs tiges que l'on ajustait les unes aux autres. Sa pointe de métal, particulièrement intéressante, était enchâssée dans un maillon de métal, auquel on fixait une pointe. À la base se trouvaient deux barbes mobiles et tranchantes, ce qui pouvait en faire une arme particulièrement redoutable : elles déchiraient la chair quand on la retirait du corps que l'on venait de transpercer. La Lance telle qu'elle nous est apparue en première analyse était emmaillotée. Son propriétaire dut, autrefois, en enrouler le fer vulnérant dans des roseaux ou de la végétation, puis avec des bandelettes qu'il destinait sans doute à sa préservation. On sait que la récupération de l'ADN fossile pose de nombreux problèmes. Le premier réside dans l'instabilité chimique des acides nucléiques. En milieu aqueux, l'ADN subit essentiellement deux types d'attaques : une dégradation chimique (hydrolyse et oxydation) et une dégradation enzymatique (autolyse et décomposition bactérienne). On a longtemps pensé qu'un fragment d'ADN d'une longueur de 800 nucléotides, soumis à un pH de 7 et à une température de 15 °C, était totalement dégradé au bout de cinq mille ans. L'extraction d'ADN dans des restes plus anciens est venue prouver le contraire… Il n'en reste pas moins que l'ADN fossile est toujours fortement dégradé et fragmenté. Ce qui ne manquera pas d'être le cas ici.

Judith releva les yeux.

— Oh, mon Dieu…

Elle mit une main sur ses lèvres, étouffant un cri de stupeur… puis fit pivoter l'écran vers Anselmo. L'Italien se pencha pour lire à son tour.

L'ADN peut être préservé dans différents types de tissus. La conservation des tissus mous peut résulter de processus naturels comme la congélation en milieu froid ou la dessiccation (momies naturelles) dans les déserts chauds et secs. Il est également possible aujourd'hui d'extraire de l'ADN à partir de tissus durs (os et dents), qui sont un matériel de choix quand on considère leur extension dans le temps et dans l'espace. Mais si l'affirmation biblique est exacte — *aucun de ses os ne fut brisé* — nous ne pourrions compter que sur la présence de tissus mous. La bonne conservation de l'ADN dans les restes fossiles dépend de facteurs physico-chimiques environnementaux (pH, température, humidité, pression) qui interagissent de manière complexe. Le facteur temps ne semble pas être un paramètre fondamental. Les dégradations chimiques et enzymatiques sont ralenties lorsque les températures sont faibles — l'idéal étant la congélation — ou dans des milieux anaérobies. Les milieux froids, les déserts chauds et secs, les tourbières et les fosses à goudron préservent mieux l'ADN ancien. L'ambre, résine végétale qui piège de nombreux arthropodes et autres invertébrés depuis le carbonifère, permet une momification rapide et un embaumement naturel qui favorise la conservation des tissus. C'est dans ce milieu qu'on a récupéré le plus vieux morceau d'ADN (dans un coléoptère daté de 120 à 135 millions d'années).

Judith rouvrit aussitôt son portable. Plus de réseau… Elle poussa un juron à son tour.

— Ils vont le faire. Cette fois, ils vont *vraiment* tenter de le faire, dit-elle en posant de nouveau les yeux sur l'écran.

Dans le cas qui nous occupe, la conjugaison de différents éléments — la présence de sable, du désert chaud et sec qu'a traversé la Lance, son confinement dans l'environnement froid et abrité de la grotte, et la décomposition végétale produisant de l'ambre ayant momifié des fragments de tissus — laisse penser que nous aurions toutes les chances d'extraire et d'amplifier toute trace d'ADN fossile que le fer vulnérant ne manquera pas, du moins je l'espère, de nous livrer. Si l'on en croit le rapport de Judith Guillemarche au Vatican sur la forte probabilité que nous soyons bel et bien en présence de la Lance de Longinus, celle-ci nous offrirait alors une occasion comme nous n'en avons jamais connu, dépassant de loin toutes les supputations liées au suaire de Turin ou à la tunique d'Argenteuil, dont l'authenticité n'a jamais été prouvée…

Le véhicule filait à grands renforts d'embardées et de coups de klaxon vers le cœur de la ville. La tête d'Anselmo touchait presque le plafond de la voiture.

Devant lui, le chauffeur égyptien passait son temps à gigoter, se tasser ou se détendre sur son siège, en hurlant par la fenêtre des insultes en arabe ou en adressant des trilles joyeux à l'un de ses collègues qu'il croisait au hasard de la route. Il voulut engager la conversation… mais Judith, raide et pâle, regardant fixement devant elle, secouait la tête sans répondre. La conduite du taximan, fidèle à la sportivité de la circulation cairote, était une occasion de frissons de tous les instants. Les voitures se frôlaient dans une fanfare d'avertisseurs, au milieu des bouffées de fuel. Un bouchon momentané leur donnait soudain l'impression de rentrer dans un inextricable goulet d'étranglement ; mais, l'instant d'après, le trafic redevenait fluide, par la vertu de quelque miracle échappant à toutes les lois de la Création. Judith remarqua qu'Anselmo avait encore, roulé dans sa poche, son numéro de *Chasse et Nature.* Suivant le regard de la jeune femme, le garde du corps haussa un sourcil, s'en saisit et le jeta par la fenêtre.

Judith, une main sur le front, regarda au-dehors… quand elle entendit Anselmo pousser un juron entre ses dents.

— Que se passe-t-il ? lui demanda-t-elle.

Anselmo désigna du menton le rétroviseur d'où pendait une médaille, au-dessus du visage de leur taximan. Judith eut le temps d'apercevoir un véhicule noir qui décrochait sur leur gauche.

Police égyptienne… ou autre chose ? songea-t-elle, dans le moment même où Anselmo lui répondait, persiflant entre ses dents :

— Nous sommes suivis.

⁂

Assis à son bureau, son Hewlett-Packard allumé non loin de lui, Dino Lorenzo considérait d'un regard préoccupé la statuette de terre cuite africaine que son secrétaire, Pietro, s'était employé à recoller morceau par morceau. Le front soucieux, le directeur des Collections caressait son double menton. Ses doigts pianotaient sur l'accoudoir de son fauteuil de velours. Derrière lui, l'ange de l'Annonciation aux cheveux de comète brillants paraissait veiller sur son terrestre filleul. Dino soupira. Si ses craintes étaient fondées, il aurait bien besoin, lui aussi, d'un ange pour le soutenir. Il devrait demander une audience auprès du pape dans les plus brefs délais. Judith partait donc à Alexandrie rencontrer le père Fombert et le moine orthodoxe de Sainte-Catherine. Ils en apprendraient peut-être davantage bientôt. Mais les informations dont Dino disposait d'ores et déjà l'inquiétaient au plus haut point. Almedoes, qui avait en charge la diplomatie vaticane, était dans tous ses états. Ce qui venait de se produire au Caire n'était pas pour le rassurer. Il faudrait aussi rapidement aviser de leurs inquiétudes le cardinal Acquaviva.

Dino se leva, caressant ses paupières, et s'avança vers la fenêtre qui donnait sur les jardins. Il resta là quelques instants… *Axus Mundi…* Une moue sur les lèvres, il secoua la tête. Puis il revint vers son ordinateur. Plein écran, le texte d'un message que le Vatican avait récemment reçu donnait l'impression de défiler en boucle. Pour un peu, Dino se serait attendu à entendre une voix d'outre-tombe se moquer de lui. Le message était anonyme, bien entendu ; mais il paraissait trop bien informé pour passer comme l'expression d'une rumeur comme les autres. Sœur Internet essayait de déterminer en ce moment même quelle pouvait être sa provenance exacte, et qui en était l'auteur. Mais, là encore, il ne pouvait s'agir d'une coïncidence. L'inconnu faisait explicitement référence à la Lance… et à Axus Mundi. Ce que Lorenzo venait d'entendre de la bouche de Judith avait sonné pour lui comme une confirmation. À présent, le directeur des Collections craignait le pire.

Il regarda l'écran de sa machine.

La Nouvelle Marie…

Il se mordit la lèvre. Ainsi, ils y étaient. Ils y étaient vraiment. Le Vatican savait depuis longtemps que certains agités disaient avoir les moyens technologiques d'y parvenir. On avait déjà brandi cet épouvantail depuis l'épisode du suaire de Turin, sans que pourtant les autorités de l'Église pussent accréditer ce qui semblait relever du délire. Peut-être était-ce d'ailleurs un gigantesque canular… Un canular ? Le problème était qu'on avait tué. On avait tué pour cela. Alors peut-être… peut-être qu'après deux mille ans de civilisation chrétienne, on en arrivait là. Et que telle était bel et bien la vérité.

Ne me dites pas que c'est ÇA !

Et sous les yeux de Dino le message disait :

Vous voulez savoir ce qu'est Axus Mundi, n'est-ce pas ? Et ce qu'ils veulent ? Ils veulent faire pencher l'axe du monde… Ce qu'ils veulent, ma chère Église, c'est aller au bout de ton fantasme le plus fou, parce que aujourd'hui ils en ont le pouvoir… Le pouvoir de se faire Dieu, celui d'édifier la nouvelle Babel. La Lance n'est pas seulement une relique, ma chère Église, elle est la Lance du Destin. Notre destin…

Ce qu'ils veulent…

Dino prit une nouvelle inspiration. Ses bras retombèrent, ballants, le long de son corps.

Voilà où tout cela nous conduit. Ils sont fous. Le produit de notre folie.

… C'EST LE RESSUSCITER LE RESSUSCITER LE RESSUSCITER LE RESSUSCITER LE RESSUSCITER LE RESSUSCITER LE RESSUSCITER LE RESSUSCITER LE RESSUSCITER LE RESSUSCITER LE RESSUSCITER LE RESSUSCITER LE RESSUSCITER LE RESSUSCITER LE RESSU

Dino éteignit son ordinateur.

Ils veulent cloner le Christ.

Il devait parler à Spinelli au plus vite.

DEUXIÈME PARTIE
Ecce homo

4

Train Le Caire-Alexandrie, 2006
Laboratoire d'Axus Mundi, 2006
Vienne, 2006
Vatican, appartements pontificaux, 2006

Méfiez-vous des faux prophètes qui viennent à vous déguisés en brebis, mais au-dedans sont des loups rapaces. C'est à leurs fruits que vous les reconnaîtrez.

Évangile selon saint Matthieu,
Les faux prophètes (VII, 15-16).

Ils sont montés avec nous.

Depuis qu'Anselmo s'était aperçu de la filature, lui et Judith étaient sur le qui-vive. Ils prirent leurs billets *in extremis* à la gare Ramsès pour attraper l'express Le Caire-Alexandrie. Selon le garde du corps, leurs poursuivants devaient être au moins deux — peut-être plus. Il les avait perdus de vue dans le hall de la station, mais, assurément, ils étaient toujours là. Le trajet durerait près de trois heures. C'était suffisant pour les repérer de nouveau et agir, si besoin, pour s'en débarrasser. Anselmo conservait un avantage ; ils ignoraient sans doute qu'ils avaient été percés à jour. Dès l'assassinat de Milchan dans le Khan et de Seltzner dans la

Cité des Morts, le Caméléon avait retrouvé ses réflexes naturels. Sourcils froncés, il s'installait à présent avec la jeune femme sur l'une des banquettes brunes, à moitié défoncée, d'un compartiment occupé par une dizaine de personnes. Son esprit agissait à la façon d'un ordinateur déroulant ses protocoles, habitué au séquençage des opérations de sécurité qu'il avait vécues à toutes les échelles, de la protection rapprochée du pape aux grand-messes planétaires. Toute son attention était absorbée par ce qui se passait dans l'étroit espace du compartiment. Son œil balayait l'endroit comme un radar. Cinq hommes en chèche dont deux vieillards, deux autres d'une rare corpulence et un adolescent isolé. Trois femmes voilées de noir. Deux enfants. Anselmo plissa les yeux. Il avait pris soin de monter dans le dernier wagon pour se concentrer sur le seul moyen d'accès à la rame qui restait — une porte coulissante, qui cahotait avec le mouvement du train.

Sans doute leurs poursuivants ne tenteraient-ils rien durant les trois heures à venir, songeait-il en regardant sa montre. Ils arriveraient à Alexandrie à la tombée de la nuit. Rien ne prouvait encore que ces mystérieux « espions » fussent hostiles. *Qui ?* s'était-il demandé, avec Judith. D'autres agents du Mossad, déjà ? Mais alors, pourquoi ne se déclaraient-ils pas ? Des Égyptiens chargés de les pister par le gouvernement ? Ou, plus dangereux — les tueurs d'Axus Mundi qui avaient sévi au Caire ? Axus Mundi, dont on ignorait encore tout... Lorenzo devait réunir des informations à ce sujet en ce moment même, et Judith attendait qu'il la rappelle. Nerveuse, elle regardait elle aussi aux alentours, avant de revenir aux paysages qui défilaient sous ses yeux dans les lueurs du couchant, les palmiers fuyant dressés comme à la parade, les édifices urbains décatis des faubourgs sururbanisés du Caire, puis les villages longeant le Nil. Ses pensées, liées à leur récente découverte, se télescopaient en elle dans la plus grande confusion. Mais il lui fallait réfléchir vite.

— N'ayez crainte, lui dit Anselmo. Je m'occupe de tout.

Il lui fallait en effet retrouver son calme pour se concentrer. Elle considéra un instant son ange gardien et se sentit rassurée.

Elle inspira, allongeant les jambes devant elle, et se plongea dans ses pensées.

Pouvait-elle vraiment croire à ce qu'elle venait de découvrir ? Ou n'était-ce encore que l'une de ces baudruches ésotériques auxquelles la fréquentation — tout intellectuelle — des groupes et des mouvements les plus improbables l'avait habituée ?

À dire vrai, les inquiétudes vaticanes au sujet du clonage du Christ n'étaient pas neuves. D'autres reliques, comme le linceul de Turin, la tunique d'Argenteuil — le manteau de Jésus, dont les Romains se seraient emparés durant la Crucifixion — ou le suaire d'Oviedo, linge qui lui aurait été appliqué sur le visage à sa descente de croix, avaient donné lieu à des analyses contradictoires. Si certains des résultats obtenus étaient troublants, de grandes imprécisions quant à la datation de ces différents vêtements n'en finissaient pas de semer le doute : selon certaines expertises, le linceul aurait été tissé vers 1300 après Jésus-Christ — plaidant pour l'idée d'un faux médiéval — et le prétendu manteau de Jésus vers l'an 600… soit à sept siècles d'écart ! Quant au suaire d'Oviedo, les examens avaient fait remonter son origine au VIIIe siècle. Toutes ces datations, effectuées au carbone 14, avaient elles-mêmes été contestées. Les conditions de leur exécution pouvaient avoir occasionné des erreurs de plusieurs siècles.

Lorsqu'elle avait étudié la question au Vatican, Judith n'avait accordé à l'authenticité de ces reliques qu'un crédit très relatif, même si l'hypothèse ne pouvait être écartée d'un simple revers de main. La façon dont l'image supposée du Christ avait pu s'imprimer sur le linceul de Turin, par exemple, restait un mystère. Il s'agissait d'une image tridimensionnelle, due à une oxydation des fibres qu'aucun scientifique n'était parvenu à reproduire en laboratoire. Pour toute explication, on parlait d'un « flash » de lumière de quelques microsecondes, équivalant à une explosion nucléaire comparable à celle d'Hiroshima, qui se serait produit au moment de la Résurrection ! Pour dépasser les contradictions, on était contraint de recourir à des interprétations quasi miraculeuses, en relation avec certaines particularités de ces vêtements. Nul ne savait encore si les trois linges avaient bel et bien enveloppé un même crucifié. De surcroît, rien ne disait que celui-ci avait effectivement été Jésus de Nazareth. Des faisceaux de coïncidences discutables ne faisaient pas des preuves. Illusionnistes et faussaires de tout poil avaient d'ailleurs fabriqué depuis des linceuls à foison, que des criminologues spécialisés dans les contrefaçons s'étaient évertués à dénoncer avec autant de véhémence. Et aucun des travaux concluant à l'authenticité des reliques n'avait reçu à ce jour de validation scientifique reconnue par la communauté internationale ; en revanche, ces travaux risquaient d'accréditer aisément la thèse conspirationniste d'une Église prompte à orchestrer la désinformation, et à étouffer de prétendus secrets sur les vérités cachées du christianisme…

Mais avec la Lance…

C'était différent. Il y avait le *Testament de Longinus.* L'endroit précis où elle avait été cachée, dans la chapelle de Meggido. Des traces d'ADN fossilisées pouvaient effectivement s'y trouver, si l'on en croyait les supputations de Seltzner. Il s'était arrangé pour effectuer des prélèvements *in situ.* Dino ne pouvait laisser passer une telle catastrophe. Après la naissance de la brebis Dolly, le Saint-Siège avait bien été obligé de s'intéresser au clonage reproductif et à ses conséquences en cas de succès sur l'homme. Depuis plusieurs années, la question agitait le Vatican. En 1996, un microbiologiste texan de l'université de San Antonio, du nom de Leoncio Garza-Valdès, avait sollicité une entrevue auprès du pape pour lui annoncer l'impensable. À partir de prélèvements effectués sur le linceul de Turin, il était parvenu, disait-il, à effectuer le clonage moléculaire de trois gènes du sang du Christ. Il avait publié ses résultats dans un ouvrage intitulé *The DNA of God ?* Aussitôt, sectes et lobbies messianiques américains s'étaient saisis de cette opportunité. Certains de ces groupes avaient lancé des appels d'offres destinés à obtenir du sang de Jésus, quel qu'en soit le prix. Judith avait entendu parler, par sœur Internet, de cette secte californienne baptisée Second Coming Project, qui préconisait de faire revenir le Christ par clonage pour sauver le monde… De leur côté, les raéliens, de triste réputation, affirmaient qu'ils étaient déjà parvenus à créer une trentaine de bébés clonés. Mystification, assurément. Mais ils avaient pignon sur rue.

On croit rêver, se disait Judith. Une fois de plus, elle s'interrogeait sur l'invraisemblable époque dans laquelle elle se trouvait. Face à ces inquiétudes, il n'était pas étonnant que le pape ait décidé de faire enfermer le linceul de Turin dans un caisson blindé, pour le soustraire aux tentations de tous bords.

De leur côté, des généticiens tel Garza-Valdès savaient que toute tentative de clonage du Christ se heurterait à des obstacles majeurs. Pour commencer, on ne disposerait jamais que d'un génome incomplet — même avec la Lance, l'ADN éventuel ne pourrait que s'être dégradé, et demeurer fragmentaire. À cela s'ajoutait une considération tout aussi simple, que le Grand Raël en personne, gourou de la secte éponyme et maître d'Ufoland, était bien forcé de reconnaître : cloner un être humain, Christ ou pas, n'était rien d'autre qu'en créer une copie. Nul ne pouvait préjuger de l'évolution ultérieure d'un enfant cloné. Son psychisme, son comportement, ses qualités morales, toute sa personnalité en somme, continueraient d'échapper aux élucubrations de toute-puissance. La « reprographie » était inapplicable à l'âme. Le milieu social, professionnel, religieux, et tous les paramètres imaginables pouvaient intervenir pour dérouter les fantasmes de sorcellerie faustienne. Pour finir, on ne clonait pas un être humain comme une grenouille ou une brebis et, malgré les effets d'annonce d'équipes en mal de publicité internationale, les obstacles et impasses purement techniques demeuraient. Cela ne devait-il pas suffire à rendre ce projet vain de bout en bout ?

Alors… *pourquoi ?* Et surtout, *comment ?*, se demandait Judith. En dépit de toutes ces réserves, l'Église ne pouvait se désintéresser de la question. Les difficultés techniques étaient bien réelles, mais de nombreux scientifiques pensaient qu'à moyen terme la faisabilité du clonage humain n'était plus en cause. Autrement dit, ce n'était qu'une question de temps, et de multiplication des essais expérimentaux, avant qu'une équipe ou une autre n'ouvre la brèche définitive, irréparable, qui ferait basculer l'humanité d'un monde dans l'autre. Et même si ces manipulations restaient, pour l'heure, vaines et fantasmatiques, le Saint-Siège ne pouvait ignorer les effets de telles menaces sur la vie et sa conception de la Création. Tout cela n'était peut-être qu'une épouvantable arnaque, une œuvre de folie, un épouvantail planté dans le champ des consciences modernes ; mais la course à la « réussite » en ce domaine était aussi une réalité, et on ne pouvait négliger les implications financières démesurées qui résulteraient d'une opération menée à terme. Le clonage des brebis avait déjà ses dépôts légaux. La perspective d'un dépôt de brevet pour obtenir la paternité technologique du clonage humain n'était pas qu'illusoire. Dans ce contexte délirant, il fallait récupérer la Lance à tout prix, et le plus vite possible. Le Vatican n'avait pas le choix.

De nouveau, Judith se prit la tête entre les mains.

Je ne peux pas croire que nous en arrivions là. Je ne peux pas croire que…

Judith secoua la tête, en continuant de regarder le paysage qui défilait par la vitre du train.

Anselmo l'arracha soudain à ses réflexions en se levant.

— Ne bougez pas. J'y vais.

Judith leva les yeux.

— Vous ne risquez rien ici. Restez concentrée. Gardez votre calme en m'attendant. Ne vous laissez pas affecter par l'environnement. Surtout, ne changez pas de wagon.

Elle acquiesça silencieusement.

Anselmo jeta un bref regard en direction de la vitre arrière du train. On devinait les rails filant à perte de vue. Puis il pivota et marcha en direction de la porte du sas grinçant qui, de l'autre côté, menait au deuxième compartiment.

Lorsqu'il ouvrit la porte, le vacarme métallique du train se fit plus fort et un courant d'air cinglant passa sur son front. Il prit une inspiration. Si les choses tournaient mal, Judith se retrouverait seule. Anselmo savait qu'elle ne serait pas en mesure de se protéger. Il lui avait caché sa propre inquiétude. Il ne pouvait la quitter des yeux très longtemps. Mais il n'avait d'autre choix que d'agir, et d'agir maintenant. S'il était dans un endroit clos, eux aussi. Profitant de sa position intermédiaire entre les deux wagons, il vérifia rapidement ses armes de service. Deux Manurhin MR 73, conçus en collaboration avec les professionnels de la défense et les tireurs sportifs. Les gardes du Vatican, outre hallebarde, pique et épée, étaient également pourvus d'armes à feu, du moins pour ceux postés aux frontières du Vatican. Leur dotation officielle intégrait un 9,41. Mais de nombreux groupes d'intervention d'élite européens, dont le GIGN, le RAID et la Police nationale française, avaient choisi le MR 73 comme arme de dotation. Anselmo aussi.

Le feu du Ciel. Il n'était pas ange gardien pour rien.

Il arma les deux revolvers et les rangea sous sa veste.

Il entra dans le wagon suivant et embrassa d'un coup d'œil la physionomie du lieu. Douze personnes se trouvaient là. Quatre touristes occidentaux, deux jeunes filles, une musulmane replète, deux gaillards en costume-cravate avec attaché-case qui ressemblaient à des hommes d'affaires lancés dans une conversation animée… Anselmo avança, tanguant légèrement avec le train, pour repérer les trois personnes restantes, assises au fond du compartiment. Toutes étaient vêtues de djellabas blanches ou bleu ciel. Elles semblaient voyager ensemble et discutaient en arabe. Anselmo poursuivit sa marche, enregistrant le moindre mouvement. Il franchit un autre sas dont il tira les portes, dans un bruit de décompression, et arriva dans le deuxième wagon. Quatorze, non, quinze personnes.

Trois Américaines, exhibant fièrement le drapeau étoilé sur leur sac de voyage. Plusieurs groupes de type arabe. Deux hommes d'environ quarante ans, avec sac de sport et sandwich. Ils s'exprimaient en allemand, avec des nuances autrichiennes. Une famille qui devait être d'Europe du Nord. Anselmo franchit le sas suivant. Le troisième wagon était composé de compartiments isolés.

Il s'apprêtait à ouvrir les portes coulissantes lorsque, tout à coup, il s'arrêta.

Deux hommes d'environ quarante ans avalant leur sandwich... mais un seul sac de sport. Soit ils étaient très intimes et voyageaient léger, soit... ils n'avaient pas prévu de prendre ce train. Qui plus est, le sac portait une étiquette qu'Anselmo avait identifiée, sans la décoder aussitôt — et maintenant, comme si son esprit avait continué de travailler à son insu, le sens de cette étiquette lui revenait. Elle indiquait le passage du sac... par l'aéroport Ben-Gourion.

Autrement dit... par la douane israélienne.

Anselmo poussa un juron.

Au moment même où il allait rebrousser chemin, il sentit une légère pression, qui ne trompait pas, contre son flanc. Le canon d'une arme à feu. Anselmo ferma les yeux. Il fit la grimace, tandis qu'une voix ironique lui susurrait à l'oreille :

— *Buon giornio, maestro...*

Lorsque la porte du wagon s'ouvrit, Judith, aux aguets, n'osa croire au pire. Elle suivit des yeux l'homme qui, un demi-sourire sur le visage, venait d'entrer dans le compartiment. Les cheveux roux, crépus et coupés court, le teint hâlé, il s'avança vers elle. Judith sentit les battements de son cœur accélérer. Ce n'était pas Anselmo... et elle fut soudain gagnée de sueurs froides. Lorsqu'elle voulut se décider à agir, il était trop tard. Le nouveau venu prit place sur la banquette en face d'elle avec nonchalance. Situés ainsi au bout du wagon, ils se trouvaient à l'abri des regards.

Non, ne me dites pas que…

Il sortit un couteau à cran d'arrêt, haussant les sourcils d'un air narquois. La lame étincela dans un cliquetis sous les yeux écarquillés de la jeune femme.

Elle étouffa un cri et, prise de panique, regarda par-dessus l'épaule de son agresseur, comme pour appeler Anselmo à la rescousse.

Le geste vif, l'homme plaqua sur sa bouche une main ferme, en souriant de plus belle.

— Ah ! L'Égypte… Terre de surprises…, dit-il, avec une pointe d'accent.

⁂

Sous les voûtes de la Majeure, ainsi qu'était baptisée la salle souterraine du laboratoire du Sinaï, une quarantaine de personnes assistaient à la conférence donnée par le Pr Park Li-Wonk. Le savant coréen était entouré de ses principaux collaborateurs. Tous se tenaient devant le parterre réuni pour le début de l'opération. Park Li-Wonk était l'un des quatre chefs de file de l'opération. À ses côtés se trouvaient le généticien japonais Yzamata, le Pr Ferreri, italien, et un scientifique américain du nom de John Sparsons.

Ils étaient là, tous les quatre, en rang d'oignons.

Park Li-Wonk s'était installé derrière la tribune improvisée. Il s'interrompait de temps en temps pour boire un verre d'eau. Petit bonhomme qui ne payait pas de mine, l'air chafouin derrière ses lunettes à monture rectangulaire, la tête rentrée dans les épaules, il évoquait une grenouille de laboratoire. Ferreri, quinquagénaire corpulent et barbu, deux touffes de cheveux bruns et bouclés de part et d'autre des tempes, était affalé dans le fauteuil à côté de lui. Yzamata, visage taillé à la serpe, singulièrement élancé — il devait faire près de un mètre quatre-vingt-dix —, posait sur l'assistance un regard fixe, un pli d'arrogance au coin des lèvres. John Sparsons, le benjamin qui approchait la quarantaine, avait revêtu pour l'occasion un T-shirt *South Park.* Il s'efforçait de cacher la mastication des chewing-gums à la nicotine, qu'il consommait par tablettes de douze depuis son arrivée sur le site. Microdensitomètre et scanners pour la numérisation et le traitement des photos dans l'infrarouge clignotaient auprès des ordinateurs alignés sur leurs comptoirs blancs, devant les fauteuils pivotants que l'on avait provisoirement abandonnés ; les caméras CCD tendaient leur œil inquisiteur en direction du lit sanglé auprès des appareils médicaux.

La Lance reposait à l'abri dans son caisson transparent.

Tous, en dehors de leur passion pour la génétique, avaient un autre point commun. Critiqués pour leurs discours peu orthodoxes, voire considérés comme des renégats, ils avaient été, chacun à des degrés divers, mis au ban de la communauté scientifique. Li-Wonk pour avoir voulu défendre ouvertement le clonage reproductif humain dans les colloques internationaux. Sparsons pour s'être octroyé, sans l'aval de son laboratoire, une ligne budgétaire confortable, à des fins de recherche sur le même sujet. Ferreri, parce qu'il avait menti en multipliant les annonces fracassantes sur l'avancée de ses travaux dans ce domaine. Yzamata parce qu'il avait déjà tenté trois inséminations, qui s'étaient soldées par des échecs. Il n'avait réussi à éviter la prison qu'en fuyant son pays.

Ces quatre-là avaient longtemps collaboré à des équipes diverses et souvent concurrentes, avant d'accepter les ponts d'or offerts par Axus Mundi pour mener à bien cette expérience. Park Li-Wonk avait commencé par travailler en France. Avec Ferreri, il avait fréquenté les locaux de la Fondation Bios situés à Jouy-en-Josas, site de soixante-dix hectares, véritable technopole consacrée aux biotechnologies située non loin des locaux de l'INRA et de l'Unité de biologie du développement. Le Coréen, qui avait bénéficié d'une dérogation spéciale, et l'Italien Ferreri y avaient fait ensemble leurs premières armes en biologie moléculaire, au sein d'une équipe essentiellement européenne, au voisinage des plus grands chercheurs du monde en virologie, microbiologie, physiologie et génétique. Le Commissariat à l'énergie atomique, l'École polytechnique et le CNRS gravitaient autour comme autant de satellites. Une annexe s'était également ouverte à Évry, la *Genomic Valley* comme on l'appelait, où s'étaient implantées une soixantaine d'entreprises spécialisées dans l'étude du vivant. Aux abords de cette constellation scientifique, la Fondation Bios disposait de locaux parfaitement équipés : Park Li-Wonk et ses collaborateurs s'en étaient largement inspirés pour recomposer, en miniature, leur propre laboratoire. Dans cet endroit perdu dans le désert, celui-ci était consacré à un et un seul objectif.

Tout près de Park Li-Wonk se trouvait un étrange boîtier blanc, qui ressemblait à un Interphone. Une lumière rouge attestait de sa mise en service.

Quelqu'un d'autre écoutait la conférence.

Park Li-Wonk considéra le boîtier un instant, l'air pénétré, un peu nerveux.

Puis il se racla la gorge. Et, après les formules d'usage, il se lança.

— Les premiers prélèvements ont été transmis par l'archéologue Damien Seltzner dès la découverte de la Lance, dit-il. Ils n'ont pas été effectués dans des conditions idéales, c'est le moins que l'on puisse dire. Nous les avons complétés depuis. Nous avons extrait l'ambre, fossilisé à la suite de la décomposition des végétaux qui entouraient la pointe, pris toutes les photographies, traité aux infrarouges et aux ultraviolets le fer de la Lance, ainsi que les fibres qui l'emmaillotaient encore. Il nous a fallu explorer les moindres recoins de l'objet, y compris des restes du manche, pour recueillir les poussières et sédiments accumulés au cours des siècles. Le milieu désertique en surface, froid dans la grotte, et le sable ont aidé à la préservation de la *Heilige Lance*, comme nous l'espérions — du moins, suffisamment pour que nous puissions agir.

Il s'éclaircit la gorge une nouvelle fois.

— Comme vous l'imaginez, une attention toute particulière a été portée à la pointe et aux barbes mobiles. Elles ont été « lavées », c'est-à-dire que nous avons fixé au moyen d'un produit spécifique les protéines du sang, avant de les glisser dans un tube, et de récupérer sept microgrammes d'ADN. Nous avons trouvé des lymphocytes intacts, au noyau chargé d'ADN, et maintenus dans leur état quasi originel grâce à la présence de chlorure de sodium — issus peut-être de la sueur du Christ, ou de l'eau qui coula à son flanc, en même temps que le sang, lors du coup de lance du légionnaire. L'ADN obtenu a été amplifié par hybridation moléculaire pour compenser en partie sa dégradation, et nous avons amélioré les résultats par polymérisation en chaîne. Certains fragments ont été reproduits à quatre degrés, sous forme lyophilisée, de façon à nous constituer un stock suffisant à l'expérience.

La voix du Pr Li-Wonk résonnait sous les voûtes rocheuses de cet endroit insolite. Un rétroprojecteur se trouvait disposé devant lui, ainsi qu'un ordinateur portable. Un grand écran était dressé, sur lequel les participants voyaient défiler une à une les illustrations choisies par le professeur, tantôt de simples photographies présentant la Lance sous toutes les coutures, tantôt des images de synthèse ou des documents *Power Point.*

— Je passe maintenant la parole au Dr Sparsons, dit le Pr Li-Wonk.

Le jeune Américain se leva et sourit. Il passa une main sur son T-shirt, ramena sa mèche en arrière, ajusta sur son nez ses petites lunettes et se retourna vers l'écran.

— *Yes*. Selon nos premiers résultats, il semblerait que le sang soit effectivement de type AB, comme celui recueilli à la fois sur le suaire de Turin, la tunique d'Argenteuil et le suaire d'Oviedo. C'est le sang le plus rare à l'heure actuelle, puisque 2 % seulement de la population mondiale sont concernés. *Yes ?* On dit que les sangs très anciens évoluent naturellement vers le groupe AB. Vous savez comme moi que c'est faux. Ils risquent au contraire de perdre leurs caractéristiques en se détériorant, et de tendre en réalité vers le groupe O. Vous savez aussi que le groupe AB est le seul qui permette d'identifier le père et la mère. *Yes ?*

Le sourire aux lèvres, il regarda l'assemblée et frappa dans ses mains.

— Si l'on identifiait précisément le père biologique du Christ, peut-être pourrait-on y voir la fin de l'Immaculée Conception et de la virginité perpétuelle de Marie… Rappelons d'ailleurs que ce dogme est postérieur, puisqu'il date du VIIe siècle, *yes*, d'une décision du concile de Latran en 679. Mais la présence d'un chromosome Y ne signifie en rien qu'il s'agisse de celui de Joseph ! S'il en fallait un, pourquoi le Saint-Esprit s'en serait-il privé, lors de l'Incarnation, au moment où le Seigneur descendait sur la Vierge ? Pour un Dieu Créateur de l'Univers, ce serait un miracle bien modeste que de déposer dans la matrice virginale le chromosome du Saint-Esprit, en comparaison de la création des astres… ou de l'entretien du feu du Soleil !

Le chromosome du Saint-Esprit...

Il y eut quelques sourires, puis John Sparsons reprit :

— Nous avons affaire à un homme apparemment ordinaire, avec des chromosomes X et Y, dont l'ADN est compatible avec celui d'un Juif séfarade. Nous étudions encore des marqueurs spécifiques qui nous permettront d'en apprendre plus, *yes* ? Nous avons également mis en évidence la présence de pollens, notamment d'un pistachier propre à Israël, et de spores de graminées très anciennes, du mica et des grains de sable issus du séjour de la Lance en milieu désertique. Les moisissures en parfait état de conservation ont pu dégrader la Lance, mais elles nous aident aussi à affiner nos analyses. *That's it.*

— Merci, dit Park Li-Wonk, reprenant la parole.

Sparsons sourit encore, salua d'un signe de tête et se rassit.

— *Yes. You're welcome.*

Li-Wonk toussa, but une gorgée d'eau, puis, après un temps :

— Il y a autre chose.

Il se fit plus grave.

— Si nos informations en restaient là, on vous rétorquerait que personne ne peut utiliser des fragments d'ADN humain datant de deux mille ans sans que l'expérience soit vouée à l'échec, du fait de la dégradation des séquences. C'est exact. Et là était bien notre crainte, même s'il est déjà arrivé que l'on extraie de l'ADN de restes humains vieux de douze mille ans — souvenez-vous de l'équipe française en 1995. En ce qui nous concerne, l'amplification de l'ADN que nous avons trouvé ne nous permettait *a priori* que de recopier ce qui existait déjà, pas de compléter les chaînons manquants. Reproduire les séquences existantes pour « combler les trous » est un pis-aller : il nous est impossible de recréer celles qui ont à tout jamais disparu. Aussi... dans le meilleur des cas, si les choses en restaient là, notre aventure se heurterait fatalement à cette limite.

Il joignit les mains d'un air doctoral.

— Il nous fallait une trace du Christ ? Nous l'avons. Des cellules originelles ? C'est en cours. Mais la relique, comme je vous le disais à l'instant, a forcément été contaminée par de l'ADN bactérien — pollens, champignons, sans compter les pollutions que peuvent amener nos propres manipulations... Alors, reconstituer le puzzle d'un génome complet, recréer un génome synthétique, ne relève-t-il pas de la pure fiction ? *Si.* Mais voilà... L'analyse des premiers prélèvements de Seltzner nous a permis de découvrir... un élément absolument crucial. Celui-là même qui a encouragé nos bienfaiteurs d'Axus Mundi à mettre, cette fois, tout en œuvre pour récupérer la Lance, sitôt que nous leur avons expliqué les enjeux posés par cette découverte.

De nouveau, il s'arrêta. Derrière ses lunettes rectangulaires, ses petits yeux semblaient ausculter chacun des membres de l'assistance. Il fit signe cette fois au Pr Ferreri. L'Italien se leva à son tour, grattant les touffes de ses cheveux de part et d'autre de ses tempes. Il parla avec un accent chantant.

— Vous savez tous ce qu'est un *allèle*, n'est-ce pas… Il s'agit d'une version possible d'un gène, constitué d'un enchaînement de nucléotides — autrement dit, un fragment d'ADN. Normalement, une cellule comporte deux allèles de chaque gène, puisqu'elle possède deux assortiments de chromosomes. Lorsque ces allèles sont identiques, l'organisme est dit homozygote pour le gène donné. Lorsque ces allèles sont différents, il est hétérozygote. Dans ce dernier cas, deux possibilités sont envisageables. Si les allèles s'expriment en même temps, ils sont condominants ; si l'un des deux s'exprime tandis que l'autre reste « muet », on dit que le premier est dominant, l'autre récessif. Autrement dit, leur présence masque dans le génome celle d'un autre allèle, qui est alors dit récessif. Un exemple simple : si le père transmet un allèle yeux bleus et la mère un allèle yeux marron, l'enfant aura les yeux marron, car cet allèle est dominant sur l'allèle yeux bleus.

Le Pr Ferreri se racla la gorge. Derrière lui apparut la représentation conventionnelle de l'ADN, avec sa forme caractéristique en hélice, composée des éléments de base, dont les différents enchaînements constituaient le code génétique. La molécule, qui semblait concentrer tout ce que la Création avait de plus mystérieux et de plus divin, paraissait soudain flotter dans le vide, sous les voûtes de la Majeure.

— Les allèles déterminent souvent l'apparition de caractères héréditaires différents. Reprenons un instant les fondamentaux, si vous le voulez bien. L'ADN d'un organisme est unique. Il possède toutes les informations nécessaires pour fabriquer les outils indispensables à son maintien, sa croissance et sa multiplication. Cette « boîte à outils » consiste essentiellement en une vaste panoplie de protéines. Le passage d'un langage ADN en langage de protéines fait intervenir le code génétique. Dans une population, chaque individu possède une combinaison unique de gènes et se distingue donc de ses voisins.

Jusque-là, il n'y avait rien de bien neuf. Ferreri poursuivit :

— L'expression physique du génome, c'est-à-dire l'ensemble de ses caractères observables — sa forme, sa couleur… —, est, je vous le rappelle, son phénotype, un terme dérivé du grec qui signifie « la forme qui paraît ». Ainsi, la couleur des cheveux peut être blonde, brune ou noire. Le phénotype d'un individu dépend de la présence ou de l'absence de certaines protéines. La pigmentation de la peau, par exemple, est due à un pigment brun, la mélanine. Toutes les réactions chimiques qui aboutissent à la mélanine sont provoquées par une seule enzyme. Si celle-ci est absente, l'individu sera atteint d'albinisme. L'ADN est également sujet à des mutations, chacune résultant en un nouvel allèle, qui peut avoir une fonction différente. Ces mutations sont essentielles pour l'évolution des organismes.

Park Li-Wonk l'interrompit, remercia Ferreri d'un sourire un peu crispé, puis se pencha.

— … Pardonnez-moi ces brefs rappels. J'en viens maintenant au fait.

Il pesa ses mots.

— Nous avons découvert un allèle inconnu, un allèle sauvage en quelque sorte. C'est un allèle originel non contaminé. Nous l'avons baptisé *Longinus* X^2. Et cet allèle pourrait être littéralement *la signature du Saint-Esprit.*

Il y eut aussitôt des exclamations.

Quarante personnes se mirent à s'agiter, saisies par la surprise ou la perplexité. Une houle de stupeur semblait se propager parmi les scientifiques de la Majeure. On chuchotait ici et là, chacun y allait de son commentaire. Le brouhaha mit un long moment à se dissiper. Park Li-Wonk, content de son effet, retrouva son masque d'indifférence et leva une main.

— Comprenez-moi. Cet allèle change tout. *Il n'existe nulle part ailleurs dans la nature et l'univers connus.* C'est un allèle mutant. Il est donc proprement miraculeux. Sa découverte, quasi immédiate, comme si elle nous attendait depuis deux mille ans, est allée au-delà de nos espérances. Cela signifie deux choses. Premièrement, selon toute probabilité, nous sommes bel et bien en présence du sang du Christ, puisque ce sang dispose d'une particularité unique. Deuxièmement, la dégradation des séquences d'ADN devient subalterne. Si nous parvenons à inséminer cet ADN amplifié et qu'il soit porteur de l'allèle sauvage X^2, c'est bien la spécificité du Christ que nous inoculerons chez la porteuse. Peu importe que l'enfant ait ou non les exactes caractéristiques physiques du Christ ! Peu importe qu'il soit ou non sa copie conforme, d'un simple point de vue biologique ! Ce n'est pas la chair qui fait l'âme, n'est-ce pas ? Quand bien même nous arriverions à cloner le Christ, l'enfant grandirait, et sous l'effet de l'éducation, de son milieu, de ses expériences, de ses activités, rien ne dit qu'il deviendrait le nouveau Messie… Mais *là*, nous tenons quelque chose de radicalement différent !

Il ne put refréner un sourire de satisfaction. Il avait commencé son discours très doctement. À présent, l'excitation s'emparait de nouveau de lui, et le Coréen ne pouvait plus la dissimuler. Seul le Japonais Yzamata, dont la parole n'avait pas été sollicitée, demeurait impassible.

Le débit de Li-Wonk s'emballait.

— Cet allèle peut influer sur des caractéristiques physiques héréditaires. Mais si cette hérédité est partiellement d'origine divine… alors, oui, nous pensons que l'allèle Longinus X^2 aura aussi un impact sur les facultés spirituelles, ou comportementales, du clone ! S'il s'agit bien de l'allèle du Saint-Esprit… peut-être l'enfant bénéficiera-t-il, comme le Christ, de facultés hors du commun. Des facultés *surnaturelles* ! Par exemple, sa capacité à réaliser des miracles. Sa puissance, en somme : l'héritage direct de son ascendance divine ! Nous ne sommes plus seulement en présence d'un problème génétique ou déterministe du point de vue biologique. Nous pensons avoir identifié le gène de l'âme, si vous préférez ! À ceux qui pensent que Jésus était une personne absolument unique, non reproductible, Fils de Dieu incarné, sans possibilité de résurrection à l'identique par des moyens humains, nous répondons : non !… Cet allèle nous offre la possibilité, sinon de faire revenir le Messie à l'identique, du moins de créer… *le Petit-Fils de l'Homme.*

Ses yeux brillèrent.

— Car la filiation sera réelle. Et l'espérance d'assister à quelque chose de miraculeux le sera tout autant.

Le Pr Park Li-Wonk prit une inspiration. Il avala une gorgée d'eau et, lentement, se leva. Il posa une main sur l'épaule du Pr Ferreri, qui s'était rassis à côté de lui.

— Mais à présent… quelqu'un veut vous parler.

Il s'approcha du boîtier blanc non loin de lui et, après un dernier regard à l'assistance, pressa sur le bouton rouge.

Il y eut un grésillement.

Les lumières baissèrent.

Puis, lentement, de tous les haut-parleurs disséminés dans la Majeure, on entendit un souffle, une respiration régulière. Et enfin, une voix. Une voix lointaine, caverneuse, dont l'accent trahissait une origine autrichienne. Était-ce Dieu lui-même — ou un autre Dieu — qui parlait à présent ?

— Mesdames et messieurs, dit la voix… Merci à tous d'être présents… Je vous ai rassemblés pour l'expérience la plus importante de toute l'histoire de l'humanité.

La voix fit une pause, puis reprit :

— … Pas seulement depuis sa création. Mais depuis *la* Création. Pas seulement parce que nous assisterons peut-être à la naissance du premier enfant qui, de fait, dépassera la condition de l'homme ordinaire. Mais parce que nous allons accompagner la naissance d'une nouvelle dynastie. Une mutation de la race humaine. Nous allons contrôler notre destin, mesdames et messieurs. Avec ou sans Dieu.

La voix s'égara un bref instant dans un rire, puis continua :

— Car s'Il n'existe pas, quelle importance ?… En quoi notre projet serait-il condamnable ? Et s'Il existe… Il ne peut ignorer ce que nous nous apprêtons à faire, n'est-ce pas ? Alors… nous allons Lui poser la question. Tant de souffrances dans cette vie, tant d'interrogations humaines jetées à Sa Face, sans jamais de réponses… Aujourd'hui, au pied de ce mont Sinaï, comme jadis Moïse devant le Buisson ardent, nous allons Lui parler. Mais à la différence du prophète, nous oserons Le regarder droit dans les yeux, si je puis dire. *Bien en face...* Lui, dont les Juifs n'osaient même pas prononcer le Nom ! Et nous allons lui demander : *Veux-tu qu'enfin Ta créature prenne en charge le destin de Ta création ?*

Vibrante de mysticisme, la voix avait résonné de plus belle sous les voûtes.

Enfin, elle descendit d'un ton et le Pr Park Li-Wonk, qui se tenait debout auprès du boîtier blanc, les mains jointes, plissa les yeux.

— Ses voies sont impénétrables... Mais nous allons voir, dit la voix. Nous allons voir s'Il va ou non nous aider dans notre entreprise. Mesdames et messieurs, je vous invite à rencontrer prochainement Dieu. La Lance du Destin est notre carton d'invitation. Et pas seulement pour Le voir ou L'entrevoir, Lui. Mais aussi pour le Fils, et le Saint-Esprit. Bien sûr, sans l'oublier, *elle.*

La voix acheva :

— Je veux dire *la Nouvelle Marie.*

⁂

Judith, lèvres crispées, se trouvait toujours assise à sa place, dans le dernier compartiment du train. Elle considérait son agresseur, assis en face d'elle. Elle ramena ses jambes l'une sur l'autre, essayant de dissimuler sa nervosité. Lentement, l'homme ôta sa main de la bouche de la jeune femme. Elle hésita à appeler au secours en hurlant, puis, se ravisant, demanda :

— Que comptez-vous faire de nous exactement ?

— Chère mademoiselle... Mon collègue est en train de s'occuper de votre ami. Quant à ce qui vous concerne, nous avons d'autres projets. Il est important que nous ayons... quelqu'un qui puisse nous faire entendre auprès du Vatican.

Il avait un accent allemand, autrichien peut-être.

— Et si je me mettais à crier, là, maintenant ? dit Judith. Votre petit couteau ne m'impressionne pas. Vous seriez prêt à m'embrocher dans ce wagon ? Nous ne sommes pas seuls ici…

L'autre sourit. Judith sentit son angoisse monter d'un cran. La sueur perlait au-dessus de ses lèvres. Bizarrement, elle se voyait ainsi, assise sur sa banquette, luttant avec difficulté pour garder son calme. Pourtant, ce qui se passait était bien réel. Elle devait à tout prix garder son sang-froid.

— Libre à vous de tenter votre chance, dit l'homme avec assurance. Mais j'ai d'autres moyens de vous faire taire, avant même que vous n'ayez bougé le petit doigt. Je suis un professionnel, chère mademoiselle, ajouta-t-il avec un sourire onctueux.

Judith avala sa salive avec difficulté avant de demander, d'une voix aussi ferme que possible :

— Vous savez que votre projet est insensé. Quel est votre but ? Nous faire croire que vous êtes en mesure de le mettre à exécution… pour demander de l'argent, comme de vulgaires maîtres chanteurs ? Et vous pensez vraiment que nous allons marcher ? Ou imaginez-vous réellement que ces manipulations puissent aboutir ?

— Je ne sais pas de quoi vous parlez, chère mademoiselle. Je me contente de suivre ma feuille de route.

— *Qu'est-ce qu'Axus Mundi ?* Qui dirige cette organisation ?

— Vous êtes une bavarde impénitente, dites-moi.

Il continuait de sourire, la regardant de travers. Ses yeux s'attardèrent un instant sur la forme de ses seins. Plus le temps passait, plus elle mesurait qu'elle était prise au piège.

Et des profondeurs de son cœur montait un cri irrésistible. Anselmo ne revenait pas ! Que lui était-il arrivé ? Était-il…

Non, par pitié, NON !

Elle ne tiendrait pas longtemps.

Une nouvelle bouffée d'angoisse l'inonda de sueur.

Anselmo sentit le vent claquer sur son visage comme une gifle.

Autour de lui, le vacarme était assourdissant. Il se trouvait seul avec l'homme entre deux compartiments. Sur l'injonction de son agresseur, il venait d'ouvrir l'une des portes du train donnant sur le paysage. Les affleurements de roche, les rivages du Nil, les villages aux bâtisses blanches cernées de palmiers, la verdure des champs lisérés de dunes filaient devant lui. Le soleil déclinait, boule incandescente si propre aux crépuscules du désert, irisant l'univers de teintes surréelles. Dans les feux du couchant dansaient le sable et la poussière. Cette lumière à l'agonie balayait le front d'Anselmo d'ombre et de clarté, au rythme accéléré de l'avancée du train, et des arbres ou des poteaux télégraphiques qui bordaient la voie ferrée. Il rageait de s'être fait surprendre avec tant de facilité. Comment avait-il pu être si négligent ? Derrière lui, l'homme le poussait en direction de la porte extérieure. Anselmo sentait la pression de son arme contre ses côtes. Au mieux, il allait se faire éjecter du train et se briser la nuque à l'atterrissage. Quant au pis… Il tordit légèrement la tête, de dos, pour tenter de voir les traits de son adversaire.

Gagner du temps — il devait à tout prix gagner du temps.

— Qui êtes-vous ? demanda-t-il.

Il avait dû crier, sa voix assourdie par le tintamarre du train.

L'autre ne répondit pas. Il se contenta de rire encore.

— C'est Axus Mundi qui vous envoie ? demanda Anselmo. Nous savons ce que vous préparez. Vous m'entendez ? Nous savons ce que vous faites.

Jadis, lors de ses stages à la Minerva, il avait obtenu la note maximale à la formation de *penchak silat*, un art martial d'origine indonésienne. Comme ses collègues, il lui était aussi arrivé de s'entraîner secrètement au tir et aux techniques de combat au corps à corps avec des unités de parachutistes de l'armée italienne. Il ne lui restait plus qu'à se décrasser…

Anselmo serra les mâchoires tandis que l'homme s'approchait de nouveau de son oreille.

— *Auf wiedersehen*, mon frère. C'est le moment de chanter *Plus près de toi, mon Dieu…*

L'arme se pressait avec plus d'insistance contre sa hanche. Anselmo lutta contre l'idée que, cette fois, c'était peut-être bel et bien la fin. De nouveau, les images de chasse aux canards sauvages et la silhouette de son vieux père Pascuale passèrent dans son esprit. Prêt à tenter le tout pour le tout, il serra un poing rageur. C'était trop absurde ! Se retrouver dans la position du canard lui déplaisait au plus haut point.

Soudain, l'une des portes qui menaient aux compartiments s'ouvrit dans un soupir catarrheux. Casquette sur la tête, djellaba blanche échancrée à la poitrine, bouc taillé en pointe, le contrôleur du train Le Caire-Alexandrie, débonnaire et ventripotent, passait d'un wagon à l'autre. Il tomba nez à nez avec les deux hommes.

Maintenant.

Anselmo se baissa d'un coup, fléchissant des genoux tout en pivotant sur lui-même.

Penchak silat.

De sa main gauche, il saisit l'avant-bras de son adversaire, tandis que sa main droite lui assenait un coup du tranchant, l'obligeant à lâcher son arme. Il le fit basculer sur le côté. L'homme avait étouffé un cri, qui se prolongea lorsque, après avoir décrit une trajectoire en arc de cercle autour de l'Italien, il passa par la porte ouverte sur la voie. Subitement avalé par l'extérieur, il se fracassa contre l'un des poteaux télégraphiques, et l'on n'entendit plus que la cacophonie provoquée par les cahots du train et les hurlements de la sirène. Anselmo se redressa devant le contrôleur médusé, qui avait laissé choir sa poinçonneuse. Rajustant sa veste sur ses épaules, il lâcha dans un souffle, l'air vaguement embarrassé :

— *No ticket.* Euh… *No ticket.*

Puis, fronçant les sourcils, alors que le contrôleur sidéré ouvrait la bouche sans pouvoir dire un mot, Anselmo porta la main aux deux revolvers toujours cachés sous sa veste.

Il reprenait le rôle du chasseur.

⁂

Les lumières se rallumèrent.

— Et maintenant, au travail.

Park Li-Wonk, Ferreri et l'Américain Sparsons allèrent s'isoler dans l'une des salles souterraines du Centre, simple bureau qui avait tout du blockhaus. Il était doté de l'un de ces sas coulissants défectueux qui faisaient partie des fantaisies du lieu. Les murs, sans aucune ouverture sur l'extérieur, étaient pourvus d'un revêtement métallique bleu-gris. Des néons hoqueteux crachotaient une lumière pâle, alimentée par le groupe électrogène. Une ligne téléphonique y était installée, dont le fil remontait dans des gaines improbables jusqu'à la surface. Park Li-Wonk venait de décrocher. Le combiné rouge contre l'oreille, le haut-parleur activé à l'attention de ses coreligionnaires, il parlait, en ce moment même, à la Voix. La voix d'Ernst Heinrich — maître de l'Axus Mundi.

— Nous serons bientôt prêts, dit le Coréen. Pour l'instant, tout est en ordre.

Il y eut un long silence, ponctué d'une respiration grave à l'autre bout du fil. Enfin, ils entendirent de nouveau cette voix, qui semblait venir des profondeurs de la Terre.

Elle parlait lentement, en détachant chacun de ses mots.

— *Il est impératif que vous agissiez avec efficacité, monsieur Li-Wonk. Vous me comprenez...*

Bien que le sang-froid fût l'une de ses grandes caractéristiques, Park Li-Wonk était toujours nauséeux lorsqu'il devait faire état de l'avancée de ses travaux à son grand pourvoyeur. Lui qui, durant trente ans, avait été l'une des sommités méconnues de la génétique internationale, se sentait soudain tel un enfant attendant la correction du maître pour n'avoir pas bien appris sa récitation. En cet instant même, il sentait de la sueur couler sous ses aisselles. Certes, les quatre scientifiques avaient sauté à pieds joints dans la possibilité de mener à terme leur expérience. Mais aucun d'eux n'ignorait aussi qu'Ernst Heinrich tenait leur destinée entre ses mains, et que, sur un seul mot de lui, ils pouvaient se retrouver en prison pour le reste de leurs jours. De même que s'ils étaient découverts. Seule la protection d'Heinrich — et de préférence, la réussite de leur opération — pouvait leur donner une chance de s'en sortir et de se préparer un avenir meilleur.

Li-Wonk esquissa un sourire forcé.

— Naturellement. Je comprends. Nos équipes sont au travail vingt heures par jour…

— Mais les jours nous sont comptés. Vous savez ce dont nous parlons, cher monsieur Li-Wonk. Et cela, je pense — de même que les riches émoluments que vous avez reçus —, devrait suffire à prendre le pas sur toute autre considération… En particulier, sur celles qui concernent vos horaires de travail, qui me semblent pour le moins anecdotiques. Faites-moi l'amitié de discuter de droit social une autre fois.

— Oh, mais bien sûr, rétorqua Li-Wonk, qui, glissant un doigt dans le col de sa blouse comme s'il avait du mal à respirer, leva les yeux vers Ferreri et Sparsons qui se tenaient non loin de lui. Je peux vous assurer que c'est le cas.

Ernst Heinrich suscitait les rumeurs les plus folles. Personne, y compris les scientifiques présents au Centre du Sinaï, ne pouvait d'ailleurs garantir que tel était son vrai nom. Seule son origine autrichienne paraissait à peu près certaine. D'aucuns disaient qu'il était milliardaire et avait fait fortune dans les laboratoires pharmaceutiques ; d'autres prétendaient que son pseudonyme dissimulait l'identité d'un haut responsable politique autrichien encore en exercice, proche des milieux d'extrême droite. Parmi le florilège de ses généalogies, on privilégiait celle qui voyait en son père un ancien officier nazi, aujourd'hui décédé. Ce père attentif aurait tout appris de la sainte Lance à son rejeton, durant ses contes à la veillée, dans les hivers glacés de la banlieue viennoise. À moins qu'il ne fût issu d'une famille de marchands d'armes, ce qui expliquerait sa fortune colossale ; sous un autre nom, il aurait même figuré parmi les dix plus grandes fortunes du monde recensées dans le magazine *Forbes*. Ce mégalomane se serait intéressé aux recherches archéologiques grâce à son argent de poche. Il pouvait tout aussi bien être un schizophrène notoire, illuminé et passionné d'Adam Crowley et de la mystérieuse secte de la Golden Dawn, qui autrefois fascina Hitler ; ou bien l'héritier richissime d'une grande famille industrielle de lords anglais, d'armateurs grecs ou de descendants des tsars !…

Tout cela n'était sans doute qu'une vaste plaisanterie : mais peut-être y avait-il des parcelles de vérité dans chacune de ces hypothèses. Des éléments qui, mis bout à bout, eussent fidèlement recomposé son portrait kaléidoscopique. Cet homme aux mille visages ne s'était pas, jusqu'à présent, laissé cerner. Il était singulier et inquiétant de voir à quel point, au contraire, il était parvenu à se donner… une autre dimension. Celle d'un mythe. Une sorte de sombre Léviathan.

— Et… Où en sont les services israéliens et le Vatican ? hasarda Park Li-Wonk.

La Voix mit un moment avant de répondre. Park plissa les yeux. Des parasites résonnaient sur la ligne. Elle utilisait un canal sécurisé, mais n'en avait pas moins le caractère alternatif propre à l'endroit. Puis, enfin :

— Cela ne vous concerne en rien, professeur Li-Wonk. Je suis surpris de votre audace. Occupez-vous de votre travail et je ferai le mien. Et n'oubliez pas… *Je vous surveille.*

Park Li-Wonk passa une main sur son front crispé.

Il glissa un doigt dans son col en levant les yeux.

Un coup d'œil à la caméra grésillante, disposée dans l'angle de la salle, accentua sa nervosité.

Un maillage complexe d'une trentaine d'appareils, utilisant l'ancien réseau de sécurité, était installé dans tous les recoins du complexe. Les caméras couvraient l'ensemble des centres névralgiques des départements, en particulier la Majeure, ainsi que les principaux bureaux de travail, et ce sous tous les angles imaginables. Si bien qu'il était pour ainsi dire impossible de leur échapper. Li-Wonk le savait : rien ne pouvait tromper la vigilance du grand manitou d'Axus Mundi. Et l'idée de l'avoir en permanence sur le dos était sans doute ce qui le perturbait le plus.

— Bien sûr, pardon, dit-il en trahissant son malaise. Et en ce qui concerne…

Des bips intermittents avaient déjà mis fin à la conversation.

Une boule dans la gorge, le Coréen leva de nouveau les yeux vers ses associés. Ils restèrent silencieux pendant près de trente secondes, puis Park Li-Wonk se décida :

— … Et la Porteuse ?

— Elle sera là très bientôt, assura Ferreri.

Il sentit ses mâchoires se serrer, puis se relâcher peu à peu. Enfin, il se leva, tapotant machinalement la poche droite de sa blouse pour retrouver contenance.

Un peu pâle, Ferreri s'adressa au Coréen :

— Et… et si nous échouons ? demanda-t-il.

Li-Wonk se tourna vers lui, se contractant de nouveau.

— *Et si nous réussissons ?* rétorqua-t-il.

Tous s'entre-regardèrent. Li-Wonk jeta un dernier regard à l'œil de la caméra.

— Bien. Messieurs, le sang du Christ nous attend.

D'un geste théâtral, il ouvrit la porte du bureau.

— Que chacun prenne en charge son équipe.

⁂

Anselmo avait endormi le contrôleur avant de le débarrasser de sa casquette et de l'allonger sous une banquette.

Il revint dans le wagon où se trouvait Judith et avança rapidement vers le fond.

L'homme eut à peine le temps de le voir venir qu'Anselmo lui soufflait déjà à l'oreille :

— Votre ami est allé visiter les Pyramides. Maintenant, à nous d'avoir une petite conversation.

Le visage de Judith s'était illuminé. Une onde de chaleur la parcourut instantanément. *Merci, merci !* pensa-t-elle. Ses muscles se détendirent. Anselmo avait parlé à voix basse. La main dans sa poche, il serrait fermement la crosse de l'un de ses Manurhin. L'homme, lui, pointait toujours son cran d'arrêt à quelques centimètres du ventre de Judith. Anselmo l'en délesta d'un geste. Autour d'eux, les passagers continuaient de somnoler ou de bavarder gaiement. La jeune femme regarda Anselmo avec reconnaissance et dissimula un immense, un profond soupir de soulagement. Cela lui fit un bien fou.

Elle reprit confiance.

— Quel est votre nom ? Qui dirige Axus Mundi ? demanda-t-elle.

L'autre mit un moment à se reprendre. Il considéra Anselmo d'un air méprisant, puis son regard revint vers la jeune femme. Tous deux se toisèrent longuement.

— Je ne dirai rien !

— Encore un…, pesta Judith en levant de nouveau les yeux vers Anselmo.

Anselmo hésita. Il se saisit de l'homme et, glissant une main à l'intérieur de sa veste, ôta le P38 qui s'y trouvait. Il chercha ses papiers et sortit un passeport qu'il considéra attentivement avant de le donner à

Judith. *Krenzler, Jorg.* Nationalité : *autrichienne.* Les visas et tampons des douanes attestaient son passage par Israël et l'Égypte. Anselmo se souvint du sac de sport abandonné à deux wagons de là. Il fallait le récupérer au plus vite. Il se serait bien débarrassé de cet homme de la même manière que du premier… mais cette prise était une aubaine, peut-être une source d'information des plus précieuses. Naturellement, Jorg n'était guère disposé à dire tout ce qu'il savait de but en blanc, et cela agaçait plus encore l'Italien. Lèvres pincées, il regarda Judith. Elle pensait visiblement la même chose. L'endroit manquait d'intimité pour une confession circonstanciée. Elle attrapa son portable.

— Cher monsieur… Krenzler, nous allons voyager ensemble, et je vais m'assurer que vous serez réceptionné à Alexandrie comme il se doit.

Elle composait le numéro de Jean-Baptiste Fombert, le père de l'École biblique qui devait déjà se trouver sur place, lorsqu'elle s'aperçut qu'Anselmo fouillait dans les différentes poches de sa veste d'un air soucieux. Embarrassé, il lâcha un *Miseria* et s'expliqua :

— Je crois que j'ai perdu mon billet…

Il hocha la tête.

— Je déteste voyager en fraude.

Judith sourit, éperdue de gratitude.

Elle chercha ses mots et, de nouveau, n'en trouva qu'un seul.

— Anselmo… Merci !

L'Italien fit une moue et haussa les épaules.

— Bah… je fais juste mon travail.

Il restait encore deux heures avant leur arrivée.

⁂

Le pas de Dino Lorenzo résonnait dans le hall des appartements privés du Saint-Père.

Il glissa sur les armoiries d'un pape aristocratique du XVIe siècle, au milieu du sol de marbre incrusté de pierres rares et multicolores, puis s'arrêta devant celles que Spinelli avait reprises à son compte. Dessinées par un héraldiste de renom, elles figuraient sur la lourde porte d'entrée : une croix latine décentrée avec un M d'or sur fond azuréen, symbolisant la dévotion à la Vierge, et enrichi de la tiare pontificale ainsi que des clés d'or et d'argent de la Cité. Dino salua d'un signe de tête les gardes suisses, puis un huissier en veste aubergine, à col cassé blanc et chaînes croisées, l'annonça auprès de Clément XVI.

Les appartements privés, composés d'une vingtaine de pièces, tranchaient avec les volumes florissants de la Renaissance italienne, ses stucs d'or, ses trompe-l'œil et ses fresques de chérubins baguenaudant dans les astres. Les consoles de bois doré, les statues de pierre médiévales, les cabinets du XVe estampillés aux armes du Vatican étaient comme adoucis par les plantes vertes, les multiples bibelots et souvenirs de voyage accumulés par les différents pontifes.

Lorsque Dino Lorenzo se présenta dans le bureau de Spinelli, celui-ci était courbé sur une pile de notes et de livres volumineux, une tasse de thé à portée de la main. Il travaillait depuis la fin de la messe du matin. La revue de presse préparée par sa secrétairerie d'État et les quotidiens du jour étaient empilés auprès de lui — *Il Corriere della Sera, La Repubblica, La Stampa, Die Welt, Le Figaro, La Croix, The International Herald Tribune*, et l'inévitable *Osservatore Romano*. Trois téléphones, plus une rallonge pour permettre à sa secrétaire de poser son bloc, trônaient au milieu du fouillis. L'annuaire pontifical et le répertoire téléphonique des communautés religieuses étaient également disposés auprès d'une écritoire de cuir, une pendule de bronze et un crucifix sur un socle noir.

C'était dans ce bureau, silencieux et propice à l'étude, que le Saint-Père avait corrigé sa première encyclique, *De natura rerum*, et qu'il continuait la préparation de la seconde, *Ad vitam aeternam* — même si, depuis quelques jours, il craignait de devoir singulièrement revoir sa copie. Là, près de la fenêtre, non loin de la petite estrade antidérapante sur laquelle il se juchait, le dimanche, pour bénir les dizaines de milliers de fidèles amassés sur la place Saint-Pierre, se trouvait donc Leonardo Spinelli di Rosace — le pape Clément XVI.

— Dino, je vous en prie, asseyez-vous.

Clément le considéra quelques instants sans rien dire, une main ramenée sous son menton, la manche de son vêtement immaculé reposant sur l'un de ses livres. Un rapide coup d'œil permit au directeur des Collections d'avoir confirmation qu'il s'agissait bien des ouvrages qu'il lui avait fait porter lui-même, depuis la Vaticane. *The DNA of God ?* de Garza-Valdès ; *La Tentation génétique*, du Pr Hermann Fribourg ; *Clonage reproductif et clonage thérapeutique*, par François Kalm ; *Dolly, Polly... Adam*, par Nathanaël Wiesman, et *Believing in Science*, d'un certain Pr Park Li-Wonk. Le pape semblait soucieux. Au bout de quelques secondes, d'une voix posée, il rompit le silence :

— Dino... J'ai lu votre note. Nous sommes ici vous et moi... Ce n'est certes pas la première fois que nous affrontons une situation difficile, n'est-ce pas ? Mais voilà... Je me plonge dans toute cette littérature dont je ne vous cache pas qu'elle est un peu absconse. J'ai besoin de savoir une chose, mon ami.

Il se pencha. L'anneau d'or étincela brièvement à sa main.

— S'agit-il une fois de plus d'un énorme canular… ou ont-ils le moindre espoir d'arriver à… quelque chose ?

Dino se passa la langue sur les lèvres, et ramena ses genoux l'un sur l'autre.

— Leonardo… Vous me demandez, en somme, si on peut prendre la menace au sérieux. Et outre le fait que notre équipe à Meggido a été assassinée, ce qui en dit long sur la motivation de ces illuminés, ce qui vient de se passer au Caire est des plus inquiétants.

— J'ai lu. Cet archéologue français…

— Seltzner. Damien Seltzner.

— Lui aussi a été abattu, n'est-ce pas ?

— Oui. Mgr Almedoes se débat en ce moment même avec le gouvernement égyptien et l'État hébreu. Et, croyez-moi, cela relève de la plus belle acrobatie… Il aura peut-être besoin de vous.

— Judith est toujours là-bas ?

— Elle vient de partir avec Anselmo à Alexandrie. Je pense qu'elle est hors de danger.

— Bon. Je ne veux pas qu'il lui arrive la moindre chose, vous entendez ? Certes, j'ai toute confiance en ses capacités, et je connais parfaitement celles d'Anselmo. Mais il a été un peu présomptueux de notre part de la mêler à cette affaire. Judith est d'abord une tête chercheuse, une femme de dossiers. Elle connaît mal le terrain… et, au Caire, les choses auraient pu plus mal tourner encore.

— Je peux la rappeler à tout moment, Votre Sainteté.

Le pape hésita.

— … Alexandrie, dites-vous ?

— Oui. C'est que… nous avons de nouvelles informations.

Clément jeta vers Lorenzo un regard interrogatif. Celui-ci prit une inspiration, puis dit :

— Vous connaissez le père Jean-Baptiste Fombert, de l'École biblique et archéologique de Jérusalem… C'est à lui que Judith et moi avions confié une partie de la traduction des parchemins de Longinus. Il est parvenu à reconstituer une séquence de l'itinéraire de ces rouleaux, après le Golgotha. Ses recherches l'ont amené à se mettre en relation avec les moines de Sainte-Catherine, dans le désert du Sinaï. Il cherchait un codex, susceptible de constituer une preuve définitive de l'authenticité de la relique, et de sa dissimulation dans la chapelle de Meggido. La boucle alors serait bouclée. Or le codex est propriété du monastère et, comme vous le savez, les orthodoxes de Sainte-Catherine ne dépendent d'aucune Église constituée… Il s'est mis en rapport avec eux… et a levé un autre lièvre. Figurez-vous qu'ils ont reçu des messages assez comparables à celui dont j'ai fait mention dans ma note. Sœur Internet essaie toujours d'en trouver la provenance exacte. Au passage… il y a là quelque chose de très étrange, Votre Sainteté. Pourquoi nous avoir… prévenus, en quelque sorte ?

— Voilà en effet quelque chose que je ne m'explique pas.

— Je pense… je pense que quelqu'un parmi eux, sous couvert de menaces, a essayé de nous avertir… Tout en se couvrant, au cas où il serait repéré. Autrement dit, il n'est pas impossible qu'il y ait, *chez eux*, un Judas. Ce qui serait pour nous un avantage. Peut-être ce Judas nous a-t-il donné intentionnellement le moyen de les tracer, et de remonter jusqu'à eux. Rien ne le prouve pour le moment… Mais l'un des moines tient des Bédouins de la région qu'il y a eu une circulation inhabituelle ces derniers temps autour du mont Sinaï. Et il ne s'agit pas de cars de touristes. Nous voudrions avoir une confirmation satellite avant d'entreprendre quoi que ce soit. Là aussi, c'est la tâche d'Almedoes. Et là aussi, nous sommes en plein territoire égyptien. Mais, Votre Sainteté, pour revenir à votre question…

Dino fit la grimace.

— Je détiens également une information que, pour l'heure, tout le monde ignore, ou presque. Même Judith n'est pas au courant. Je ne voulais en parler qu'à vous… personnellement.

— Eh bien… faites donc !

Dino, pâle et visiblement tourmenté, s'agita un instant dans son fauteuil… puis il se décida :

— Seltzner n'a pas été le seul à effectuer un prélèvement sur la Lance dès sa découverte. Il l'a fait en la présence même de Josi. Et s'il a dérobé l'un des échantillons, un autre nous a été envoyé immédiatement, à ma demande. J'ai tenu ce renseignement secret, dans l'attente des résultats du laboratoire. Résultats que j'ai eus ce matin même. Je voulais faire procéder aux analyses avant de crier au loup. Et… oh, mon Dieu, Leonardo…

Spinelli le regarda. Il pressentit soudain la gravité de ce que Lorenzo allait lui annoncer. Son cœur battit plus fort.

— Le sang que nous avons trouvé, Leonardo… Il présente… des caractéristiques insensées. Il… Il a une particularité… que l'on ne trouve nulle part dans le monde connu, il…

Lorenzo écarta les mains.

— Je pense qu'il pourrait *vraiment* s'agir du sang du Christ

Il y eut un long, long moment de silence.

Dino et le Saint-Père ne bougeaient plus, hiératiques.

— Vous rendez-vous compte de ce que vous dites ?… lâcha enfin Spinelli, que la pâleur gagnait à son tour.

Dino acquiesça en silence.

Lentement, le Saint-Père se leva.

Il fit quelques pas, soudain lourds, et se dirigea vers la fenêtre. Il porta une main à son front. La Lance du Destin, authentique ? Le sang du Christ, authentique ? Et l'Église rattrapée par deux mille ans d'Histoire… pour affronter le pire de ses cauchemars ? Dino contempla Clément XVI, dont la silhouette se découpait devant lui à contre-jour, entre les rideaux diaphanes. Le pape redressa la tête.

— Ils vont récupérer ce sang…

— Cela est déjà fait.

— En extraire l'ADN.

— Oui.

— L'introduire dans un ovule, c'est cela ? Un ovule énucléé, débarrassé de son noyau…

— Oui.

— Et l'inséminer chez une mère porteuse.

— C'est exactement cela.

Le Saint-Père inspira. Il se retourna vers Dino.

— Mais je croyais que les possibilités technologiques étaient encore insuffisantes pour le clonage humain… Comment peuvent-ils espérer… ressusciter un homme de deux mille ans, qu'ils prendront pour le Messie ?

— Ou qui le *sera*, Votre Sainteté. Croyez-moi… C'est une éventualité.

Spinelli faillit s'étrangler.

— Et c'est à nous que reviendrait ce pouvoir ?

Il serra le poing et Dino crut un moment qu'il allait revenir frapper sur le bureau.

— Dino… La vie est sacrée ! Elle est entre les mains de Dieu, comme la mort ! C'est le sens même d'*Ad vitam aeternam*, Dino, l'encyclique que j'écris depuis deux ans, et à laquelle je pense depuis dix ! Tout cela n'est que foutaises ! Cela ne peut advenir, Dino ! Pas de nouvelle Babel ! Qui peut s'arroger le droit de faire basculer le genre humain ? Et pour créer, quoi… Un autre Messie, un nouveau Dieu ? Une pâle copie ? C'est absurde, complètement absurde !

Il se tut un instant. Sa colère retomba.

— Non, je ne crois pas que tout cela puisse arriver. Ils échoueront… Cette tentative est sans issue. Et quand bien même ils feraient naître un enfant, par qui serait-il reconnu ? Ils courent à la catastrophe.

Dino laissa passer le grain, puis :

— Il ne faudrait pas qu'ils nous y entraînent, nous aussi. Très Saint-Père, vous prêchez un convaincu. Mais s'ils ont employé de tels moyens, c'est que le jeu, à leurs yeux, en valait la chandelle. Je pense qu'ils ont trouvé… la même chose que nous. Et plus rapidement encore. C'est même ce qui a dû les décider à déclencher leur opération. Il s'est écoulé un certain laps de temps, entre la découverte de la Lance et l'assassinat de l'équipe des fouilles. Un temps qu'ils ont dû mettre à profit pour évaluer leurs chances de succès… Or ils ont pris leur résolution, ce qui me conforte dans mes craintes qu'ils estiment bénéficier d'une forte, très forte probabilité de réussite.

Dino fit une pause avant de continuer.

— Vous avez raison, Votre Sainteté : le clonage reproductif humain a aujourd'hui ses limites. Mais celles-ci… ont pu être dépassées. Je ne dis pas que c'est le cas… mais c'est possible, ou du moins le croient-ils. Peut-être leur triste équipe est-elle parvenue à trouver les moyens de contourner les obstacles pour assurer une insémination viable, et un développement embryonnaire normal, qui permettrait de voir arriver un enfant à terme. Par quel procédé, je l'ignore. Il leur a aussi fallu trouver un moyen de conserver des ovules. Voyez-vous, le nombre d'ovocytes frais nécessaires à une telle opération, et l'incapacité de les congeler comptent à ce jour parmi les obstacles majeurs que rencontrent les scientifiques versés dans ce genre de projets. Sans ces procédés, ils devraient avoir recours à tant de femmes, pour espérer arriver à *un seul* clone, que… leur tentative serait vouée à l'échec. Mais j'ai tout mis en œuvre pour comprendre. Trois cardinaux coopèrent avec moi pour tenter de trouver les scientifiques qui seraient capables de parvenir à un tel prodige…

— Une telle sorcellerie, Dino. Une telle *sorcellerie.*

— Oui. Dans cette partie, il ne peut y avoir d'amateurs. Nous cherchons parmi des généticiens en rupture de ban, des hommes de science controversés, des experts en biologie moléculaire dont les laboratoires auraient des difficultés de financement, des renégats, et bien sûr dans les équipes en place, chez les chercheurs qui travaillent sur ces questions depuis longtemps. Mais il y en a beaucoup. Nous avons contacté Garza-Valdès et le Pr Riggi qui avait analysé le linceul de Turin, et joint les généticiens qui ont consacré leurs travaux au suaire d'Oviedo et à la tunique d'Argenteuil. Nous traquons les plus sérieux comme les plus mythomanes. Nous dressons des listes, des fiches, et prenons les contacts. Nous nous sommes même adressés au FBI et aux raéliens… Vous imaginez ! Bref, nous sommes au travail. Mais tout cela prend du temps, Votre Sainteté. Un temps qui nous est compté, j'en ai peur.

Spinelli secoua la tête, pendant que Dino poursuivait :

— N'oublions pas que les parchemins de Longinus avaient aussi un caractère prophétique. Ils annonçaient l'apocalypse pour l'année 2006 du calendrier chrétien, et l'époque où je considérais tout cela avec l'œil amusé de l'amateur d'énigmes est bel et bien révolue. Au point où nous en sommes, je ne veux rien négliger. Qui sait… ils peuvent nous donner des indications, non pas sur ce qui s'est déjà produit, mais sur ce qui pourrait advenir ! Qui plus est… Seltzner était au courant du contenu des parchemins. Ils ont pu *aussi* inspirer Axus Mundi.

Le souverain pontife écarta les bras, atterré.

— Et il nous faut croire à tout cela !

— Leonardo, je vous en supplie, écoutez-moi. Si la Lance est authentique, et qu'ils sont vraiment en possession d'échantillons du sang du Christ, nous ne pouvons nous voiler la face. Allons-nous attendre sans bouger ? Mais Josi est mort ! Ungaro est mort !… Judith et Anselmo sont à leur tour en ligne de mire !

Il y eut un long silence. Dino se pencha :

— Il ne faut pas s'y tromper. Il y va de notre avenir, de celui de l'Église et de ses fidèles. C'est exact. Et plus encore. Il en va de la race humaine.

— Mais enfin, Dino ! Qui sont ces gens ? Qu'est-ce que cette organisation, Axus Mundi ? Une société secrète ? Une secte ?

— … qui sans doute se prend pour une contre-Église. Ou une nouvelle Église, que sais-je… Je vous prépare un mémo à ce sujet mais nos informations, pour le moment, sont très minces.

De nouveau, le Saint-Père se tourna vers la fenêtre.

— Que faisons-nous pour Judith ? demanda Dino. Elle doit rencontrer Jean-Baptiste Fombert et le moine de Sainte-Catherine à Alexandrie. Je dois la rappeler incessamment.

Spinelli hésita encore, puis :

— Nous avons besoin d'aide sur place. Et Judith est trop douée pour que nous puissions nous en passer.

Il conclut avec difficulté :

— Pour le moment… laissez-la agir.

Ils se turent. Spinelli regardait, devant lui, le drapeau de la Cité du Vatican s'agiter doucement dans la brise, au-dessus de la coupole de la basilique Saint-Pierre. Et il vit une vague, une vague immense, venue de loin, de l'autre bout des horizons de la terre et de l'Histoire, qui se précipitait vers lui, vers eux, pour engloutir des milliers d'années d'efforts. Il songea à la Nativité et à l'étoile de Bethléem ; à la croix du Golgotha et au tombeau de la Résurrection ; aux mille chemins empruntés par les disciples du Christ à travers le monde, depuis le sang des premiers martyrs, dans les cirques romains.

— Dino… Il faut empêcher cela à tout prix. Ce qui nous arrive est insensé, mais… Il faut arriver avant l'insémination. Vous m'entendez ? Il faut absolument arriver *avant* !

Il se retourna vers Lorenzo, le visage décomposé.

— Est-ce compris ? Cet enfant ne doit pas naître !

⁂

La BMW aux vitres teintées qui transportait Ernst Heinrich circulait sur le Ring, et son passager regardait distraitement les splendides façades néoclassiques et néogothiques des monuments du XIXe siècle émaillant le boulevard circulaire, l'Hôtel de Ville et le Parlement, l'Opéra et le *Burgtheater*. À Vienne se trouvaient le siège permanent de l'Opep, l'Agence internationale de l'énergie atomique et l'Onudi, organisation pour le développement industriel, dans le Donaupark ; ces institutions faisaient de la capitale autrichienne la troisième ville des Nations unies après New York et Genève. Vienne avait représenté un emplacement de choix pour l'implantation du groupe WerkersMedias. Les ramifications de ce dernier couvraient des domaines aussi variés que l'électronique, la finance, la presse — avec une quarantaine de titres à son actif — ou encore la recherche pharmaceutique. À la tête de WerkersMedias se trouvait Ernst Heinrich. Le visage carré, des tempes grisonnantes contrastant singulièrement avec ses sourcils blonds, Ernst avait soixante-quatre ans ; mais son visage procurait toujours cette impression d'énergique jeunesse et de détermination qu'il avait toujours dégagée.

À l'avant, le chauffeur avait glissé un CD de la *Messe du Couronnement* de Mozart. Tapotant du doigt un accoudoir de cuir tout en écoutant la fluidité des notes cristallines qui se répandaient dans l'habitacle, Ernst regarda sa montre. Il avait encore le temps de repasser à son bureau. Il s'était retranché une première fois dans son quartier général pour suivre les affaires courantes et surtout, l'opération du Sinaï. Il revenait à présent de l'inauguration d'une nouvelle exposition dans la galerie de peinture de l'Académie des beaux-arts, à laquelle il avait largement contribué. Il en avait profité pour acheter cette toile qu'il convoitait depuis longtemps et qui, soigneusement emballée, reposait sur la banquette à côté de lui.

Le conservateur lui devait bien cela.

Depuis quinze ans qu'il était implanté à Vienne, Ernst n'avait jamais regretté ce choix. Il avait toujours goûté le charme de la vie viennoise, qui convenait assez à son tempérament. Il aimait se promener au palais archiducal de l'Albertina, déambuler dans le Volksgarten décoré de statues et de bassins, ou assister aux concerts des orchestres philarmoniques et symphoniques. Il aurait d'ailleurs dû se rendre à l'Opéra dans une heure. On y donnait *L'Anneau des Niebelungen.* Mais il était contraint d'annuler. Il lui fallait d'abord régler une ou deux choses. Il contacterait bientôt son fils, Franz. Il espérait qu'il ne lui en voudrait pas de lui faire faux bond.

La BMW arriva enfin sous la tour de verre et Ernst en descendit. Avant de se diriger vers l'entrée, il se pencha sur le chauffeur :

— Vous serez gentil de demander à Sandor de faire monter le tableau, s'il vous plaît.

Puis il regarda l'immensité du building en prenant une inspiration satisfaite, et franchit les portes vitrées de WerkersMedias. Elles s'ouvrirent devant lui dans un soupir. Ernst dépassa les sas de contrôle et gagna bientôt les ascenseurs pour se rendre au dernier étage. Les hôtesses d'accueil s'écartèrent devant lui. Tandis qu'à travers la cabine de verre il se voyait monter peu à peu au-dessus des édifices de la capitale, Ernst songea, non sans une certaine fierté, aux échelons qu'il avait gravis, pour en arriver là où il se trouvait aujourd'hui.

Depuis sa fondation en 1976, l'ascension de WerkersMedias avait été fulgurante. Bien peu de gens savaient quel avait été le véritable destin d'Ernst Heinrich. Viktor, son père, avait rencontré sa mère après l'Anschluss, lorsque, placé au plus près des généraux d'occupation et du ministère Seyss-Inquart, il avait commencé à organiser la circulation des œuvres d'art et, plus encore, à s'éprendre de recherches archéologiques politiquement orientées. Inga, elle, était professeur titulaire dans l'université la plus prestigieuse d'Autriche. Tous deux s'étaient mariés le 12 avril 1941, exactement trois ans et deux jours après que les Autrichiens eurent voté à 99,73 % le rattachement au Reich. Ernst était né l'année suivante. Ses parents avaient œuvré ensemble durant la guerre, parvenant au passage à amasser une fortune conséquente, puis étaient repartis s'installer en Allemagne. Ernst y avait fait des études brillantes, en commerce, finances et gestion, dépassant tous les espoirs de ses chers géniteurs. Avec l'appui de son père, il avait monté un fonds d'investissement qui lui avait permis de faire fructifier le pécule familial, avant de racheter un premier titre de presse et de profiter du boom publicitaire des années 1980. Il s'était ensuite spécialisé dans les affaires — conseil, rachats et fusions — et, au début des années 1990, il saisissait au vol la bulle spéculative de l'Internet. Si bien que son retour en Autriche, à la même époque et à la tête d'un empire déjà en gestation, avait pris à ses yeux valeur de symbole. Rattrapé par son passé de sympathisant nazi, son père, lui, avait dû s'exiler en Uruguay. Il avait un temps pensé bénéficier de la protection des jésuites ; loin de l'aider à se faire oublier, ceux-ci s'étaient empressés de faire remonter l'information au Vatican, qui, dans un souci d'ouverture, avait répercuté l'information auprès de la World Jewish Organization. Un matin, Ernst avait appris que son père, malade et dépressif depuis quelque temps, s'était suicidé, en compagnie d'Inga, dans leur propriété de Montevideo.

Viktor avait été féru d'ésotérisme avant Ernst. C'était lui qui, jadis, avait parlé à son fils de la Lance et de ce qu'en disait la tradition ; mais jamais il n'aurait imaginé mettre la main sur un tel joyau. Rien de commun d'ailleurs entre le devenir, finalement obscur, de cette lointaine figure paternelle, et le succès présent d'Ernst Heinrich. Le monde avait changé. Ernst était surtout « doué pour le business », comme il le disait lui-même. Bien qu'il eût de nombreux amis de divers bords politiques, il n'avait jamais flirté avec les partis d'extrême droite autrichiens. En revanche, passionné par les avancées technologiques de son temps, et lancé lui-même dans de nombreuses courses aux brevets, il avait fondé ce qui, au départ, ne devait être qu'une de ses lubies : Axus Mundi. Cette « agence », ce « club » comme il se plaisait à le décrire, son reflet dans l'ombre, n'était initialement qu'une façon de perpétuer le souvenir des recherches paternelles. Joueur impénitent, Ernst avait autant la faculté de faire fleurir l'argent que de le dépenser. Mais il s'était laissé prendre à cette « diversification » et le concours de l'agence à des affaires névralgiques, mis en place à mesure des années, avait souvent été déterminant.

C'est qu'Axus Mundi n'était pas, comme on pouvait le penser, une secte de joyeux drilles qui conspiraient sous d'obscurs manteaux à capuchon. C'était, avant tout, une entreprise. Une entreprise portée sur les projets du futur, prête à relever les défis de l'avenir. À repousser les nouvelles frontières, non plus celles de territoires comme jadis, ni même celles de l'espace, mais celles de l'infiniment petit et de l'intelligence du vivant.

Si WerkersMedias poursuivait des activités industrielles ou technologiques classiques, l'invisible Axus Mundi avait pour objet de repousser les limites connues dans le domaine des biotechnologies, de l'intelligence artificielle et des nanotechnologies. Des marchés porteurs, assurément. Où la paternité des brevets comptait pour des centaines de millions de dollars, et engageait ni plus ni moins que le visage du monde à venir. À chaque époque, les bien-pensants avaient eu peur de se saisir de cette infinie capacité de l'homme à révolutionner ses moyens de contrôle de la nature. À cet égard, l'Église s'était toujours montrée très efficace. Aujourd'hui, l'important était de se déprendre des préjugés de la pensée ancienne, pour s'emparer pleinement de ce qui était à nos portes ; et, de préférence, le maîtriser avant que d'autres ne le fassent. Les laboratoires d'Axus Mundi, répartis dans trois pays, s'y employaient chaque jour — aux États-Unis, en Australie et en Corée du Sud. Ils officiaient ailleurs que sur le territoire autrichien, et naturellement sous un autre label, que protégeaient des sociétés en cascade comme autant de pare-feux. Rien d'illégal, d'ailleurs, dans leur habillage aseptisé croisant sous pavillon privé. Et, de fait, Ernst s'était toujours gardé — du moins jusqu'à aujourd'hui — de franchir véritablement la ligne rouge. De son côté, lorsqu'il ne veillait pas à la bonne marche des affaires auprès du conseil d'administration de WerkersMedias à Vienne, il faisait régulièrement des allers-retours entre la Suisse et le *Vif-Argent* — son yacht, qu'il aimait faire mouiller dans l'île de Santorin. La tentative du Sinaï n'était que l'un des versants de son activité, et une opportunité de plus qu'il avait décidé, cette fois, de saisir.

Lorsqu'il parvint enfin dans son bureau, au sommet de la tour, il salua sa secrétaire dans la pièce voisine, se servit un verre et se posta quelques instants devant les baies vitrées. De là, il dominait de nouveau la ville. Au loin le profil du château de Schönbrunn, l'ancienne résidence d'été d'autres empereurs, l'écrin des Habsbourg, et le tracé élégant de ses jardins à la française. Le centre de Vienne, alternant la beauté des édifices anciens et le fourmillement industriel de ses activités quotidiennes, semblait palpiter d'une énergie propre. Les enseignes des cafés commençaient à s'allumer dans le jour déclinant, et les nuages achevaient de recouvrir la capitale de leur linceul. Ernst chercha des yeux le Staatsoper, hésitant une dernière fois à honorer la promesse qu'il avait faite à son fils de l'y retrouver. Finalement il se détourna et appuya sur l'Interphone de son bureau.

— Mademoiselle Bergens ?

— *Ja ?*

— Voulez-vous prévenir Franz qu'une affaire urgente m'a retenu au bureau ? Dites-lui que je suis profondément désolé. Il comprendra… Proposez-lui de venir dîner jeudi avec Agatha, je serais ravi de la revoir.

— Bien.

— Je vous remercie.

— Ah ! Monsieur. Votre tableau est monté. Sandor peut-il vous l'installer ?

— Bien sûr. Qu'il entre.

L'opération ne prit pas longtemps et, bientôt, Ernst était de nouveau seul. Faisant lentement tourner les glaçons de son verre, il contempla la toile qu'il venait de faire accrocher d'un air satisfait C'était une peinture religieuse, d'un prétendu disciple de Raphaël. Son authenticité, à vrai dire, importait peu à Ernst Heinrich. En revanche, son sujet ne lui était pas indifférent, bien au contraire ; voilà qui complétait à merveille sa collection.

Sous un ciel déchiré de noir et de nuages lourds, Longinus portait au Christ son coup de lance. La composition du tableau donnait l'illusion que le légionnaire était traversé de part en part par la foudre, qui jaillissait du firmament pour venir éclairer partiellement la scène. La trinité blafarde se découpait sous un fond obscur, tandis que les saintes femmes se pressaient autour du crucifié. Le sang coulait de son flanc. La Lance. Ernst sourit. Sa légende l'avait toujours fasciné. Et voici que, maintenant, elle était entre ses mains et que, par elle, il allait peut-être réaliser son rêve. Pour lui aussi, le compte à rebours était commencé. Il releva les yeux vers la toile… et ne put retenir un rire en songeant que, tout de même, il ne reculait devant rien. Il se sentait de nouveau gagné par son obsession, qui lui procurait une secrète jubilation. Il en aurait presque tremblé. Ses mains devenaient moites, il était gagné de délicieux frissons. À en croire ses informations, pourtant, il risquait gros. Même s'il savait que personne ne pourrait remonter jusqu'à lui, et qu'il était protégé. Tel n'était pas le cas, en revanche, de ses employés. Les chercheurs du laboratoire le craignaient, et ils avaient raison. Tout se jouerait dans un mouchoir de poche. Quant aux autres… il les ferait courir jusqu'au bout. Atteindre le but final n'en était que plus stimulant.

Il leva son verre devant la toile et rit encore.

Eh bien, courez, mes petits amis, courez…

⁂

Le bruit des trains, des sirènes et des annonces crépitantes crachées par les haut-parleurs résonnait dans la gare d'Alexandrie. Judith marchait d'un pas rapide et Anselmo la suivait, faisant avancer son prisonnier récalcitrant à petits coups dans les côtes, qui lui rappelaient à tout moment les armes braquées sur lui. Ils se frayaient un chemin parmi la foule avec autant de discrétion que possible. Le visage sombre, les traits tendus, ses yeux cherchant de toutes parts une issue qu'il ne trouvait pas, l'Autrichien semblait prêt à tout. Aucune occasion ne se présentait à lui et Anselmo, plus vigilant que jamais, le tenait en respect. En sortant de la gare, Judith fut un instant éblouie par les rayons du couchant. Elle ouvrit son portable d'un geste sec dès qu'elle entendit le vibreur se mettre en marche.

— Judith Guillemarche.

— Judith, c'est Dino.

— Où en sommes-nous ?

— Je sors d'une entrevue avec le Saint-Père. Connectez-vous dès que possible à votre hôtel ou à la Bibliothèque et je vous ferai parvenir tout ce que nous avons. Les pistes sont ténues.

— J'ai une surprise pour vous, dit Judith en jetant un regard à l'Autrichien. Mais racontez-moi d'abord.

— Axus Mundi est selon toute vraisemblance l'une de ces sectes néomessianiques implantées aux États-Unis, ou quelque part en Europe de l'Est. Nous croisons actuellement nos propres fichiers avec ceux du FBI et d'Interpol. Les raéliens affirment qu'ils n'ont rien à voir dans cette affaire. Nous pensons qu'Axus Mundi a bâti sa propre équipe de recherches et nous essayons de définir les profils scientifiques exacts qui pourraient correspondre. Fombert vous en apprendra plus au sujet des parchemins de Longinus et des moines de Sainte-Catherine. Ils ont reçu des avertissements, comme nous… Mais… de quelle surprise parliez-vous, Judith ?

— Écoutez…, répondit Judith, j'arrive à Alexandrie à l'instant. Le père Fombert doit nous attendre. Nous avons avancé l'heure du rendez-vous. Ils vont nous recevoir comme prévu à la Bibliothèque. Nous avons organisé une petite nocturne. Les autorités locales sont au courant. Il faut que Mgr Almedoes se mette en rapport avec la municipalité d'Alexandrie, la police et les transports publics égyptiens. Nous avons eu dans le train un… léger problème.

— Un problème ? de quel ordre ?

Judith attrapa le passeport qu'elle avait conservé sur elle et l'ouvrit d'un geste du poignet.

— Vous devriez vous renseigner sur un certain… Jorg Krenzler. Numéro de passeport… O1EY… 25926. Il est autrichien, Dino. C'est sans doute par là qu'il faut chercher le siège social d'Axus Mundi, si j'ose dire. Krenzler est avec nous, nous allons le déférer aux autorités locales. Ils se mettront en rapport avec vous dès que possible. Ce Krenzler est probablement impliqué dans le massacre de Meggido.

— Vous n'avez pas été blessée ?

— Tout va bien. Je vous rappelle dans cinq minutes, Dino.

— Judith…

La jeune femme venait de refermer son portable et d'apercevoir la silhouette élancée du père Jean-Baptiste Fombert. En costume noir, coiffé d'un large chapeau, il attendait, bras croisés mais nerveux, auprès de trois voitures de police égyptiennes. À ses côtés, un sexagénaire barbu, toque brune sur la tête, en robe de bure sombre, un gros crucifix doré autour du cou, se trouvait là également. Ce devait être l'un des moines de Sainte-Catherine. Non loin, des chauffeurs de taxi hélaient de toutes parts les arrivants pour les inviter à prendre leur voiture. Judith salua le moine et le père Fombert, tandis que Jorg Krenzler était pris en charge par les policiers. Il fut fermement poussé à l'intérieur d'un autre véhicule.

— Je me suis précipité sitôt que j'ai eu votre message, dit Fombert. L'un des nôtres sera présent lors des interrogatoires de ce monsieur.

— Oui. Tout ce qu'il sait pourra nous être utile, et je suis sûre qu'il en sait beaucoup. Il faut qu'ils nous tiennent au courant le plus vite possible… et qu'ils n'hésitent pas à employer la manière forte, ajouta Judith.

Fombert discuta en arabe quelques secondes avec les représentants des autorités, tandis que le moine prenait place à l'arrière d'un 4 × 4 banalisé. Anselmo le suivit. Fombert fit le tour de la voiture et ouvrit la porte à Judith, puis, sans attendre, se glissa à l'avant près du chauffeur, un homme de confiance dépêché par le directeur de la Bibliothèque d'Alexandrie.

— J'ai de nouvelles informations, dit-il. Notamment sur l'itinéraire qu'ont suivi les parchemins de Longinus avant d'atterrir au Vatican.

Jean-Baptiste Fombert, cheveux blancs, visage parcheminé, était un homme d'une rare maigreur, mais son visage — surtout ses yeux, d'un bleu limpide — était doux et lumineux. Sa fossette au menton lui conférait un certain charme. Ancien collaborateur de Josi à l'Institut d'archéologie du Vatican, il travaillait depuis près de quinze ans à la traduction d'une partie des Manuscrits de la mer Morte. Spécialiste du « Rouleau de cuivre », retrouvé dans la grotte 3 de Qumrân en 1952, il avait longtemps rêvé de retrouver le fameux trésor du Temple de Jérusalem après sa destruction par les armées de Titus. Et, aujourd'hui encore, sa chasse continuait. L'étude des feuilles de cuivre du Rouleau avait permis de dresser une liste de soixante-quatre lieux de prétendues cachettes, qui au bas mot pouvaient représenter… entre cinquante-huit et cent soixante-quatorze tonnes de richesses ! À sa manière,

Fombert était lui aussi un chasseur de reliques. Hélas, jusqu'à présent, jamais la moindre parcelle du fameux trésor n'avait été retrouvée. Le Rouleau de cuivre ne faisait pas davantage mention de la Lance de Longinus — mais cette nouvelle énigme ne pouvait évidemment manquer de le passionner.

Tandis qu'elle se baissait pour entrer à son tour dans le véhicule, Judith remarqua que Jean-Baptiste tenait tout contre lui des rouleaux de parchemins, enserrés de lanières rouges.

— J'ai avec moi une partie des copies que vous nous avez confiées à l'École biblique, confirma-t-il. Il y a peut-être un lien entre la prophétie et ce qui se passe aujourd'hui… Et la présence de notre ami Yoris, ici présent, ne sera pas de trop.

Judith le regarda, et ils se saluèrent de nouveau. Puis elle prit une inspiration… et referma la portière dans un bruit sec.

La nuit tombait sur Alexandrie, et les pensées se bousculaient dans la tête de la jeune femme. Le Dragon de Meggido crachant le feu au bout de sa langue bifide, le démon travesti en Vierge berçant son enfant dans les lueurs sépulcrales de la chapelle consacrée, les foudres du Golgotha, les parchemins de Longinus, la Lance de la Destinée… Devant Judith, Fombert ôtait les lanières rouges des copies de parchemins et les déployait sur ses genoux. Judith jeta un regard par-dessus son épaule. Les originaux étaient fragiles, si fragiles… Ils avaient pourtant traversé le temps, bouteille jetée à la mer. Comment avaient-ils pu parvenir jusqu'à eux ? Que s'était-il passé aux premiers jours ?

Tandis que Jean-Baptiste commençait à faire part à Judith des premiers éléments de ses découvertes, elle se sentit happée par les écritures minuscules des parchemins, dont la triple calligraphie dansait, dansait devant ses yeux.

Les parchemins commençaient par une citation de saint Luc.

Il y aura en effet grande détresse sur la terre, et colère contre le peuple…

5

Alexandrie, Corniche et Grande Bibliothèque, 2006 Laboratoire d'Axus Mundi, 2006 Vienne, 2006

Il y aura en effet grande détresse sur la terre, et colère contre le peuple. Ils seront passés au fil de l'épée, emmenés captifs dans toutes les nations, et Jérusalem sera piétinée par des païens.

Luc, XXI, 23-24.

Judith se pencha vers le père Fombert à l'avant de la voiture.

— La situation est tendue, dit-elle. Qu'avez-vous de votre côté ?

— La datation des différentes écritures figurant sur les rouleaux de Longinus concorde avec notre hypothèse de départ, Judith, dit Jean-Baptiste. Je suis désormais convaincu d'une partie du chemin qu'ils ont suivi. Je me suis replongé dans les textes de Flavius Josèphe, général en chef de Galilée et l'un des bras droits de Titus, lors de la révolte des Juifs et de la destruction du Temple en 70…

La voiture quittait la gare d'Alexandrie et leur situation n'était pas idéale ; mais ni Judith ni Fombert n'avaient envie de perdre de temps. Rassemblant ses esprits, Judith, en écoutant Jean-Baptiste, se sentit comme projetée près de deux mille ans en arrière. Reposant un instant la copie des parchemins pour piocher dans ses divers documents, au milieu des cahots du véhicule, le père de l'École biblique exhiba sous ses yeux une représentation de Titus Flavius Sabinus Vespasianus, fils de Vespasien, promis à la succession de l'Empire.

— C'est avec lui que tout a commencé, dit Fombert.

Judith imaginait soudain le soleil écrasant le désert de Judée, enflammant la roche, lacérant les montagnes d'ocre et de blanc, jaunissant l'herbe des collines… Et voici que, sous un ciel céruléen, surgissait le profil altier du futur *imperator*. Sur le document que lui montrait Jean-Baptiste, Titus s'avançait avec six cents chevaux pour reconnaître Jérusalem. À l'époque de la révolte juive, il avait à peine trente ans. Il avait traversé les déserts d'Égypte et de Syrie, avant de se rendre à Césarée pour rassembler ses troupes. Un corps de cavalerie encadrait les machines, précédant les tribuns et les chefs de cohorte. Au détour de la route de sable surplombant Jérusalem, jaillissait l'aigle d'or, symbole de la puissance de Rome, qui avait étendu ses ailes sur la moitié du monde connu. Il se dressait, splendide, sur la ligne de l'horizon, au milieu d'une profusion d'enseignes et de trompettes. Les légions étaient représentées avec force détails sur le document. Les bataillons de soldats marchaient six à six, en rangs serrés, précédant les valets, les vivandiers et les artisans, et ce vaste défilé, qui semblait ne jamais avoir de fin, embrasait le désert.

Judith se souvenait elle aussi des évocations de Flavius Josèphe ; compagnon de Titus, il avait relaté tous les événements de son temps dans sa célèbre

Guerre des Juifs contre les Romains. Le père Fombert déplia devant elle le plan d'une reconstitution de la Jérusalem de l'époque. Là encore, l'imagination faisait le reste. Au cœur de la cité, enfermée dans un triple mur, un cercle de portiques était soutenu par des colonnes d'une stupéfiante beauté ; entre les portiques, tout n'était que jardins, clairs viviers, eaux jaillies de figures de bronze, volières de pigeons, qui dominaient les chapelets de maisons dansant dans le soleil. La cité d'or, la cité idéale, la Cité de Dieu !... Et en son centre se trouvait l'édifice où semblait battre le cœur du monde : le Temple. Le dessin le montrait fièrement dressé dans l'azur, campé sur ses fondations merveilleuses — invitation à la paix, ou au contraire défi jeté à toutes les armées de la terre...

Ici, le père Fombert se tourna vers elle, tapotant du doigt la reconstitution et ajustant son chapeau qui menaçait de tomber. Il dit, les yeux brillants :

— C'est là qu'ont dû reposer les parchemins de Longinus. Dans ce Temple aux lames d'or et aux pierres blanches, qui paraissait éclipser le soleil... Je pense que les parchemins de Longinus ont dû faire partie des trésors évacués du sanctuaire à la veille de l'assaut. Comme je vous le disais, les expertises des différentes écritures l'ont confirmé. J'ai convoqué plusieurs de mes amis, linguistes, philologues, spécialistes des formes hébraïques et de l'araméen anciens. Certaines tournures ne trompent pas. Au départ, du moins si l'on en croit Flavius Josèphe, les Romains eux-mêmes avaient souhaité préserver le sanctuaire, ne fût-ce que pour témoigner de la gloire de l'Empire dans les siècles à venir. Mais le sort en décida autrement... Le chroniqueur dit qu'au plus fort de la bataille l'un des soldats, sans qu'il en ait eu reçu l'ordre, jeta par une fenêtre du Temple une planche de bois enflammée, et que le feu prit aussitôt à l'intérieur du sanctuaire. Partout, les flammes gagnaient, on se battait au milieu de la fournaise… Des milliers de combattants trébuchaient et se retrouvaient piétinés au sol… Une nécropole, Judith, une nécropole en devenir. Ce fut le brasier, le Temple fut perdu… et avec lui, combien de richesses ?

Judith se racla la gorge.

— Admettons que les parchemins aient été longtemps cachés dans le Temple… Ils seraient donc passés entre les mains des esséniens de Qumrân après la prise de Jérusalem ?

Fombert replia son dessin du Temple et le rangea soigneusement dans son sac. Le taxi circulait entre les voitures en direction de la côte, dans une rue aérée, bordée de palmiers. Jean-Baptiste ouvrit la vitre pour profiter d'un peu d'air.

— Selon toute probabilité, dit-il. Après la victoire, on acclama le triomphe de Titus *imperator*, avant de se partager un immense butin. Jérusalem fut presque entièrement ruinée. Mais comme vous le savez, une partie des richesses du Temple fut disséminée dans toute la Judée. Des convois secrets étaient partis nuit après nuit avant la bataille ultime. Certains s'étaient enfuis jusqu'en Galilée, en prévision du pire… Le *Testament de Longinus* devait se trouver au milieu de tous ces trésors. J'ai passé ma vie à les chercher ! Peut-être, finalement, en aurai-je trouvé un !…

Il se tourna de nouveau vers la jeune femme en souriant.

— Je pense que les parchemins sont restés dans le secret du Temple, peut-être même dans le saint des saints, depuis la mort et la Résurrection du Christ. Un anonyme, un soldat ou même un simple berger, put s'enfuir avec une parcelle du trésor, comme les autres messagers. Sans doute trouva-t-il refuge chez les esséniens. Nous avons identifié dans la texture même des parchemins des particules de cire, d'argile mais aussi de sable et de sel qui, selon toute vraisemblance, proviennent des rives de la mer Morte.

Judith acquiesça ; cela aussi corroborait l'hypothèse qu'elle avait formulée dès son premier rapport. En ascètes rigoureux, les esséniens aspiraient à retrouver la pureté de la loi de Moïse. Scribes intransigeants, hostiles au clergé officiel, ils se considéraient comme les derniers justes. La plupart d'entre eux vivaient au monastère et avaient fait vœu de chasteté. Ils attendaient avec impatience le Messie issu de la lignée de David, qui mettrait un terme aux perversions de la terre ; un autre Messie que le Christ. Alors viendrait l'avènement de ces « Fils de Lumière » appelés à lutter contre les « Fils des Ténèbres ». L'urgence de la situation et les tragédies vécues par les Juifs avaient dû suffire à faire taire les vieilles querelles entre les grands sacrificateurs de Jérusalem et les esséniens. Il avait fallu sauver leur mémoire, leur vie — tout ce qui pouvait encore l'être. Dans ce contexte, les esséniens avaient pu représenter une planche de salut. Les rouleaux de Longinus avaient sans doute rejoint momentanément les fameuses jarres de Qumrân, quelque part au cœur des contreforts de la montagne surplombant les bains rituels…

— Traqués eux aussi, les esséniens rédigèrent leurs dernières prophéties, confirma Fombert. Et, les entremêlant au récit de Longinus, ils annoncèrent le Jour final, qui verrait s'accomplir la lutte ultime entre le Bien et le Mal… ainsi que l'apparition du second Messie ! Ils calculèrent le jour, la date et l'heure, comptèrent toutes les révolutions du ciel… En d'autres temps, le Dragon reviendrait pour une autre apocalypse ! Mais le véritable

Messie reviendrait lui aussi… L'ordre agonisait, abandonné de tous, dans ses grottes aux allures de tombeaux, Jérusalem était détruite — et ces hommes, qui assistaient à la fin d'un monde, rêvaient déjà à la naissance d'un autre…

Judith sourit. Le lyrisme à peine voilé du père Fombert correspondait bien au tempérament de ces chercheurs qu'elle avait si souvent croisés.

— Bien, dit-elle. Mais cela ne nous dit pas comment les parchemins seraient arrivés au Vatican !

— Cela, je l'ignore encore. Mais notre ami Yoris ici présent et les moines de Sainte-Catherine ont peut-être une réponse…

Ce disant, il se tourna vers le dénommé Yoris, qui caressait sa barbe et ajustait de temps à autre sa toque brune sur son crâne. La jeune femme le considéra une seconde. Il la salua de nouveau. Dans sa robe de bure sombre, le moine grec n'avait pas bougé, et était resté silencieux depuis que le véhicule avait démarré. Judith échangea un autre regard avec Anselmo, perplexe. Lui qui n'avait pas pour habitude de parler inutilement ne serait pas dépaysé. Cela contrastait singulièrement avec le débit ininterrompu de Jean-Baptiste.

— En poursuivant mes recherches, poursuivit ce dernier, j'ai appris que l'un des codex conservés à Sainte-Catherine faisait également mention de Longinus et de la Lance. Je me suis mis en rapport avec les moines pour accéder au manuscrit… Yoris a eu la bonté de l'apporter avec lui. Il est à l'abri à la Grande Bibliothèque.

— En quoi cela peut-il nous être utile pour l'affaire qui nous occupe ? demanda Judith.

Fombert enroula de nouveau les parchemins, resserra leurs lanières, puis, la regardant dans le rétroviseur :

— J'y viens. Je me suis aussi intéressé aux symboles de la chapelle de Meggido. Et je crois avoir fait une découverte extraordinaire, Judith ! Nous savions que les écritures hébraïques et araméennes ajoutées au Testament faisaient référence à l'Armageddon, et au début de la bataille finale relatée par saint Jean. Les esséniens venaient de vivre une sorte d'Armageddon avec la destruction du Temple. Vous vous souvenez aussi de la prophétie, selon laquelle le Bien et le Mal se livreraient un combat sans merci pour récupérer la Lance en l'an 5766 du calendrier hébraïque, soit l'an 2006 de notre calendrier, à compter de « l'étincelle de Meggido »… Au départ, j'ai accueilli cette information avec le sourire… jusqu'à ce que je me rende compte d'un fait extrêmement troublant… Rappelez-vous les symboles de la chapelle. Le Dragon, la Madone travestie qui avait troublé Josi…, et la voûte céleste s'y trouvait également figurée. Une *carte du ciel*, Judith !

Judith se remémora les clichés de la chapelle que l'équipe de Josi avait eu le temps de faire parvenir à Dino Lorenzo, avant le massacre de Meggido, et de la figuration des étoiles auprès du Dragon et de la Pietà inversée.

— J'ai suivi mon intuition et passé quelque temps à m'y intéresser. La carte permet de visualiser clairement l'étoile du Berger… Autrement dit, Vénus. À partir de sa position sur la mosaïque, on peut en déduire celle des autres étoiles. Je me suis demandé si cette disposition avait été choisie au hasard. Nul ne sait qui a créé ces mosaïques, Judith. Peut-être les amis de Longinus à qui il avait confié son secret, les gardiens de la chapelle…

Jean-Baptiste se gratta le front.

— En réfléchissant à l'image de la Madone, poursuivit-il, j'y ai d'abord vu une métaphore, celle de la voûte céleste telle qu'elle se présentait, peut-être, le soir de l'Annonciation… ou de la Nativité ? Puis je me suis demandé si en effet elle *n'annonçait* pas quelque chose… cette nouvelle apocalypse ! Et la naissance de l'autre enfant, Judith, du prétendu second Messie… J'ai mis à contribution deux autres de mes amis, des astronomes. Mes conclusions me laissent moi-même pantois. En croisant cette carte et les informations contenues dans le parchemin… On obtient une carte exacte du ciel tel qu'il se présentera… dans quelques jours !

Judith releva les yeux, stupéfaite.

— Autrement dit, continua le chercheur de l'École biblique, peut-être faut-il prendre le caractère prophétique des parchemins et des symboles de la chapelle avec le plus grand sérieux. Parce qu'ils nous donnent… *La date, le jour et l'heure.* Qui sont corroborés par les écritures que les esséniens ont ajoutées au *Testament de Longinus.*

Le père Fombert se tourna encore, mi-figue, mi-raisin, hésitant lui-même à croire à ce qu'il avançait. En quelques secondes, Judith passa de la stupeur à la perplexité. Une fois de plus, elle naviguait dans ce nuage de symboles et de correspondances dont le caractère ambigu, et trop ésotérique pour être réel, lui semblait abonder dans le sens d'une impensable supercherie ; dans le même temps, elle ne pouvait nier qu'elle était troublée.

— Dans deux jours, au lever du soleil…, dit Fombert.

Ils roulaient vers la Grande Bibliothèque et les lumières de la ville, face à la mer, filaient devant leurs yeux. Ici, point de ces mille minarets jaillissant des toits, de fleuve dieu, de ruines antiques ou de venelles tortueuses. Ouverte sur la Méditerranée, ourlée de son immense corniche, hérissée des palmiers le long du port bruyant, une atmosphère de second Tanger où le passé cosmopolite de grands édifices se mirait dans le reflet de leur magnificence perdue… Alexandrie ! Créée vingt-trois siècles plus tôt par Alexandre le Grand, la ville n'avait cessé de profiter de sa situation de pont entre l'Orient et l'Occident. À l'époque des Septante, son académie, appelée le Musée, avait été fréquentée par les plus illustres penseurs. Épanouie sous les premiers Ptolémées, elle était devenue la seconde ville de l'Empire romain, puis l'un des creusets de l'essor du christianisme. Judith se souvenait d'avoir travaillé sur l'hérésie arianiste et les théories d'Origène, à la Vaticane. Il lui était arrivé de rêver de cette ville… Lorsque Muhammad Ali s'en était emparé, il s'était fait élever un palais dans l'île de Pharos, avant de construire l'arsenal dans le Vieux-Port de l'Ouest et de creuser un canal jusqu'au Nil. Judith n'avait jusque-là d'Alexandrie qu'une connaissance livresque — mais voici que la cité se trouvait maintenant devant elle, et elle était bien telle que la jeune femme se l'était toujours représentée : cosmopolite et bigarrée, plus méditerranéenne qu'égyptienne… Elle regrettait seulement d'y arriver de nuit, et dans de telles circonstances.

Leur voiture filait sur la Corniche qui, sous le nom d'avenue du 26-Juillet, se développait sur plus de trois kilomètres en une gracieuse courbe embrassant l'immense port est, le *portus magnus* de l'Antiquité, aujourd'hui inactif. À son extrémité nord, après le yacht-club et les chantiers de réparation de petits bateaux, on devinait la pointe de l'ancienne île de

Pharos, où se dressait le fort de Qàytbày, l'un des plus importants vestiges du système défensif arabe, carré massif mais élégant que Judith apercevait au loin. Là se trouvait jadis le phare d'Alexandrie, érigé par Soscrate de Cnide sous les Ptolémées. L'une des Sept Merveilles du monde antique…

Judith sourit en se représentant le fanal qui embrasait la nuit, du haut de ses cent vingt mètres. Il apparaissait alors comme une tour de plusieurs étages en retrait les uns des autres. Un feu ardent, que l'on voyait à cent milles au large, brûlait en permanence à son sommet. Le phare avait été partiellement détruit par un séisme, puis démoli, et des vestiges étaient encore submergés au nord de la pointe.

Ils arrivèrent enfin, face à la Corniche, sur le parvis de la Grande Bibliothèque.

— Le directeur s'appelle Ismaïl Zegloul. C'est un ami, dit Fombert. Il nous a autorisé l'accès.

Judith eut le sentiment qu'elle s'apprêtait à pénétrer dans l'un des plus extraordinaires temples du savoir moderne. En maître de cérémonies, Ismaïl Zegloul les attendait en effet, faisant les cent pas devant la Bibliothèque, encadré de deux vigiles. C'était un grand homme aux cheveux noirs et au nez aquilin, dont les yeux en amande surmontaient des pommettes saillantes. Il portait un costume-cravate anthracite, et devait avoir dans les cinquante-cinq ans. La voiture s'arrêta. Fombert remercia le chauffeur et sortit avec Judith, Anselmo et Yoris, dont le crucifix d'argent continuait de tintinnabuler autour de son cou.

Ils échangèrent des poignées de main.

Judith passa devant les plaques gravées de tous les noms des pays donateurs qui avaient aidé à la construction de la nouvelle Grande Bibliothèque. Ils entrèrent bientôt dans l'immense salle de lecture. Sur ordre du directeur, les vigiles allumèrent les lieux… Judith retint un sifflement d'admiration tandis que, de place en place, les lampes s'allumaient. L'endroit, qui comptait plus de trois mille postes de consultation, n'avait rien à envier à la Vaticane où la jeune femme avait passé tant d'heures à travailler sur des manuscrits anciens. Comme le laissait deviner son armature extérieure, les différents niveaux de ce nouveau sanctuaire étaient tronqués de biais. Il se développait sur soixante-dix mille mètres carrés, et onze étages de forme cylindrique, devant la péninsule de Silsila et la baie d'Alexandrie, à l'emplacement de l'édifice antique ; ou du moins, à un emplacement voisin, car on ignorait aujourd'hui quelle avait été sa localisation exacte.

En avançant dans la salle de lecture, Judith fut saisie par l'émotion.

— La Bibliothèque a renoué avec sa légende, mademoiselle, pour redevenir la plus prestigieuse de Méditerranée… Jadis, Démétrios de Phalère, ancien élève d'Aristote, persuada Ptolémée de se lancer dans ce projet insensé — réunir tous les livres du monde ! Les rouleaux étaient étiquetés et rangés par discipline, puis par auteur, Homère, Sophocle, Euripide, Hippocrate, Aristote, en plusieurs versions reposant dans des casiers, à l'intérieur d'armoires murales… La Bibliothèque antique aurait conservé jusqu'à sept cent mille rouleaux. De quoi vous amuser, mon père ! dit Zegloul en se tournant vers Fombert.

Ils tournèrent à l'angle d'une allée.

— Après son incendie lors du siège de César, Antoine la reconstitua partiellement dans le serapeum, mais les désordres religieux continuèrent de la mettre à mal… On dit que, lorsque la ville tomba aux mains des Arabes, 'Amr ordonna leur destruction, et que le brasier alimenta pendant six mois les foyers des quatre mille bains de la cité !… En réalité, la Bibliothèque était sans doute déjà détruite depuis longtemps…

Il s'arrêta et écarta les bras.

— Aujourd'hui, la voici… ressuscitée de ses cendres.

Sur cette note solennelle, Ismaïl invita les membres de la petite troupe à prendre place à une table de la salle de lecture. Ici, on pouvait consulter les milliers de manuscrits anciens et livres rares, entreposés, étudiés et numérisés. Non loin de l'entrée de la salle, on avait préparé à leur intention le fameux codex de Sainte-Catherine, apporté par Yoris. Le manuscrit les attendait, ouvert à l'endroit précis que Fombert avait cherché. Le père de l'École biblique chaussa ses lunettes. Judith se posta sur une table voisine pour allumer son ordinateur portable et recueillir les informations que Dino avait dû lui faire parvenir depuis le Vatican, tout en regardant Yoris et Fombert qui se penchaient maintenant sur le fameux codex.

— Regardez ! Il est écrit en onciale grecque, avec deux colonnes sur chaque page, commença Fombert… Chaque colonne contient entre 46 et 52 lignes… et chaque ligne entre 20 et 25 lettres. C'est cela, c'est bien celui-là… On l'appelle le *Codex Paulus*, peut-être du nom de l'un de ses rédacteurs. Des mots incompréhensibles sont rédigés sur la première page… de l'arabe, visiblement. Il manque des passages de Matthieu, de Jean et des Corinthiens. Mais surtout… Le codex contient de magnifiques enluminures. Elles ont été ajoutées entre chaque section, avec des commentaires commençant par des miniatures aux capitales ornées… L'encre rouge est utilisée pour le début de chaque ligne. Le codex contient environ six cents feuillets libres très anciens, mais les enluminures, elles, datent de la fin du XIIIe siècle… Elles ont été réalisées à la feuille d'or, sans doute de l'époque où le manuscrit a été relié ! Une reliure de veau raciné, visiblement. Et là, Judith… C'est bien ce que je pensais ! Regardez celle-ci !

Il se tourna vers la jeune femme. Judith sut que Jean-Baptiste avait touché juste. L'enluminure qu'il désignait était des plus étonnantes. On y voyait un chevalier, sans doute un templier, émergeant à cheval d'une forteresse. La cape au vent, sur son destrier harnaché, il paraissait semer la terreur autour de lui. La foule ennemie — musulmane, de toute évidence — se courbait de part et d'autre de lui, tétanisée par cette sortie tonitruante. Ramassés sur eux-mêmes, les personnages levaient les mains comme s'ils craignaient de voir le ciel s'ouvrir en deux, abandonnant arcs et cimeterres. Le chevalier brandissait une lance assortie de deux barbes mobiles, dressée vers l'azur, qui paraissait la source de leur effroi. La lance était comme auréolée d'un halo d'où s'échappaient des rayons acérés, soleil foudroyant que figuraient des traits disposés en éventail, sur toute la surface de l'enluminure.

— Vous voyez ! La Lance du Destin… Or il ne s'agit pas d'un épisode biblique ! dit Fombert, tout excité. Cela nous prouve que ces enluminures ont été ajoutées plus tardivement… C'est un témoignage historique ! La Lance, Judith… la revoilà !

Judith fronça les sourcils.

— Mais alors… ce templier pourrait-il être celui dont nous avons retrouvé le mausolée, près du tombeau de saint Pierre ?

— Oui, c'est probable, Judith ! Hautement probable ! La fin du XIIIe siècle… 1292 ! La bataille de Saint-Jean-d'Acre ! C'est sans doute à celle-ci que l'enluminure fait référence. Et le symbole en est clair.

Qui détient la Lance détient la toute-puissance, Judith ! Ce ne peut être un hasard !

Yoris, le moine grec, qui jusqu'à présent n'avait pipé mot, intervint alors avec un fort accent, en caressant sa barbe grise :

— Dans ce cas… Votre légionnaire romain, Longinus, aurait caché la Lance dans la chapelle. Son testament serait passé entre les mains des esséniens après la destruction du Temple… Et le croisé de Saint-Jean-d'Acre les aurait eus également en sa possession ? Mais si la Lance était conservée depuis la mort du Christ dans la chapelle, et que l'enluminure dit vrai… Il s'en serait emparé… avant de la remettre en place ?

— Oui, dit Fombert, cela reste encore mystérieux. Mais regardez…

Il montra alors une seconde illustration. On y voyait la reproduction d'une mosaïque. À gauche, un groupe de personnages, silhouettes à cheval portant casques et pilums. Puis le flanc d'un mont, ou d'une montagne. Enfin, une tête de dragon. L'encolure cuirassée d'arêtes reptiliennes, les anneaux aux écailles comme des boucliers ondulant sous une gueule grande ouverte… Le dragon semblait émerger d'un océan, figuré par mille touches bleues, passées par le temps. *Le Dragon surgissant de la mer*… En contrebas se trouvait le démon travesti en Madone et berçant l'enfant entre ses bras, Pietà blasphématrice et inversée. Et au-dessus… la voûte constellée d'étoiles — cette nouvelle Annonciation. L'exacte reproduction de l'intérieur de la chapelle de Meggido.

— Incroyable, murmura Judith. Il se passe vraiment quelque chose d'incroyable.

— Le croisé a pu, en effet, trouver la chapelle grâce aux parchemins de Longinus, avant nous, dit Fombert. Et se saisir de la Lance, avant de l'y remettre plus tard, considérant, peut-être, que ce pouvoir le dépassait en tout… Le pouvoir de Dieu, que sais-je ? Mais, maintenant, une chose est sûre…

Tremblant, il se replongea dans le manuscrit.

— Longinus, le Temple, les esséniens, le croisé, Rome…

Il sourit.

— *Il n'y a plus qu'à remplir les trous.*

Judith, troublée, mit quelques instants à méditer sur le parcours insensé qu'avaient pu suivre la Lance et les parchemins de Longinus. Puis Anselmo la rappela à l'urgence de l'affaire qui les préoccupait. Judith acquiesça, inspira et installa son ordinateur pour récupérer les informations de Dino. Elle reçut effectivement plusieurs fichiers.

De la même façon que les communications téléphoniques spéciales utilisaient des canaux sécurisés, les messages utilisés par le Vatican étaient cryptés ; il n'était pas rare que les agents de la Sapinière eussent les poches de leur soutane encombrées de liasses de télex codés… On utilisait souvent comme clés de cryptage des textes du *Breviarium romanum*, dans la version de l'ancienne Vulgate, l'hymne de vêpres de saint Jean-Baptiste, ainsi que des systèmes de correspondance musicaux. Judith elle-même, lors de ses stages de formation, s'était familiarisée avec cette pratique. Utilisant les clés convenues avec Dino, Judith n'eut pas de mal à débloquer la lecture de ses fichiers, qu'elle commença de parcourir à toute vitesse.

L'homme que vous avez interpellé dans le train, ce Jorg Krenzler, est interrogé en ce moment par les Égyptiens. J'ai appris ce qui s'était produit ! Vous pourrez adresser toutes mes félicitations à Anselmo…

Mais mon Dieu, Judith, prenez garde à vous. Nous avons failli vous rapatrier, mais nous sommes maintenant pris de court… Nous ne pouvons plus reculer ! Mgr Almedoes a expliqué la situation au Président et au ministre des Affaires étrangères égyptiens. Jorg Krenzler est effectivement de nationalité autrichienne. Il a un casier judiciaire des plus fournis. Mais il dit ne rien savoir d'Axus Mundi. L'organisation fonctionne visiblement de la même manière que les réseaux terroristes ! Organisée en cellules, chacun de ses éléments ne disposant que d'un ou deux contacts, et encore, avec des identités fantaisistes…

Tout en continuant de lire, Judith pianota son code, suivit la procédure requise et composa le numéro du directeur des Collections sur son portable. Passant à un autre fichier, elle sentit ses yeux fatigués danser à la suite des lignes de l'écran.

Ils ont pu utiliser une méthode, appelée PCR (*polymerase chain reaction*, amplification en chaîne par polymérase). Elle a été mise au point en 1985. En gros, elle permet d'augmenter la quantité initiale d'ADN. Son principe repose sur l'utilisation d'une enzyme qui synthétise une chaîne d'ADN, à partir de précurseurs des nucléotides. L'opération est répétée un certain nombre de fois et son résultat est exponentiel ! On obtient ainsi un grand nombre de molécules d'ADN *identiques* à la molécule initiale. C'est une méthode d'une extrême sensibilité qui peut poser un problème pour les ADN anciens, en particulier quand il s'agit d'échantillons humains. La contamination de ces échantillons par de l'ADN moderne est toujours un risque qui peut influer sur les résultats, par exemple lors des prélèvements.

Leur laboratoire doit disposer de pièces isolées, avec des postes de travail séparés et imposant un sens de manipulation très strict.

Judith était toujours suspendue au téléphone. Enfin, Dino décrocha.

Elle posa le portable auprès d'elle et ajusta son oreillette pour garder ses mains libres.

— Judith ! s'exclama Dino. Je me faisais un sang d'encre depuis que j'ai su…

— Ne vous inquiétez pas. Je suis en train de lire vos fichiers, Dino. Nous sommes à la Bibliothèque… Donc, on ne sait pas grand-chose de plus pour le moment sur ce Krenzler… Dites-moi franchement : sommes-nous en pleine mystification… ou pensent-ils sérieusement pouvoir exploiter l'ADN du Christ ?

— Oh, vous savez, on a réussi à récupérer l'ADN d'un mammouth congelé vieux de quarante mille ans, si vous me pardonnez l'analogie… et même d'un dinosaure de quatre-vingts millions d'années ! Alors un ADN humain de deux mille ans… Ils ont pour eux un argument inattendu, Judith. Le sang… Il a une véritable particularité. Ce serait trop long à expliquer mais… Il reste que les obstacles demeurent, et que leur ambition semble faire fi de toute réalité scientifique. Il y a autour des travaux sur l'ADN humain des problèmes techniques, et de sévères protocoles de recherche. Mais, au stade où nous en sommes, nous ne pouvons faire l'impasse sur l'idée qu'Axus Mundi est peut-être parvenu à une technique qui nous échappe encore…

— Je vois.

— J'ai tout de même du neuf, moi aussi, Judith. Je crois même que nous venons de faire un immense pas en avant ! Emily Banner, Sœur Internet, a recherché le compte mail par lequel avaient été émis les messages provocateurs que nous avons reçus ici, au Vatican. L'expéditeur ne pouvait ignorer qu'en agissant ainsi, il risquait d'être tracé… C'est pourquoi je pense que la manœuvre était intentionnelle, Judith. Et qu'il existe au sein d'Axus Mundi quelqu'un… qui cherche à les arrêter, tout en se couvrant.

— C'est possible, oui. Mais sœur Banner a-t-elle trouvé quelque chose ?

— J'y viens. L'émetteur de ces messages n'est malheureusement pas allé jusqu'à utiliser une connexion WAP, ce qui nous aurait fait gagner du temps. Mais user de son téléphone portable était peut-être un moyen trop grossier pour lui, ou trop dangereux s'il est surveillé… Voire tout simplement impossible. Il s'est rabattu sur un ordinateur classique. Nous sommes d'abord tombés sur des comptes mails en cascade, un véritable casse-tête, avec des pseudonymes comme *Dragonnet, Faust, Sanctuschristus, Le Golem* ou *Cthulhu*… Ce dernier nom vous dit-il quelque chose ?

— Cthulhu ? Bien sûr. Il est inspiré de la littérature de Lovecraft. *Les Mythes de Cthulhu*… Ils représentent des dieux monstrueux, des entités maléfiques des anciens temps !

— Ciel… Ce démon-là ! Toujours est-il que sœur Banner est entrée en relation avec les fournisseurs de ces comptes mails, pour savoir s'ils avaient moyen de connaître l'adresse IP d'origine et de sourcer les messages. Elle a fini par obtenir l'adresse, Judith : 192 168.10.4. Et en contactant le fournisseur d'accès qui a dû autoriser la connexion aux membres d'Axus Mundi… nous sommes tombés sur les télécoms égyptiennes. Vous me suivez ?

— Mais alors…

— Alors nous savons qu'ils sont en ce moment sur le territoire égyptien ! Nous avons croisé nos renseignements avec ceux des services du Mossad, et reçu les informations satellite que nous avons demandées aux Américains et aux Français. Ils ont repéré depuis quelques mois une activité inaccoutumée dans le désert du Sinaï, non loin du monastère Sainte-Catherine. Je vous disais que Yoris et les moines avaient également reçu ces messages cryptés… C'est un indice supplémentaire que nous a envoyé notre mystérieux informateur… Et le gouvernement égyptien nous a confirmé un fait étrange. D'anciennes annexes du ministère de la Défense ont été louées à un opérateur privé.

— Laissez-moi deviner… Axus Mundi ?

— Non. Mais au nom d'un certain Ernst Heinrich… Un *Autrichien*, Judith.

Nous y sommes.

Elle releva les yeux de son ordinateur.

— Nous n'avons rien sur lui, poursuivit-il. C'est peut-être une fausse identité. Nous cherchons activement toutes les informations possibles à son sujet, mais elles restent pour le moment très mystérieuses.

— Tout se tient, Dino ! jeta-t-elle dans son oreillette. Krenzler devait travailler pour lui. Le Sinaï… Un désert loin de tout… Des installations pour leur laboratoire… Pas loin de la frontière israélienne… Mais ils ne pouvaient mener leurs petites affaires au nez et à la barbe de l'État hébreu… Ils ont dû acheminer très vite la Lance depuis Meggido ! *Ils sont là !*

Entre-temps, Anselmo s'était approché d'elle, suivant la conversation avec la plus grande attention. Dino rétorqua :

— D'autant que le laboratoire en question comprend des installations souterraines, qui avaient été laissées à l'abandon depuis plusieurs années. Nous venons d'en recevoir les plans. C'est un véritable dédale, en sous-sol.

Judith sentit ses mâchoires se crisper. Un moment distraits de leur codex, le père Fombert et Yoris, à leur tour, jetaient maintenant vers elle des regards interrogateurs.

— Quelles sont les instructions ? demanda-t-elle.

— Almedoes est en cours de négociation avec les autorités, Judith. Nous allons tenter une opération avec l'armée et les services secrets égyptiens.

Il inspira.

— Vous avez fait du bon travail… Judith. Mais je pense qu'il serait temps de vous rapatrier pour votre sécurité.

Judith sourit. Elle se sentait soudain teigneuse.

— Vous plaisantez, Dino, dit Judith. Nous y allons.

Il y eut un silence.

— Vous… vous êtes vraiment sûre de vous ? Je ne puis vous demander cela, Judith, et s'il vous arrivait la moindre chose, je ne pourrais jamais me le pardonner.

— En avez-vous parlé au Saint-Père ? Dino, qu'en pense-t-il ?

Dino sembla chercher ses mots, embarrassé.

— Vous savez combien il vous estime, Judith. Il pense… que nous avons encore besoin de vous, mais je…

— Alors la discussion me semble réglée ! Dino, votre sollicitude me touche. Mais nous devons y aller. Ce qui se passe est trop important. Ne vous inquiétez pas, dit-elle en jetant un coup d'œil vers son ange gardien, je suis une grande fille, et Anselmo veille sur moi comme un chaperon au bal de fin d'année.

Dino hésita encore une seconde… puis il finit par céder.

— Bon… dans ce cas… Écoutez-moi bien, Judith ! Les soldats utiliseront le monastère voisin comme lieu de ralliement et quartier général de l'opération, si les moines en sont d'accord. Il nous faut une base à couvert, proche du mont et à laquelle Axus Mundi ne songera pas. C'est que nous sommes en plein désert… Les forces d'intervention tenteront sans doute un assaut. Rendez-vous avec Anselmo à Sainte-Catherine. Vous y rencontrerez les responsables égyptiens et, par vous, nous serons représentés. Mais le temps que les équipes se rendent sur place et que l'attaque soit préparée, cela peut durer un à deux jours. Judith, promettez-moi, promettez-nous une chose : ne prenez pas de risques inutiles. Bien entendu, vous et Anselmo serez tenus à l'écart de l'opération armée.

— J'entends bien, Dino, dit Judith avec assurance. Mais si jamais… si jamais il y a une femme sur place… s'ils sont vraiment prêts à tenter une insémination… nous devons absolument arriver avant ! Il est indispensable que nous mettions la main sur elle.

— Je sais, soupira Dino. Soyez prudente, c'est tout.

Elle regarda sa montre.

— Nous pouvons partir dès ce soir mais…

— Non, il faut vous reposer. Vous serez à Sainte-Catherine demain dans l'après-midi et les Égyptiens vous rejoindront… si Almedoes arrive à monter tout cela à temps, lui aussi.

— Bien… C'est compris.

— Je voudrais parler à Anselmo.

— Je vous le passe.

Anselmo prit le portable, s'emberlificota un instant avec le kit mains-libres, le débrancha et finit par coller le portable à son oreille.

Judith prit à part le père Fombert et lui récapitula ce qu'elle avait entendu, tandis que Yoris et Ismaïl prenaient rapidement des clichés des enluminures du codex et enveloppaient de nouveau le volume avec soin. Puis Judith alla elle aussi ranger son matériel. Non loin, Anselmo répondait à Dino par de brefs acquiescements. Judith releva les yeux et inspira, embrassant la Bibliothèque du regard. Elle eut de nouveau l'impression de faire face à plusieurs millénaires de civilisation, un condensé de toute la mémoire humaine. Cette sensation, à l'heure où elle traquait avec Fombert le secret du codex de Sainte-Catherine et une organisation qui eût été capable de brûler d'un trait ces milliers de livres, lui procurait une sourde et indéfinissable inquiétude.

Des milliers d'années de civilisation... Et, en face, une autre entreprise, totalement effarante ?

Est-ce cela, le progrès ? Tout cela... sur le point d'être aboli par nous ?

D'un côté, ces milliers d'années. De l'autre...

Le spectre de l'instrumentalisation ultime de l'homme.

Judith prit de nouveau toute la mesure de l'enjeu.

— Judith... Il faut y aller, maintenant. *Andiamo !* dit Anselmo.

Ils étaient épuisés. Ils devaient trouver un hôtel et dormir quelques heures.

Le lendemain, ils partiraient pour le monastère.

⁂

Dans le sous-sol rocheux du désert du Sinaï, les collègues du Pr Park Li-Wonk redoublaient d'activité. La deuxième phase de leur opération était en marche. Chacun des quatre scientifiques avait pris la responsabilité d'une équipe de travail au rôle déterminé au service du protocole qu'ils avaient mis en place. Tendues, les équipes fonctionnaient à plein, en des lieux distincts à l'intérieur du complexe. Les savants travaillaient sans plus compter leur énergie, au milieu des microscopes électroniques et du crépitement des scanners. La double hélice de l'ADN, qui flottait toujours tel un hologramme sous les voûtes de la Majeure, leur évoquait une fleur, tantôt bénie, tantôt vénéneuse, enroulée en torsades au plus profond de l'être qu'ils avaient pour but de faire revivre ; et l'allèle figuré par une marque pourpre, grossi à la manière d'une excroissance insolite, leur apparaissait comme un nouvel horizon à franchir, une frontière ultime.

Depuis qu'ils avaient élu domicile au Centre, à l'écart des fureurs du monde, le laboratoire était le cœur d'une effervescence rentrée, où se mêlaient la crainte et l'excitation de briser ensemble le dernier tabou. Malgré la fatigue, la précision des analyses et des opérations à accomplir mobilisait leur concentration sans relâche. Comme le Pr Park Li-Wonk l'avait souligné, ils ne voyaient plus seulement, dans le miracle de la combinaison de ces séquences génétiques, la genèse de la race humaine, mais celle du Fils de l'Homme lui-même — ou du Petit-Fils de l'Homme, selon le mot du savant coréen.

Les quatre *leaders* se retrouvèrent au bout de plusieurs heures à leur *meeting point* pour faire le point sur l'avancée de leur équipe respective.

Ils se retrouvèrent ainsi à l'intérieur de l'une des salles aseptisées du laboratoire, voisine de la Majeure. Ferreri tenait dans ses mains gantées un flacon où baignaient, au milieu d'une solution chimique, les sept microgrammes d'ADN recueillis sur la Lance de la Destinée.

Tous le considérèrent quelques secondes, y guettant les reflets blafards des néons.

La solution comprenait quelques milliards de cellules, chacune d'elles rassemblant les vestiges du patrimoine génétique du Christ, dont l'allèle Longinus X^2.

Il avait été aisé pour l'équipe du professeur de préparer les cellules en les mettant en culture dans un sérum assez voisin de celui utilisé pour les vieilles brebis clonées du Pr Wilmut : Dolly, Polly et Tuffy. Pour Dolly, les chercheurs avaient prélevé une cellule somatique sur le pis de l'animal, désigné comme mère génétique du futur clone, et contenant l'intégralité de son patrimoine héréditaire. Les savants du Sinaï, eux, avaient plongé l'échantillon dans un milieu nutritif permettant de faire proliférer les cellules dont ils avaient besoin. Avec leurs équipes, ils avaient passé les dernières heures à examiner les graphes de séquence du Christ, accrochés sur un écran lumineux, pour tenter de les décrypter lettre par lettre, lorsque cela était possible, et analyser le fameux allèle pénétré de tous les mystères.

Fascinés, les quatre professeurs contemplaient la solution, dans ce petit flacon qui semblait porter le secret ultime de la création. Entre le vertige expérimental et l'effort infini de contrôle que la science exerçait désormais sur les arcanes de la matière, ils cherchaient maintenant à lever le voile sur le mystère de l'esprit, en traquant cet allèle sans équivalent dans le monde. Ils étaient émus de se trouver ainsi au bord de l'expérience de leur vie ; mais profondément angoissés aussi, car de la réussite de l'opération dépendrait aussi leur sort. Aucun d'entre eux ne savait de quelle manière réagirait Ernst Heinrich s'ils venaient à échouer. Et préférait ne pas y penser. Heureusement, jusqu'à présent, les premières divisions cellulaires s'étaient passées sans encombre et ils disposaient désormais de tout le « matériel » nécessaire à la poursuite de leur grand œuvre.

Quelques années plus tôt, leur projet eût semblé impensable. Le clonage de la brebis Dolly avait nécessité le recours à un bon millier d'ovules avant que les chercheurs ne procèdent à deux cent soixante-dix-sept essais, dont un seul avait été concluant. En pratiquant une stimulation ovarienne chez une femme, les scientifiques pouvaient obtenir, en suivant une méthode similaire à celle employée pour la brebis, une moyenne de dix ovules. Pour appliquer à un être humain un schéma identique, il fallait le concours d'au moins cent femmes, fournissant chacune dix ovocytes, avant de pouvoir prélever les mille ovules sous anesthésie générale. Autant dire que, même avec le concours des services de maternité, de gynécologie et d'obstétrique des meilleurs hôpitaux du monde, les espoirs de voir aboutir les manipulations semblaient tout à fait vains.

La méthode Dolly présentait par ailleurs un autre inconvénient de taille. En admettant même que les scientifiques pussent disposer des œufs, il eût fallu implanter dans l'utérus de mères porteuses chacun des embryons ayant commencé à se développer — vingt-neuf dans le cas de Dolly. Cela signifiait que les chercheurs devaient trouver, au bas mot, une trentaine de femmes disposées à porter un enfant — sans nécessairement être avisées de tous les tenants et aboutissants de l'opération. Le pourcentage de réussite était alors de l'ordre de un pour mille… C'était dérisoire. Pour finir, il était alors naturellement impossible, même après opération *in vitro* et congélation du clone au stade embryonnaire, de développer chacun de ses organes à un rythme biologique imposé par les scientifiques, et ce sans recours à une implantation intra-utérine, seule garantie d'une croissance harmonieuse du fœtus. Si celle-ci échouait, la dernière possibilité consistait en l'avortement thérapeutique, quitte à prélever l'embryon à un stade plus avancé de son développement.

Mais ces obstacles remontaient à une bonne dizaine d'années. À l'époque, Ferreri travaillait encore pour la Fondation Bios. Son collègue Park Li-Wonk venait de quitter le site de Jouy-en-Josas et le programme européen de la Fondation, pour s'installer dans un laboratoire situé à Cheju, une île voisine de la Corée du Sud, où il avait fait la connaissance du Japonais Yzamata. La constitution de leur équipe par Axus Mundi avait, bien entendu, été décisive. Le mystérieux Ernst Heinrich s'était approché d'eux avec la plus grande prudence, et la plus parfaite discrétion. Il était visiblement bien renseigné, car il était arrivé à point nommé pour chacun d'entre eux, au moment où leur carrière risquait fort de sombrer définitivement. Et chacun, ici, avait sa motivation propre. Pour Li-Wonk et Ferreri, la foi en la science. Yzamata cherchait à échapper à la justice. Sparsons également, mais aux menaces de poursuites s'ajoutait cette détermination plus positive, qu'il appelait tout simplement : le *fun*. Et pour tous, l'argent et la perspective d'un futur à l'abri du besoin — voire d'un éclatant rachat sur la scène internationale — avaient constitué un argument de poids. Heinrich avait procédé de la même manière avec les autres scientifiques présents au Sinaï.

Depuis, la méthode que les quatre principaux chercheurs avaient patiemment inventée de concert, dans le plus grand secret, garantissait à leurs yeux les meilleurs espoirs de réussite, notamment parce qu'elle impliquait le recours à une et une seule mère porteuse, avec un taux de succès sans commune mesure avec les essais précédents. Ils avaient fait ensemble leur grand bond en avant, et s'étaient interdit cette fois de recourir à des proclamations intempestives dans les médias, d'une part en raison des débats sur le droit à la vie, d'autre part pour avoir suffisamment de tranquillité d'esprit. Ils n'avaient pas signé d'article retentissant dans la revue *Nature*, ni écumé les colloques internationaux en espérant un Nobel hypothétique ; au contraire, ils avaient choisi de renforcer leur collaboration, d'aménager leur laboratoire dans un endroit sûr, de se procurer le matériel et les moyens humains requis, avec toute la discrétion nécessaire. Ils étaient décidés à attendre le moment opportun ; et, aujourd'hui, non seulement ce moment était venu, mais il allait au-delà de leurs espérances les plus folles.

Le procédé révolutionnaire inventé par Ferreri et le Pr Li-Wonk pour garantir la conservation d'ovocytes frais avait levé le premier des obstacles majeurs au clonage humain. Le Coréen avait patiemment récolté un millier d'ovocytes dans les compartiments cryogénisés des installations scientifiques dont il avait la charge à Cheju, à des fins d'expérimentation et de recherche sur la fécondation *in vitro*. Il avait initialement pensé utiliser chacun d'entre eux, s'il le fallait, pour faire avancer ses recherches — et ce avant même cette chance inespérée de pouvoir travailler sur l'ADN du Christ. Pour surmonter les autres difficultés techniques auxquelles ils étaient confrontés, les scientifiques comptaient appliquer aux cellules issues de la Lance un « traitement » lointainement inspiré de celui qui avait permis aux chercheurs d'Honolulu de cloner, quelques années plus tôt, une cinquantaine de souris. Il s'agissait de transférer le matériel génétique, préservé par leurs soins de manière à évincer tout danger pathogène, dans un œuf énucléé, mais au moyen d'une micro-aiguille qui permettait de multiplier leurs chances de succès du développement ultérieur de l'embryon. Trois pour cent des œufs ainsi manipulés avaient donné naissance à un clone de souris à Hawaii.

Grâce aux dernières avancées de l'Unité 129 sur la fécondation assistée, à celles de l'INRA français sur le clonage des mammifères, et à leur propre secret de fabrication, les scientifiques d'Axus Mundi avaient la certitude de pouvoir porter le pourcentage de réussite à environ 75 %… *pour une seule mère porteuse.* Ils devaient organiser chacune des étapes de leur planning en tenant compte de tous les paramètres. Dès que l'ovule aurait accueilli le matériel génétique, l'activation de la cellule obtenue lancerait le développement embryonnaire. Ils ne disposeraient alors que d'un délai très court pour effectuer l'implantation *in utero.*

Et maintenant…, se disaient-ils, les yeux perdus, dans leur solution chimique…, *que va-t-il se passer ?*

Dès le quatorzième jour apparaissait la première marque sur l'embryon humain. Le premier signe qui modifiait le simple amas cellulaire, et ouvrait la voie au développement des organes du fœtus. C'était un trait pur, visible au microscope : le sillon primitif. La préfiguration de l'axe central du corps, la colonne vertébrale. Celle qui dresserait bientôt la limpide verticalité de l'anatomie humaine, la séparant du singe. Au quatorzième jour ! Certains y voyaient le véritable instant zéro, celui de l'éclosion de la vie. Les chercheurs du Sinaï s'offraient, eux, le luxe de considérer, non pas que l'enfant fût une personne au premier jour, à la troisième semaine ou au quatrième mois du développement fœtal — et encore moins au moment même de sa conception… mais à la date qui les arrangerait. L'effort de la science n'avait-il pas toujours été de permettre à l'homme de dominer la nature ? L'avènement du clonage en était un prolongement logique.

Devinant le regard d'Ernst Heinrich posé sur eux, ils se tournèrent vers les caméras lorsqu'ils entendirent la Voix jaillir de son boîtier.

— *Où en êtes-vous ?*

Ferreri dressa encore le flacon sous l'éclair des néons.

Il le contemplait à l'infini, une main dans la poche de sa blouse blanche. Puis un long sourire s'étira sur son visage. L'enjeu était fou, passionnant, démesuré !

— Nous sommes prêts, dit Park Li-Wonk.

Ils n'auraient peut-être qu'une chance.

Et une seule Porteuse.

Leur Nouvelle Marie.

⁂

Au sommet de la tour surplombant la ville, Ernst Heinrich se trouvait assis à son bureau, dans son fauteuil de cuir. Sandor, colosse hongrois qui le suivait dans la plupart de ses déplacements — son propre ange gardien, en quelque sorte —, se tenait non loin, impassible. Devant Ernst, une quarantaine d'écrans composaient un saisissant mur d'images, qu'abritait d'ordinaire un panneau de bois sombre. Son panoptique. Cet endroit était devenu son quartier général. De là, il pouvait suivre minute par minute la progression des travaux dans le laboratoire du Sinaï. Pour le moment, les multiples écrans composaient une seule et même image, immense : celle des quatre professeurs, rassemblés tels les trois mousquetaires autour de leur solution dans leur salle de réunion qui jouxtait la Majeure. Heinrich les considéra une dernière fois — il les trouvait un peu pâles — et, appuyant sur son propre boîtier, se pencha vers le micro intégré.

— Poursuivez selon les plans. Je vous recontacterai.

Il coupa la communication. Ses yeux tombèrent sur une éphéméride, négligemment posée auprès d'un coupe-papier, sur son bureau. La date du lendemain était barbouillée des rendez-vous qui l'attendaient. Il se tourna vers Sandor dans un sourire.

— Vous direz demain matin à Mlle Bergens d'annuler mes rendez-vous. Elle pourra prendre son congé. Prévenez aussi le *board director* que je suis légèrement indisposé et que je serai indisponible dans les quarante-huit heures. Mais j'irai naturellement au conseil de vendredi soir. Vous pouvez disposer.

Sandor acquiesça d'un simple hochement de tête, salua et sortit en silence. Sitôt qu'il fut seul, Ernst apprêta sur son bureau quelques grammes de poudre blanche qu'il rassembla avec méticulosité, avant de les renifler d'un trait. Il inspira en rejetant un instant la tête en arrière, secoua la tête, puis sourit. Il tâcha de calmer les battements de son cœur. Ses trois directeurs adjoints de WerkersMedias s'occuperaient des affaires courantes. L'assemblée des actionnaires, fixée le 27 juillet à New York, était encore loin. Ils étaient peu nombreux, au conseil, à être informés de l'opération. Si ses adjoints avaient contribué à sa mise en œuvre et à l'installation des bâtiments du Sinaï, ils étaient loin d'en connaître tous les tenants et les aboutissants. En particulier, Ernst s'était gardé qu'ils puissent faire le rapprochement avec ce qui s'était produit à Meggido. Pour autant, il n'était pas seul. La présence d'Axus Mundi sur les marchés de l'avenir, produits pharmaceutiques, intelligence artificielle, microélectronique prédisposait l'organisation à ce genre de projet. Mais les « fidèles », recrutés parmi les rangs de WerkersMedias ou dans des laboratoires de notoriété internationale, étaient avant tout des employés consciencieux, chercheurs dans diverses spécialités qui ne se préoccupaient que de faire avancer leur mission civilisatrice. Le tout était de savoir les utiliser comme il convenait. S'il existait entre eux des moyens de reconnaissance, Ernst évitait les rassemblements intempestifs. Il ne savait que trop à quoi tenait la chute des grands empires.

Ernst attrapa machinalement une télécommande et la pointa en direction des écrans. Il appuya sur un bouton et dans un grésillement, les écrans s'éteignirent ensemble, pour dessiner le logo de WerkersMedias, W et M entrelacés à l'intérieur d'un rond liseré de bleu. Puis les écrans s'éteignirent. Le sourire aux lèvres, il hésita un instant puis, passant ses jambes l'une sur l'autre, confortablement installé, un scotch *on the rocks* auprès de lui, il réfléchit quelques instants.

Les dernières nouvelles n'étaient pas des plus réjouissantes. Mais rien n'était joué. Sa principale inquiétude venait de la rapide progression du Vatican. Pourtant, Ernst croyait en sa bonne étoile. Ne lui avait-elle pas permis de se hisser jusqu'ici ? Plongé dans ses pensées, il regarda de nouveau l'éphéméride un instant. Il la prit et détacha un à un les feuillets du calendrier, comme s'il effeuillait une marguerite. Autour de lui régnait un grand silence. Pour l'heure, au milieu de la nuit, les bureaux étaient déserts, en dehors du personnel de sécurité. Finalement, il jeta l'éphéméride dans la poubelle à côté de lui. Il se recula dans son fauteuil en retenant un rire. Qu'il était bon d'être seul ici, loin de la fureur du monde. Et bientôt, qui sait ? L'Histoire recommencerait. L'humanité aussi. Il pourrait célébrer l'an zéro et annoncer à tous la bonne nouvelle. Tout en y songeant, Ernst attira à lui un clavier luisant — son pupitre de commande. Il appuya sur *Enter* et le mur d'images se ralluma. Un instant, les caméras exposèrent de nouveau les installations du laboratoire sous leurs différents angles.

Soudain, il s'arrêta… et plissa les yeux.

Tiens. Intéressant…

Il sélectionna le moniteur nº 12 et actionna le zoom.

Il découvrit l'un de ses employés, penché sur un ordinateur… dans un endroit où, de toute évidence, il n'aurait pas dû se trouver. Ernst eut de nouveau un sourire, plus amer celui-là. Il était temps de contacter Duncan, le responsable de la sécurité… et d'en finir avec ces quelques imprécisions.

Il appuya sur son pupitre et se brancha sur le canal crypté de Duncan. La voix d'Heinrich, naturellement, était brouillée. Leur conversation fut brève.

Quelques instant plus tard, il revint à son mur d'écrans. Une ombre passa sur son front. Une pensée venait de lui traverser l'esprit, qui lui revenait de temps à autre… Une hypothèse qu'il se devait bien de prendre en considération. *Et s'ils échouaient ?* Ernst n'était pas naïf. Il avait toujours su que ses chances, en réalité, étaient infimes. Le risque était grand qu'ils ne parviennent pas au but. Il ne pouvait l'ignorer. Il avait toutefois prévu sa parade. L'important, selon son inspiration initiale, était que la menace qu'il pouvait représenter aux yeux du Vatican fût considérée comme tangible — suffisamment tangible pour servir ses fins. Les circonstances de la subtilisation de la Lance à Meggido, de ce point de vue, n'avaient laissé place à aucune ambiguïté. Il demeurait toutefois vital que l'insémination ait lieu avant toute intervention extérieure, pour éloigner la Porteuse et l'enfant du laboratoire dès que l'opération aurait eu lieu. Même en cas d'échec, ils ne devraient pas être retrouvés. Il faudrait aussi mettre la Lance et les échantillons de sang à l'abri.

Tant que le Vatican pouvait croire au succès de l'insémination, Ernst restait gagnant. Pour jouer opportunément de tous les tableaux, il avait déjà préparé sa prochaine manœuvre, et ses prochains messages à destination de Sœur Internet. Si tout se passait bien, il repousserait l'ultime frontière. Dans le cas contraire, il profiterait de l'incertitude pour en tirer avantage d'une autre manière.

Les écrans lui renvoyèrent, cette fois, la maquette de sa une.

Une matrice, en quelque sorte, qui lui permettait parfois de traiter directement de son bureau le choix définitif des titres, automatiquement relayé dans les quelque quarante rédactions du groupe. Celle-ci ne serait naturellement pas diffusée avant qu'il ait donné son feu vert. Elle ne bougerait pas d'ici. Mais il voulait la soigner, et s'amusa à la composer dès maintenant. Lentement, il écrivit :

U-N C-L-O-N-E D-U C-H-R-I

Il connaissait suffisamment le poids des logiques médiatiques pour savoir qu'une fois la mécanique enclenchée, plus rien ne l'arrêterait. Bien sûr, on mettrait en doute la réalité de l'information. Les rédactions restaient indépendantes… Mais il suffisait de le laisser croire, de distiller la rumeur et, le moment venu, d'apporter telle ou telle précision irréfutable. Peu à peu, intrigués, les professionnels mèneraient leur enquête, mettraient le monde sens dessus dessous pour obtenir la vérité. Ils en changeraient aussi selon le sens du vent — et le vent, c'était lui. Il pourrait contrôler le devenir de ces investigations — quels qu'aient été les résultats effectifs du Sinaï. Le doute gagnerait les esprits. On oublierait tout sens critique, les journaux se vendraient sans difficulté, chacun irait de son dossier, de sa couverture et de ses entretiens avec les meilleurs spécialistes du sujet, on y consacrerait des études, des avant-propos et des préfaces, pour décoder et démêler le vrai du faux, et tous continueraient de courir, parce que ce *gimmick* non seulement passionnerait les foules, mais serait aussi une excellente occasion de faire des affaires. Des « fuites » pouvaient avoir lieu, y compris en ce moment même ; et Ernst avait commencé par les redouter. Mais, en définitive, il savait qu'elles le serviraient. Le tout était de les guetter, et de savoir retourner le boomerang à l'envoyeur avec justesse. Ces fuites, il les organiserait lui-même, les orienterait selon son bon plaisir. La liberté humaine était une chose ; mais le substrat des logiques écrasantes des — mauvais — mass media en était une autre. Il avait appris le B.A.BA sans trop de difficulté : *faire sensationnel, faire peur.* Sans parler du cas où l'opération réussissait vraiment… Et où se profilait, à terme, la paternité d'un brevet pour le moins… unique.

Ils allaient réussir. Il en était sûr. À cette pensée, Ernst Heinrich sentait de nouveau l'excitation le gagner. Se rendaient-ils compte, ces chercheurs, et lui-même, de ce qu'ils étaient en train de faire ? Oh oui, ils le savaient. *Ils réussiraient.* Ils préparaient l'avènement, la reconstitution de la Cité de Dieu. La Nouvelle Jérusalem. Ne disait-on pas, de la Jérusalem céleste, qu'elle était l'« ombilic du monde » ? À ceci près que, cette fois, il s'agissait de bâtir la Jérusalem terrestre, cette autre Jérusalem, dont le Temple invisible à l'œil nu serait science, serait utérus et nouveau saint des saints. Grâce à lui, Ernst Heinrich, s'accomplirait le vieux rêve prométhéen. Voler le feu du ciel, celui de la connaissance et des arts interdits, pour le donner aux hommes. Braver pour cela la colère de tous les dieux, s'il le fallait. Telle était l'ambition, la plus ancienne ambition humaine. Ernst rit devant la singulière et exaltante beauté de cette métaphore.

La Cité de Dieu. La Nouvelle Jérusalem.

Le feu du ciel.

U-N C-L-O-N-E D-U C-H-R-I-S-T
E-N C-I-R-C-U-L-A-T-I-O-N

Cela procurait une impression bien curieuse que ce sentiment d'avoir le monde au bout de ses doigts. Considérant le curseur clignotant au bout de la manchette, sur ses moniteurs, Ernst décida d'ajouter…

UN CLONE DU CHRIST EN CIRCULATION ?…

Il releva les yeux vers ses écrans.

Il se demanda quelle illustration pourrait bien accompagner une telle accroche.

L'espace d'un instant, il jeta un œil sur le tableau ornant le mur non loin, figurant le légionnaire à la Lance, sous le ciel que déchirait la foudre.

6

Laboratoire d'Axus Mundi, 2006
Hôtel Cecil, 2006
Vatican, appartements pontificaux, 2006
Désert du Sinaï, 2006

Si donc, comme il est certain, la connaissance et le règne de Jésus-Christ arrivent dans le monde, ce ne sera qu'une suite nécessaire de la connaissance et du règne de la Très Sainte Vierge Marie, qui l'a mis au monde la première fois, et le fera éclater la seconde.

Saint Louis-Marie Grignion de Montfort,
Traité de la Vraie Dévotion.

Il était deux heures du matin lorsque Frank Duncan, cheminant dans les sous-sols du laboratoire du Centre, s'aperçut que les soupçons d'Ernst Heinrich, son employeur et maître de l'Axus Mundi, étaient peut-être fondés. Il marchait avec empressement dans les couloirs éclairés au néon et usa de son passe magnétique pour pénétrer dans l'une des salles jouxtant le bureau au décor réfrigérant du Pr Park Li-Wonk. À peine la porte s'était-elle ouverte, dans un soupir poussif, que Duncan plissa les yeux d'un air inquisiteur. Seul devant un ordinateur, visiblement connecté au réseau, l'un des employés du Centre avait sursauté à cette subite intrusion. D'autres membres du personnel s'activaient encore dans la Majeure à cette heure tardive. Mais celui-là — que faisait-il tout seul, dans ce terminal qui servait d'ordinaire au seul Pr Sparsons ? Et comment était-il entré ?

Le message avait été clair. Duncan venait de recevoir de la direction d'Axus Mundi — autrement dit, de l'insaisissable Ernst Heinrich en personne — une communication confidentielle l'informant de ses soupçons. Des soupçons d'une extrême gravité. Il évoquait la possibilité de fuites de courriers électroniques, et de la présence d'une taupe parmi l'équipe de scientifiques. L'alerte pouvait s'avérer sérieuse. *Sérieuse ? Cela peut tous nous envoyer en prison, oui !* avait pensé Frank, en accueillant la nouvelle par des soupirs et des jurons. Heinrich n'était pas certain de son fait, mais il s'inquiétait de la rapide progression du Vatican, des Égyptiens et des Israéliens dans l'enquête qu'ils menaient pour les pister depuis Meggido. Il avait demandé à Frank de régler la question interne — ce qui, dans sa bouche, n'était pas qu'un conseil amical.

Duncan jura encore. C'était bien le problème avec la surveillance moderne. Autrefois, les espions volaient des documents et les passaient à l'Est ou à l'Ouest, ils se grimaient dans les soirées des ambassades, s'échangeaient des valises sur des ponts, cachaient des microfilms dans leurs molaires derrière les pilules de cyanure. Le bon temps. Aujourd'hui, on « ouvrait des *sockets* » et il suffisait d'appuyer sur *Enter* pour s'envoyer des informations capables de changer la face du monde. Porter ou non un Smith & Wesson et avoir un diplôme de niveau 12 en close-combat, pour un responsable de la sécurité, ne changeait plus rien. Mieux valait être sorti du Massachusetts Institute of Technology et lire régulièrement les revues spécialisées comme *Systèmes électroniques, Avenir et Perspectives.* Duncan se sentait angoissé, et le houmous qu'il avait goûté quelques jours plus tôt n'arrangeait rien. Sans doute avait-il tout bonnement frôlé l'intoxication alimentaire. *À moins que...*, se disait-il. *C'est peut-être seulement psychologique...*

Duncan n'était que trop informé des failles existant dans les installations du lieu. À défaut du badge, il suffisait de connaître et de pianoter tranquillement le code d'accès correspondant à telle ou telle pièce pour accéder à l'endroit voulu. Sur le papier — les plans égyptiens estampillés par l'ancien ministère de la Défense — les sous-sols semblaient couverts par un maillage électronique serré, pourvu de systèmes d'alarme parfaitement opérationnels. En réalité, ce gruyère souterrain n'arrachait à Duncan que persiflages et aphorismes navrés. Lorsqu'il faisait sa ronde du soir, il désespérait d'avoir à supporter certaines des facéties technologiques du laboratoire. Certes, il avait son équipe, composée d'une trentaine de mercenaires d'élite recrutés par Axus Mundi. Mais il fallait aussi s'occuper de l'enceinte, des entrées-sorties et des différents départements de la surface. Tout cela en ne communiquant que par talkie-walkie.

De plus en plus nerveux, Duncan n'avait eu de cesse, depuis les deux derniers jours, de renforcer les protocoles et de donner à tous de nouvelles instructions, pour assurer les rotations afin de surveiller en permanence chacun des terminaux et des postes informatiques. Frank n'avait aucune envie de mettre à l'épreuve la patience de ce M. Heinrich pour tester sa réactivité... Il fallait corriger le tir au plus vite. Au moment où il entrait dans cette salle équipée d'un seul poste, et qu'il avait baptisée la *Sparsons'room*, il se dit que le moment était venu de justifier son emploi.

Les dents serrées, il s'avança en lorgnant le badge de l'individu qu'Heinrich venait de surprendre à traîner ici sans autorisation. Le dénommé Enrique Guzbert, appuyant sur la touche *Escape* avec la naïveté d'un collégien, leva vers lui des yeux embarrassés, essayant de se recomposer une mine naturelle. *Enrique Guzbert…* La mémoire photographique de Frank passa en revue les fiches qu'il avait longuement compulsées pour s'imprégner des profils de chacun des employés d'Axus Mundi. Avec les Prs Park Li-Wonk et Ferreri, Frank était l'un des seuls à connaître les identifiants et badges de tous les participants à l'opération. Ici, beaucoup n'étaient pas enregistrés sous leur véritable nom.

Enrique Guzbert…

Frank s'arrêta mentalement sur le Photomaton correspondant et les informations portées sur la fiche de l'individu.

GUZBERT Enrique — Né 1962 Buenos Aires — Mère argentine (danseuse), père allemand (dentiste). Boursier Harvard. MIT. Doctorat biologie moléculaire. Parents accidentés † 1971. Naturalisé US. Marié Felicia Ibanera juillet 91. Licencié après 16 ans de collaboration avec les laboratoires Pharmaceut.Inc., Nevada, en octobre 1996. Affecté à l'équipe de John Sparsons. Divorcé 1998. Moyen de pression : petite fille de 9 ans, Juliette.

Duncan le dévisagea. Le teint hâlé, les cheveux noirs, les yeux de même couleur, Enrique portait une petite moustache au-dessus de ses lèvres charnues et d'un menton volontaire. Son front était particulièrement bombé à deux endroits, juste au-dessus de ses sourcils, ce qui lui donnait une physionomie curieuse. Il avait du mal à dissimuler son trouble. Certains signes ne trompaient pas. Frank eut un rictus méprisant, se sentant soudain investi d'un pouvoir qui le remplissait d'aise. Il allait prendre plaisir à jouer un peu. Après la tension suscitée par le message d'Heinrich, il avait besoin de se détendre. Ce n'était qu'un juste retour des choses. L'autre esquissa un sourire, qui disparut sitôt que Duncan l'eût appelé par son prénom.

— Ah, *Enrique*...

Glissant une main sur le talkie-walkie de sa ceinture, Duncan se planta devant Enrique qui, assis dans son fauteuil pivotant, cherchait visiblement une explication à toute vitesse. Se passant la langue sur les lèvres, l'air matois, Duncan continua de parler tout en levant les yeux vers l'œil d'une caméra située dans l'angle de la pièce.

— Je me demande ce que vous allez m'inventer pour justifier votre présence ici.

— Écoutez, euh... *Ustedes es* Frank, n'est-ce pas ? Frank Duncan ? Écoutez, je...

Il était en sueur.

— Je vais vous expliquer..., bafouilla Enrique, refrénant un tremblement.

Duncan le considéra d'un air sévère. Même si Enrique s'était trouvé debout, il l'aurait dépassé de deux bonnes têtes. Avec une nonchalance feinte, Duncan se pencha, tout près du visage de Guzbert. Il sourit puis, détournant les yeux, fit légèrement glisser sa main sur le *touchPad* de l'ordinateur. Il rouvrit sans difficulté la boîte mail. Le courrier électronique avait été effacé à peine envoyé. Duncan regarda de nouveau Enrique. Ils n'étaient qu'à quelques centimètres. Le responsable de la sécurité sourit encore puis secoua la tête d'un air désapprobateur. Certes, il n'était pas passé par le Massachusetts Institute of Technology… Mais il avait tout de même quelques notions.

— Enrique…

Ses doigts firent glisser le curseur sur la barre d'outils. Enrique papillonna des yeux. En quelques manipulations simples, Duncan restaura le mail effacé.

— Je crois que Juliette n'approuverait pas.

Cette fois, les yeux d'Enrique vibrèrent de terreur. La fenêtre était réapparue devant eux. Elle attestait une récente connexion à www.vatican.va. Dans la rubrique « Nous contacter » figurait l'adresse directe de emilybanner@vatican.va. C'était le nom de la responsable chargée de l'Internet au Vatican. Duncan put compulser l'historique des communications. Deux messages y figuraient. Le premier :

> Vous voulez savoir ce qu'est Axus Mundi, n'est-ce pas ? Et ce qu'ils veulent ? Ils veulent faire pencher l'axe du monde… Ce qu'ils veulent, ma chère Église, c'est aller au bout de ton fantasme le plus fou, parce que aujourd'hui ils en ont le pouvoir… Le pouvoir de se faire Dieu, celui d'édifier la nouvelle Babel. La Lance n'est pas seulement une relique, ma chère Église, elle est la Lance du Destin. Notre destin…
>
> Ce qu'ils veulent…
>
> … C'EST LE RESSUSCITER LE RESSUSCITER LE RESSUSCITER LE RESSUSCITER LE RESSUSCITER LE RESSUSCITER LE RESSUSCITER LE RESSUSCITER LE RESSUSCITER LE RESSUSCITER LE RESSUSCITER LE RESSUSCITER LE RESSUSCITER LE RESSU

— Je vois, dit Duncan.

Le message avait été expédié la veille. Le second datait de quelques minutes à peine.

Il faut te dépêcher, ma chère Église. Car le sang du Christ est prêt. Bientôt la Porteuse sera là. Alors la Lance pourra la rencontrer, pour la plus belle des fécondations. Et la race humaine rencontrera Dieu, comme jadis Moïse au Sinaï…

Duncan se redressa en faisant la grimace.

— Qu'est-ce qui vous a pris ? Enrique… pourquoi ?

Les prunelles noires d'Enrique s'étaient soudain allumées de colère.

— Parce que… vous êtes fou, répondit Enrique. Tous ces gens ici sont *fous* ! Je ne sais pas comment j'ai pu me laisser entraîner dans une pareille…

Il s'interrompit, tétanisé d'horreur. Sous ses yeux, Duncan venait de sortir un revolver, et un silencieux d'une autre poche, qu'il ajustait maintenant sur son arme.

— Mais qu'est-ce que vous faites ?

— À votre avis ? Je révise mes verbes irréguliers, ironisa Duncan.

L'autre n'eut pas le temps de se lever.

Duncan lui tira trois balles en plein cœur, à quelques centimètres. Les yeux d'Enrique papillonnèrent un instant, sa bouche s'ouvrit dans une supplication muette, lui donnant un air presque comique. Sa main n'eut pas le temps de se presser contre sa poitrine, et se contenta d'esquisser un geste sans suite. Il poussa un bref gémissement, puis son regard se fit vitreux et s'éteignit, tandis que son bras retombait lourdement le long de son corps. Duncan grimaça en voyant que quelques gouttes de sang avaient taché une poche de sa chemise beige, tandis que le corps d'Enrique Guzbert glissait de sa chaise.

Duncan contempla le corps étendu devant lui. L'ordre était restauré.

Puis il contempla la fenêtre scintillante sur l'ordinateur et attrapa le talkie-walkie à sa taille.

— Passez-moi le bridé, dit-il. Oui, Li-Wonk évidemment…

Il regarda le cadavre à ses pieds. Le sang commençait de se répandre sur le sol carrelé.

— Professeur Li-Wonk ? Duncan. Il va falloir accélérer le mouvement… Parce qu'on pourrait bien avoir des ennuis.

⁂

Ils avaient réservé en toute hâte des chambres au principal hôtel au cœur de la ville, l'hôtel Cecil, palace un peu décati, situé non loin de l'endroit d'où partaient les autocars vers Le Caire, ou les tramways, qui, de la gare de Ramleh, desservaient les plages de la côte. Sur le balcon de sa chambre, Judith, un verre à la main, ne parvenait pas à dormir. Elle contemplait la baie d'Alexandrie. Elle consulta sa montre. Il était déjà trois heures du matin. Anselmo avait pris la chambre voisine. Il avait le droit de se reposer un peu, lui aussi. Mais peut-être n'y parvenait-il pas et tournait-il en rond, comme elle.

Judith regarda de nouveau devant elle en avalant une gorgée d'eau. Ses yeux se noyaient dans la crête délicate des vagues oscillant sur la mer, qui scintillaient çà et là d'un reflet de lune, au hasard de la course des nuages. Elle se sentait à la fois épuisée et nerveuse. Le départ vers Sainte-Catherine était prévu aux aurores. Vêtue d'une simple nuisette par-dessus laquelle elle avait enfilé son manteau, malgré la fraîcheur de la nuit, elle se laissait bercer par le clapotis de la Méditerranée et les lumières de la ville. Ses cheveux blonds s'agitaient dans la brise. Elle leva le visage vers les étoiles, songeant encore à ce qu'avait dit le père Fombert. Ce qu'il avait cru deviner… Là-haut, dans le mystère des astres…

Était-ce possible ?

Judith ne savait plus que penser. Elle regardait la voûte immense et profonde, mouchetée de mille constellations… toutes les énigmes de l'univers. De nouveau, elle s'interrogeait.

Et elle attendait.

Autrefois, les esséniens avaient attendu, eux aussi. Ils avaient espéré, non pas un, mais deux messies. Le Messie royal, descendant de David et chef de guerre eschatologique, devait arriver le premier, pour assurer la paix à Israël et terrasser les ennemis de Dieu. Puis viendrait le Messie sacerdotal, fils d'Aaron, revêtu de la primauté et conducteur des nations. Plusieurs textes bibliques, ainsi que les Évangiles apocryphes, faisaient référence à ce dualisme messianique. Judith était troublée. Qui se serait attendu à le voir resurgir sous les traits de la science moderne, et de la plus scandaleuse tentative de dévoiement de la religion ? Par ce détour si improbable et terrifiant du clonage ! Ce télescopage entre les symboles d'autrefois et la sorcellerie contemporaine la saisissait. Le roi invoqué par les grands prêtres néomessianistes d'Axus Mundi avait toutes les chances d'être non pas le sauveur sacerdotal des esséniens… mais l'Antéchrist, ou le faux prophète ! N'était-ce pas ce qu'avait voulu dire Seltzner en évoquant les signes de la chapelle de Meggido, et de la Pietà inversée ?… *Ces symboles ne sont pas là par hasard. Pour leurs auteurs, ils désignaient le futur… Le retour du Messie… À moins qu'il ne s'agisse de l'avènement de l'Antéchrist, ou du faux prophète qui se ferait passer pour tel ! Comme si la vision eschatologique des esséniens était soudain mêlée à la terreur de l'Armageddon...*

Judith passa une main sur sa bouche sèche. *Savez-vous ce que la Lance du Destin représentait dans la tradition ?* avait continué Seltzner. *Le pouvoir suprême, l'arme de l'anéantissement, la fin de l'homme. Qui détiendrait la Lance pourrait dominer le monde... Vous est-il jamais venu à l'esprit que cette Apocalypse pouvait être... métaphorique ? C'est de cela que parlaient les mosaïques. Une métaphore de la fin du monde, la fin d'un monde tel que nous le connaissons. Une anticipation sur les moyens que l'homme serait capable d'inventer pour se détruire lui-même, comme le feu nucléaire... Mais un feu nucléaire intérieur...*

Judith repensa aussi à l'enluminure, à ce templier exhibant fièrement sa Lance de la Toute-Puissance, au sortir de la forteresse de Saint-Jean-d'Acre... Si incroyable que cela puisse paraître, les gravures du *Codex Paulus* exhumé par Fombert et les symboles de Meggido pouvaient être interprétés comme le sceau d'une funeste prophétie. L'œuvre visionnaire des mosaïques, commandées par les esséniens, les gardiens de la chapelle ou Longinus lui-même, semblait procéder d'une inspiration venue d'ailleurs. Le démon berçant l'enfant...

Oh, mon Dieu... Alors quoi... Il revient ? se disait Judith en prenant sa tête entre ses mains.

Et, mesurant sans mal la nuée de fantasmes que drainait cette simple formule, elle se répétait : *IL revient...*

Les yeux tournés vers l'endroit où, jadis, se dressait le Phare, cette lumière qui aujourd'hui semblait manquer cruellement au monde, Judith songea aussi aux dernières paroles qu'avait prononcées l'archéologue, avant de mourir, au sujet de la Nouvelle Marie. Celles-ci lui étaient claires à présent. Elle fut parcourue d'un frisson. Les membres d'Axus Mundi avaient-ils vraiment recruté une jeune femme, une entre toutes, choisie pour une nouvelle Immaculée Conception ? Une conception sans père naturel ou biologique, procédant de cette seule injection d'ADN dans un ovule prévu pour la matrice de la Porteuse, selon l'opération que les sorciers, sans doute, s'apprêtaient à faire pour inséminer la nouvelle Vierge ?

Non, c'est du délire. Du délire absolu... Il ne faut pas laisser faire ça !

Démolir l'homme et sa dignité, voilà quel était le projet sous-jacent d'Axus Mundi, sous les dehors de l'exaltation scientiste. Désormais, le ver risquait fort d'être dans le fruit. Et, au-delà des spéculations, Christ ou non, le jour où le pas serait franchi, le jour où le monde serait mis devant le fait accompli... on changerait d'univers.

L'idée même de tout cela la choquait profondément. La figure de Marie la hantait. Dans ce moment où elle contemplait la mer silencieuse et le ciel nimbé de mystère, Judith sentit de nouveau s'ouvrir en elle cette faille terrible que, depuis son envol pour Le Caire, elle s'était évertuée à oublier. Le souvenir fugitif de la Pietà la ramena à d'autres considérations. Au regard de sa mission, ses « petits » problèmes intimes eussent pu lui sembler futiles. Et pourtant. De fil en aiguille, l'image de sa propre mère traversa son esprit. Judith, mal à l'aise, passa une main sur son front. Elle avait toujours eu si peur de n'être pas comprise. Et aujourd'hui plus que jamais, elle avait besoin de revenir à elle, ainsi qu'à la source de son engagement. Car, depuis quelque temps, elle doutait. Sa sincérité. L'âme... L'âme ! N'était-ce pas le plus important ?

Avait-elle cru en vain ? Y avait-il quelque chose… qu'elle n'assumait plus ? Sans qu'elle s'y attendît, Judith dut refréner des larmes qui se pressaient soudain au coin de ses yeux.

Depuis son arrivée en Égypte, elle avait traversé des épisodes mouvementés. Et alors qu'elle pensait à Marie, et à son propre ventre, son estomac se nouait. Qu'avait-elle à espérer, elle, si le privilège et l'espoir mêmes de la maternité lui étaient ôtés ? Qui, sérieusement, accepterait de cheminer avec elle, la « foldingue du Vatican » comme elle le pensait de temps à autre, si elle ne pouvait avoir d'enfant ? Chercherait-elle à adopter, en attendant de trouver un père ? Ou renoncerait-elle pour revenir à ses vœux d'antan, bien que cela lui semblât tout aussi impossible ? Elle revoyait danser devant ses yeux cette autre prophétie absconse que les médecins, index levé, avaient formulée comme une sanction : *Tu n'auras pas d'enfant.*

Ses lèvres tremblèrent. Voilà ce qu'elle n'assumait pas : le fait de vouloir sans arrêt donner sa vie, et de se retrouver ainsi désarmée, impuissante, parce que sa vie ne lui rendait pas cet enthousiasme, cette espérance !

Cette fois, Judith ne put retenir un sanglot. Elle mit une main contre ses lèvres, fermant les yeux.

Pendant ce temps, le monde continuait d'avancer, en marchant sur la tête. Judith se sentait soudain comme écrasée, suffocante. Les tsunamis succédaient aux génocides, les drames quotidiens aux tragédies planétaires. Elle-même œuvrait pour le Vatican dans une affaire qui pouvait bien mettre en péril son équilibre intérieur. *Le chien-chien du Vatican…* On lui avait déjà envoyé cela au visage. Elle devait absolument se recentrer et, une fois encore, chercher Dieu, l'appeler à la rescousse. Mais, en écoutant sa petite voix intérieure, elle n'entendait plus rien. Autrefois, elle se sentait missionnée par des forces supérieures… Elle avait le sentiment d'avoir un rôle à jouer, l'espérance que sa modeste contribution pourrait aider à faire avancer les choses. Aujourd'hui, elle avait abandonné ses illusions, comme autant de peaux mortes, qu'elle avait regardées glisser le long de son âme. Le monde lui devenait illisible. Elle le voyait s'engluer lentement, s'enfoncer dans une opacité qui mettait à mal tout ce qu'elle avait toujours cru. Dieu était parti, et s'était sauvé avec les clés… Alors elle doutait ! Était-ce sa faute si les hommes étaient encore capables de s'entretuer à coups de machette, si d'autres pouvaient se mettre en tête de copier des brebis ou de trafiquer l'ADN du Christ pour satisfaire leur volonté de puissance ou leurs délires pathologiques ? Mais comment pouvait-on à ce point se moquer du vivant et n'y voir plus que marchandises ? Elle n'y comprenait plus rien. Comment lutter contre l'incessant retour du chaos et de l'absurde ? Où trouver la force intérieure nécessaire pour affronter la violence de ce ressac sans fin ? Les fondements mêmes de l'identité de la jeune femme, de tout ce en quoi elle avait toujours cru, étaient profondément mis à l'épreuve. La mise à l'épreuve, voilà encore quelque chose dont elle avait assez — par-dessus la tête !

Calme-toi, pensa-t-elle. *Tu dis n'importe quoi.*

Mais où était la vérité, existait-elle seulement ? Elle aurait voulu une caresse, une douce caresse sur son front qui commençait à suer, des doigts consolateurs dans ses cheveux blonds.

Elle avait peur d'elle-même, maintenant.

Seigneur, je veux Vous aimer, mais il faut m'aider !

Elle baissa le menton.

Peut-être trouverait-elle de nouveau refuge dans cette chaude et pourtant douloureuse introspection qu'elle avait toujours menée. Peut-être… Dans la prière, comme si souvent. Dans la méditation. Ces moments doux et terribles passés avec elle-même. Elle se revoyait, telle qu'elle était autrefois, animée alors de ses belles certitudes, chaleureuses et confiantes. Elle se revoyait, rêvant d'un autre monde sous les voûtes des églises. N'était-ce pas cela qui, toujours, l'avait jetée dans cette embrassade avec le Christ, le don de soi dans la religion ? Son irrépressible besoin d'ailleurs, de paix de l'âme ! Cette paix qu'elle avait trouvée devant la baie du Mont-Saint-Michel au côté de Spinelli, devant la mer, ou dans la beauté de l'art ! Elle se refusait à penser que sa foi n'avait procédé que de l'angoisse de sa propre mort. Avait-elle toujours cherché à fuir ? Que faire aujourd'hui ? Face au néant, à ce sentiment de vacuité et d'absurde qui l'habitait, elle avait besoin de se reconstruire, de retrouver un socle tangible et serein. Ainsi restait-elle partagée entre son désir d'être utile au vaste univers et son effarante inquiétude, son désir de s'en abstraire, de le quitter à tout jamais. *Loin de toutes ces bêtises.* Elle avait toujours été ainsi.

Et tandis qu'elle essayait de revenir à la situation présente, elle se souvenait encore des paroles de Seltzner, citant l'Apocalypse et l'apparition de la Vierge couronnée. Maintenant, cette image l'obsédait. *Un signe grandiose apparut dans le Ciel ! Une femme ! Le soleil l'enveloppe. La lune est sous ses pieds et douze étoiles couronnent sa tête…* Le couronnement de Marie au ciel était célébré par l'Église depuis des siècles. La tradition affirmait qu'après son Assomption, Marie avait été accueillie par la sainte Trinité, et toutes les créatures de la cour céleste assemblées pour cette apathéose. Oui, il y avait de la poésie en cela. Et Marie aussi revenait ! Mais, comme le Christ, elle risquait d'être de retour, non par la main de Dieu, mais par celle de l'homme !

Judith en était sûre : il fallait à tout prix les empêcher d'agir.

Il revient... Et elle aussi !

Mais dans la tradition, n'est-ce pas... La Nouvelle Marie devait se tenir face au démon.

Judith releva les yeux.

... Pas l'enfanter.

Que racontait-elle ? Judith porta une main à ses lèvres. Et soudain, l'étendue du drame lui apparut. Le retour du Christ, le retour de Marie ! À quelle folie pernicieuse voulait-on leur faire croire ? Car, dans la plus insensée des hypothèses, si *vraiment* un enfant venait à naître, il serait avant tout... un enfant. Un enfant, Dieu du ciel ! Manipulé, innocent et seul, l'enfant du futur ! Une personne ! Un être humain, encore inconscient de tout, des circonstances, de l'enjeu même de sa venue ! Un enfant comme un autre, qui aurait besoin d'amour.

Judith n'avait pas bougé du balcon. Elle frissonna sous le froid. Sa nuisette s'agitait dans la brise, sous son manteau. Elle devait être forte elle aussi. Retrouver confiance. Écouter sa voix intérieure, la forcer à revenir. Et tandis qu'elle regardait la baie d'Alexandrie, les poings serrés, elle répétait pour elle-même cette proclamation qu'elle avait tant de fois dite et entendue : *Je crois en Dieu, le Père tout-puissant, créateur du ciel et de la terre, de l'univers visible et invisible...*

L'amour ! L'amour ! L'amour ! Et le respect de la personne !

Tel avait toujours été le message du Christ !

Seul ce message serait défendable, pour cela seul elle se battrait !

… Alors tomberait le masque des imposteurs !

Elle jeta un dernier regard à la courbe de la baie, scintillante sous la lune.

Puis elle rentra se coucher.

⁂

Les cloches de Saint-Damase sonnèrent les six heures du matin.

Les appartements du pape étaient illuminés. Le bureau de Dino Lorenzo aussi. Ils avaient peu dormi. Dino ne fut qu'à moitié surpris lorsque Emily Banner, dite Sœur Internet, passa la tête par la porte entre-bâillée. Emily approchait de la quarantaine mais les traits de son visage étaient assez marqués, si bien qu'elle en faisait cinq ou six de plus. Ses yeux cernés et sa robe noire ajoutaient à son allure austère. Les légères rides au coin de ses paupières lui donnaient d'ordinaire un air pétillant, mais à la découvrir ainsi, dans l'éclairage diffus de ce matin, Dino se dit qu'à la faveur des événements elle paraissait vieillir à vue d'œil. Au moins, il se sentait moins seul.

Originaire de Boston, Emily travaillait au Vatican depuis une dizaine d'années et avait eu la lourde tâche de favoriser l'entrée du Saint-Siège dans une certaine forme de « modernité ». On lui devait la création du premier site informatique d'envergure, mais aussi l'organisation et la sécurisation du réseau — et pas seulement à des fins de renseignements pratiques, pour les fidèles ou la hiérarchie ecclésiastique. Depuis le massacre de Meggido, elle était également sur le pied de guerre ; elle avait travaillé sans discontinuer. D'une démarche un peu raide et saccadée, elle s'avança vers Dino et se contenta de lui dire, en lui glissant sous les yeux deux feuillets imprimés, épinglés *Confidentiel* :

— Deux autres messages. De deux sources différentes. Le premier vient effectivement du Sinaï, à n'en pas douter. L'origine de l'autre m'est inconnue. Je les ai transmis à Mgr Acquaviva et Mgr Almedoes, mais ils ne sont pas encore arrivés.

Dino regarda les messages. Puis il blêmit et leva les yeux vers Emily.

— Tracez le second. Je vais tout de suite en aviser le Saint-Père.

Il se leva lourdement, ses bajoues tremblaient. Emily tourna les talons et ils sortirent. Pietro, le secrétaire particulier de Dino, n'était pas levé non plus.

— Surtout, tenez-nous informés si d'autres venaient à arriver, dit Dino en posant brièvement la main sur l'avant-bras d'Emily.

Elle acquiesça et ils traversèrent l'antichambre déserte, puis Dino bifurqua en direction des appartements du pape tandis qu'Emily partait sans un mot dans l'autre sens.

Alors qu'il marchait dans les couloirs silencieux, ses pas glissant sur la moquette pourpre, Dino se sentait parcouru de tremblements. Il porta à sa tête une main hésitante, toussa puis secoua la tête pour essayer de se réveiller. Il cligna des yeux… mais ce n'était pas le moment de faiblir. De nouveau, il regarda d'un air incrédule le message qu'il tenait entre les mains. *Ce n'est pas vrai... Ce n'est pas vrai*, se disait-il. *Mais quand tout cela va-t-il donc s'arrêter ?* Il pressa le pas, rencontrant le sol de marbre, leva son regard en direction de la croix latine et des armoiries de la Cité, faisant signe aux Suisses de faction de s'écarter. Il parvint dans le bureau de Spinelli et le trouva agenouillé en prière. Le ciel s'éclairait au levant. Les yeux fermés, les mains jointes, le menton baissé, Clément XVI, dans sa robe immaculée, murmurait un psaume.

Dino attendit comme il put. Enfin, le Saint-Père se leva, fit un signe de croix et se tourna vers lui. Dino lui tendit les feuillets.

— De la part d'Emily, dit-il. Axus Mundi. Ils sont arrivés en l'espace de dix minutes. Le premier vient sans doute de notre Judas, ou plutôt du leur. Le second est de toute évidence signé de leur… direction.

Clément XVI lut les documents.

Il faut te dépêcher, ma chère Église. Car le sang du Christ est prêt. Bientôt la Porteuse sera là. Alors la Lance pourra la rencontrer, pour la plus belle des fécondations. Et la race humaine rencontrera Dieu, comme jadis Moïse au Sinaï…

L'autre laissa le Saint-Père pantois.

Le moment approche, Votre Sainteté.

Bientôt, le Messie sera de retour. J'aurai alors le pouvoir de changer la face du monde, et vous le savez.

J'ai aussi le pouvoir de ne *pas* mettre mon plan à exécution.

Une fois l'opération effectuée, je diffuserai l'information, par tous les moyens que vous pouvez imaginer. La flambée se répandra sur un seul signe de moi. Vous connaissez la promptitude des médias à réagir à ce genre de déclamations. La machine ne s'arrêtera plus, le monde saura que vous aviez la possibilité de changer les choses et que vous ne l'avez pas fait.

Une entente est néanmoins possible.

Le Vatican est une riche institution. Riche de son histoire, de sa culture. Et riche tout court.

Pour commencer, préparez la somme de un milliard de dollars américains et les instructions suivront.

Dans le cas contraire, la rumeur se répandra, et la preuve donnée au monde lorsque je le jugerai utile. De même que sera déposé par des voies tout à fait légales le brevet nous attribuant la paternité de la découverte que vous savez.

Bien à Vous,

DIEU.

Le pape n'en crut pas ses yeux.

— Ainsi, voilà sans doute le fond de cette scandaleuse entreprise…, dit-il.

Ses traits, d'ordinaire lumineux et sereins, furent traversés d'une grimace amère. Son visage parut s'enfoncer dans sa gorge.

— Une affaire de chantage et d'argent.

Il serra les dents.

— Voilà qui me semble en effet nettement plus prosaïque.

Ils se turent quelques instants, puis Leonardo se leva et s'approcha de la fenêtre.

— Le vivant, objet de chantage, de manipulation et de marchandage. Et nous-mêmes traités comme de vulgaires pourvoyeurs de fonds.

En contrebas, un premier rayon de soleil vint timidement caresser les pavés gris du parvis de la basilique Saint-Pierre.

— Je crois que je commence à saisir… Ce gourou d'Axus Mundi n'est pas aussi sot qu'il y paraît. C'est doublement habile. Comprenez, Dino. Les chercheurs qu'il a embauchés sont peut-être des illuminés, convaincus qu'ils parviendront à mettre leur projet à exécution. Mais en agissant ainsi, il couvre aussi ses arrières. S'ils réussissent, ils disposeront en effet d'un moyen de pression et n'hésiteront évidemment pas à le faire savoir au monde. Entre l'information et le chantage, il ne peut qu'être gagnant. Et s'ils échouent…

— Eh bien quoi ! Ils n'espèrent tout de même pas que nous céderons ! Surtout s'ils n'agissent qu'au bluff !

— Évidemment pas. C'est hors de question. Mais Dino, si nous arrivons trop tard… *Comment en aurons-nous la preuve ?*

Dino fit silence de longues secondes… puis posa deux doigts sur sa bouche.

— Oh, je vois… C'est ingénieux, en effet.

— Voilà ce sur quoi il va compter. Et il y compte déjà. Il sait qu'en l'absence de preuve de cet échec, Dino, nous continuerons de chercher… Il sait qu'à chaque instant, ailleurs peut-être dans le monde, il pourra laisser planer sur nous cette menace ! Sans que nous sachions jamais s'il ne s'agit que d'un épouvantail, ou d'une réalité ! Il joue sur l'incertitude de notre avenir, sur notre méconnaissance de ce qui peut ou ne peut pas nous attendre ! Il nous a déjà piégés ! Nous avons commencé de courir, tous. Et Seigneur… moi y compris. L'ADN du Christ, la prise de Jérusalem, Qumrân et les esséniens, la Lance…

Le pape eut un rire, de nouveau teinté d'amertume, qui ne lui ressemblait pas.

— Tout y est… Nous sommes tombés dans sa nasse, Dino ! Et il pourra ainsi continuer de nous faire courir, courir… Et le monde entier avec nous. Il usera de l'argument le plus sensationnel qui soit. Cela s'est déjà produit, Dino, et nous en avons fait les frais… Il utilise notre propre crédulité. Nos propres inquiétudes… Nous serions des hommes de bien peu de foi si nous nous laissions emporter par ces manœuvres.

Le visage de Spinelli se fit plus dur.

Dino mesura soudain l'énormité de la chose. Il en conçut une immense honte, et son visage s'empourpra tandis qu'une irrépressible colère montait en lui. Il devinait à son tour combien on se moquait de lui, et ce sentiment, outre qu'il heurtait profondément l'orgueil de l'érudit qu'il était, allait bien au-delà d'une simple vexation. Il se sentit fautif et indiciblement furieux. Il chercha désespérément à retrouver son calme et le contrôle de lui-même. Enfin, la gorge sèche, il demanda :

— Cela signifie-t-il que… que nous ne devons pas les prendre au sérieux ? Que leurs menaces ne sont qu'affabulations ? Est-ce à dire qu'Heinrich lui-même ne croit pas à leurs chances de réussite ?

— Non. Mais il se prépare aussi à l'éventualité d'un échec. À n'en pas douter, les scientifiques, eux, y croient. Lui est prêt à court-circuiter les siens s'il le faut. Il n'est pas assez fou pour ne jouer qu'une seule carte et tout miser sur cette folle opération. Il couvre ses arrières… L'argument seul l'intéresse. Il lui suffit pour nous promener aux quatre coins du monde quand il le veut. *Il suffit que nous, nous y croyions, Dino.* Et que, chaque matin, nous puissions nous lever en redoutant une telle éventualité. Même si tout cela n'était qu'une vaste mystification, ou si, dans les faits, ils ne parvenaient pas à leurs fins. Une rumeur et nous accourons. Il nous manipule.

— Eh bien, traitons-le avec un égal mépris ! N'y croyons pas ! Mais faut-il… suspendre l'opération du Sinaï ? Et changer de stratégie ? Il est encore temps ! dit Dino en soulevant la manche de sa soutane pour regarder sa montre. Mon Dieu, Leonardo, trois gouvernements sont engagés dans cette affaire !

— Vous plaisantez. Cela ne fait au contraire que renforcer l'urgence de notre action.

Spinelli se tourna vers lui.

— La priorité est d'arrêter ce qui se passe au Sinaï. Je verrai ce matin Almedoes et Acquaviva. Après cela, Dino, faites-moi plaisir, vous et la Sapinière… Cet Ernst Heinrich…

— Oui, eh bien ?

— *Trouvez-le.*

Nouveau silence. Enfin, Dino se leva lourdement de son fauteuil.

— Certes, Très Saint-Père, dit Dino… il peut nous promener un temps. Mais cela ne tient qu'à une seule chose. *La Lance.* Une telle opération ne s'improvise pas selon le sens du vent, et du jour où nous tiendrons la Lance, le danger sera écarté. Il faudra aussi nous assurer que nous possédons bien tous les échantillons de sang et qu'ils n'ont pas circulé ailleurs, pour que cet exploit ne soit pas réédité. Nos services s'y emploieront. Si les chercheurs échouent, grâce à l'assaut que nous préparons dans le Sinaï, nous éviterons le pire.

Clément XVI se tourna vers lui.

— Cela je vous le concède, mon ami. Sécurisez la Lance. Il faut agir au plus vite… et arrêter tout. Prévenez Judith et nos alliés.

— Mais dites-moi, Leonardo…

— Oui ?

Dino, les mains jointes sur sa soutane, regarda le pape avec gravité.

— … Et s'ils y arrivent ?

⁂

Elle sortit de sa chambre, comme une apparition.

Ici, on l'appelait la Nouvelle Marie.

Les yeux encore gonflés de sommeil, elle mit quelques secondes à s'habituer à la lumière. Face au désert, chaque matin était un éblouissement. Elle eut un sourire et s'étira. Elle venait juste d'avaler un morceau de pain, un fruit et quelques olives. Vêtue d'une chemise de lin au col finement brodé et d'une jupe bleue, qui tombait droit jusqu'à ses chevilles, elle avait noué négligemment un foulard autour de son visage. Elle glissa derrière son oreille une ou deux boucles de ses longs cheveux noirs tout en caressant le médaillon qui pendait à son cou. Au-dehors, tout semblait calme. Un calme rassurant, après le rêve si étrange dont elle sortait à peine. Encore pénétrée de ses songes, il lui semblait osciller entre le monde onirique qu'elle venait de quitter et celui, bien réel, qu'elle retrouvait à présent. Quelle magnifique journée ! Et tandis qu'elle contemplait la crête lointaine des collines, elle goûtait l'apparition de ce jour nouveau en se rappelant combien il était doux d'être venu se reposer ici, en préparation du grand jour. Elle ne pouvait nier qu'elle était tendue. Mais on s'était bien occupé d'elle depuis son arrivée, et on la flattait en disant qu'elle ressemblait à une icône de Botticelli. Alors qu'elle n'était qu'une adolescente comme une autre, elle le savait.

Allons ! Il est temps de se réveiller pour de bon !

De nouveau, elle salua le jour et leva le nez dans la brise tiède.

Son visage s'éclaira lorsqu'elle aperçut en contrebas le jeune professeur américain, John Sparsons, qui cheminait dans sa direction. Il sourit également, et monta les marches qui conduisaient à la terrasse du logement affecté à la jeune fille. Deux cents mètres carrés un peu en retrait des autres logements du personnel et des départements, avec une vue imprenable sur les montagnes. L'appartement était jadis destiné à recevoir le ministre de la Défense égyptien.

Clair, fonctionnel, agrémenté de bouquets de fleurs et de corbeilles de fruits, il était aménagé avec le meilleur goût, pour recevoir la mère du prétendu second Messie. Sparsons passa une main dans sa chevelure blonde et ajusta sur son nez ses petites lunettes. Il n'avait pas quitté son T-shirt *South Park*, sous sa blouse blanche. Il embrassa la Porteuse sur les deux joues, avec respect, et même une certaine timidité, tandis qu'elle sortait comme par miracle, de sa manche de lin bleu, une pomme luisante.

— Vous êtes prête ? demanda Sparsons.

La jeune fille sourit encore et croqua le fruit avec avidité, découvrant une belle rangée de dents nacrées. Ses yeux brillaient.

— Oui.

— Nous allons pouvoir y aller dans quelques minutes.

— Je prends mon sac.

Elle disparut dans l'appartement. Sparsons se retourna.

Il considéra les montagnes, dont les crêtes indistinctes se noyaient dans la clarté d'un séjour bienheureux. Bientôt, la jeune fille le rejoignit.

— Eh bien, Elena, je crois que le grand moment est arrivé.

Ils se sourirent encore.

Elle et Sparsons regardèrent ensemble les couleurs changeantes qui baignaient le mont Moïse.

La jeune fille contemplait le flanc de la colline et la forme majestueuse des crêtes et, soudain pénétrée d'un sérieux qui lui était inhabituel, le regard fixe, elle répéta :

— Oui… Le moment est venu.

Le vent s'était levé sur les montagnes.

— Je suis prête, dit-elle.

Le vent passa sur son front en une douce caresse… et, emboîtant le pas à John Sparsons, son ange de vie et de mort, la Porteuse descendit les escaliers en direction de la Jeep qui l'attendait, pour gagner le complexe voisin et se préparer à l'opération la plus inqualifiable, la plus terrifiante, la plus insensée sans doute, qu'ait jamais conçue le genre humain.

7

Monastère Sainte-Catherine, mont Moïse, 2006
Djebel Katharin, 2006
Laboratoire d'Axus Mundi, 2006

Méphistophélès : … Ce que tu veux ; est-ce de l'or ?

Faust : Que ferais-je de la richesse ?

Méphistophélès : Bien ! Je vois où le bât te blesse ! Tu veux la gloire ?

Faust : Plus encor !

Méphistophélès : La puissance ?

Faust : Non ! Je veux un trésor… Qui les contient tous !

Faust de Gounod, acte I, scène 2.

Lorsque la Porteuse sortit du lourd ascenseur métallisé, on se tut.

Elle arrivait. Une haie d'honneur se forma de part et d'autre d'elle.

La jeune fille, intimidée pourtant, redressa la tête.

Au centre de la Majeure, non loin du lit, de la Lance et des caméras, se tenait l'aréopage des scientifiques : au premier chef, le Pr Park Li-Wonk, Yzamata à sa droite, Ferreri à gauche ; John Sparsons accompagnait leur Nouvelle Marie. Li-Wonk la salua avec déférence, souriant jusqu'aux oreilles derrière le verre de ses lunettes. Les autres se pressèrent autour d'elle, et on lui expliqua bientôt les différentes phases de l'opération à venir. Ils auraient la journée pour la préparer.

Tandis qu'elle regardait les voûtes de la Majeure et le déploiement technologique qui l'environnait, non sans une certaine angoisse qu'elle voilait de sourires, Park Li-Wonk voyait défiler dans son esprit tout le travail accompli pour trouver la bonne, la vraie, l'unique Porteuse. Ils bénéficiaient au départ d'un fichier de cinquante-quatre femmes envisageables pour l'opération. Aucune d'entre elles n'était au courant du fond de l'affaire, et de l'enfant très particulier que les scientifiques souhaitaient mettre au monde grâce à leur concours.

De longs débats avaient divisé les chercheurs. Il était vital que la jeune fille fût en parfaite santé ; et qu'elle-même bénéficiât d'un bagage génétique des plus sains. Ils avaient tergiversé sur la nécessité d'annoncer ou non à la mère la nature véritable de l'expérience qui l'attendait. Bien entendu, la Nouvelle Marie, comme les mères porteuses classiques, devrait renoncer au bébé sitôt la venue au monde de celui-ci. Fallait-il également la préparer à l'idée que le nourrisson, s'il venait à terme, serait issu du clonage reproductif, et plus encore, lui dévoiler le cœur de l'expérience : avouer l'identité génétique exacte de cet ADN qu'ils lui inoculeraient ? Dans le cas contraire, comment justifier de telles précautions, et le secret qui devait entourer la future naissance — une naissance censée se produire au milieu du désert égyptien, au cœur d'un laboratoire isolé de tout ? Les tentatives d'explications scientifiques, même si elles utilisaient le jargon le plus fleuri, n'y suffiraient pas.

Pour autant, les « cobayes » se portant volontaires à toutes sortes d'expériences médicales étaient nombreux. La perspective d'un bon million de dollars, pour contribuer à cette opération unique et porter l'enfant durant neuf mois, pouvait aussi s'avérer un appât efficace. Mais si l'équipe de Park Li-Wonk en restait là, cela supposait que la Porteuse ne fût pas seulement consentante, et « médicalement recevable » : elle devait aussi être simple d'esprit. *Très* simple d'esprit… Alors allait-on recruter une pauvrette des faubourgs égyptiens, des villages palestiniens, des colonies israéliennes ? Tout cela n'était pas acceptable. La Porteuse ne pouvait être choisie au hasard — et elle devait être à la hauteur de l'expérience. Bien sûr, dans un monde obsédé par l'argent, on s'embarrassait moins de considérations éthiques, trop promptes à contredire les principes déifiés de l'utilitarisme économique. Les esprits étaient préparés. Il était si facile de corrompre ou de soudoyer, surtout des femmes innocentes. Ils pouvaient s'en servir comme des loueuses, ou plutôt… des logeuses. Quelques zéros au coin d'un chèque avaient la vertu d'une pierre philosophale.

Dans un premier temps, ils avaient imaginé une organisation des plus délirantes, dans l'espoir de recevoir les candidates une à une, pour sélectionner celle d'entre elles qui leur paraîtrait la plus convenable, tant sur le plan physique que psychologique. Et ce, à l'époque où ils envisageaient l'opération sans même savoir que la Lance se trouverait sur leur chemin, et leur fournirait l'occasion, non pas seulement de tenter la création d'un clone humain… mais d'un clone du Christ ! Ils avaient épluché des fiches perforées dans des casiers gris, leurs doigts volant de l'une à l'autre. Des registres d'état civil. Des comptes rendus médicaux. Des carnets de santé. Ils s'étaient préparé des fils conducteurs pour entretiens à guichets fermés, avec magnétophone et caméras, tests de comportement et de personnalité, Rorschach, évaluations du quotient intellectuel, examen de la condition physique, analyses de sang et d'urine, soit une batterie de repères complète destinée à favoriser la pertinence de leur jugement.

Au final, cet arsenal délirant n'avait servi à rien.

Car le plus simple avait été de recruter la Nouvelle Marie dans les rangs mêmes d'Axus Mundi.

Le Pr Li-Wonk regardait Sparsons plaisanter avec la jeune fille auprès du lit, et il se souvenait de ses propres travaux, de ses méditations sur cette science absconse qu'on nommait « embryologie », à l'époque où, bien avant Axus Mundi, il écrivait son premier livre : *Believing in Science* — et ce brasier ne cessait de danser devant ses yeux.

L'embryon symbolise la somme des possibilités d'être. Des potentialités. Le destin de l'embryon est en ce sens corrélatif de celui de l'embryon du monde. Qui contrôle l'embryon contrôle le monde, et son souffle vital. On trouve cette notion d'embryon du monde dans toutes les mythologies, toutes les religions primitives. Ainsi dans la mythologie hindoue : Hiranyagarbha. L'embryon d'or des Veda, germe de la lumière cosmique, est le principe de vie qui anime les eaux primordiales. La Terre, ce titan des premiers âges, est aussi Mère nourricière et porteuse d'embryons. Les minerais s'y développent comme des fruits, et l'on retrouve cette métaphore aussi bien chez les Babyloniens et les Chinois que chez les Occidentaux du Moyen Âge.

Le choix avait été imposé par Ernst Heinrich lui-même. La jeune fille n'était qu'une adolescente mais, à dire vrai, elle était, comme son mentor, nimbée d'une aura de mystère qui ne la rendait que plus fascinante. Les scientifiques ne savaient rien d'elle, sinon qu'elle était une fidèle. Une adolescente belle comme le jour, et aisément manipulable, avec une longue chevelure noire et bouclée, des yeux bleu vif d'une rare limpidité. D'origine sémite, l'élue n'avait pas d'antécédents médicaux particuliers. Biologiquement saine, génétiquement idéale, s'alimentant de manière équilibrée, intelligente mais acquise à la cause : toutes les analyses complémentaires s'étaient avérées encourageantes et avaient corroboré le choix du Maître.

> Le mûrissement du minerai s'achève dans le creuset de l'alchimiste, comme le fœtus dans le sein de sa mère… Ces correspondances sont extrêmement troublantes. Elles relèvent autant de l'intuition scientifique que de l'imagination poétique. Mais n'est-ce pas ainsi, que, de tout temps, la Science a progressé : en confrontant le délire intuitif à la vérité expérimentale ? Le symbolisme d'Hiranyagarbha rejoint celui du Grand Œuvre de l'alchimiste. Angelus Silesius y voyait l'éclosion de l'Enfant des Sages, la Pierre philosophale. L'alchimie tantrique des taoïstes développe des métaphores similaires, dans l'union de l'essence et du souffle — tsing et k'i — de laquelle jaillit l'Embryon mystérieux. Le retour au stade embryonnaire est synonyme d'accès à l'état d'innocence primordiale. L'embryon mystérieux ! La source même de l'immortalité !

La création des œufs en laboratoire avait eu lieu sans trop de difficultés. La microaiguille avait déposé le patrimoine génétique du Sauveur à l'intérieur d'ovocytes préalablement débarrassés de leur noyau.

L'équipe d'Axus Mundi avait dû s'y reprendre à plusieurs fois, avant de réussir l'injection sans détruire la fragile membrane de l'ovule, et d'activer les zygotes reconstitués à la faveur de quelques stimuli électriques. Certains de ces processus s'étaient interrompus dès le premier jour ; d'autres le second et le troisième. Mais il avait suffi d'un seul embryon viable — et il était venu, le jour même où Judith quittait Alexandrie pour le Sinaï. Il y eut une cellule, puis deux, puis, quatre, puis six, l'ADN commençant de se répliquer de cellule en cellule, à l'infini. La chaîne se constituait. La vie était en route.

Hors de toute anatomie humaine.

Restait l'implantation elle-même.

Elle aurait lieu le lendemain matin à l'aube.

⁂

L'effervescence qui régnait dans l'enceinte du monastère Sainte-Catherine était bien peu coutumière. Des Jeep et des camions bâchés s'étaient parqués devant la muraille. Entre les icônes byzantines on avait installé des tables, des ordinateurs, des cartes et des paraboles ; des grésillements répondaient aux exclamations et aux communications des militaires avec leur hiérarchie. Perdus au milieu de tout cela, les moines eux-mêmes, et leur supérieur, étaient là, placides mais néanmoins troublés par cette soudaine intrusion.

L'heure approche.

Judith et sa petite troupe arrivèrent à Sainte-Catherine en début d'après-midi. Après avoir atterri à l'aéroport de Charm el-Cheikh, ils étaient repartis en 4 × 4 sur la route de Dahab et du col de Wadi Nasib en direction du monastère. Les montagnes alentour, drapées de majesté, se paraient de couleurs splendides, évoquant les teintes des antiques mines de cuivre et de gemmes semi-précieuses, tant convoitées jadis par les pharaons. Entre ces routes sinueuses plongeant au cœur du désert, on croyait deviner l'ombre des grands rois du passé, qui n'avaient eu de cesse de garder la péninsule sous leur influence et d'affirmer leur puissance en Nubie. Au détour d'une piste de sable, Judith, retenant son souffle, découvrit le couvent Sainte-Catherine.

Situé au fond d'une vallée étroite, ce long rectangle cerné d'une muraille ocre, dont la première édification datait de Justinien, avait tout de la forteresse. Serti dans son écrin montagneux, flanqué d'une tour à l'est et d'un clocher d'église battant l'appel à la prière comme le cymandre d'autrefois, il était composé de multiples constructions enchevêtrées, reliées par un dédale de couloirs, voûtés ou à l'air libre, et de cours ornées de cyprès, d'arbustes, de fleurs et de vignes en espaliers. Des chapelles représentaient autrefois les différentes confessions. Une mosquée, devant la façade de l'église, rappelait la religion musulmane d'État. Sainte-Catherine avait sa singularité. Le monastère était habité par les moines grecs orthodoxes, tel Yoris, qui constituaient une Église autocéphale, autrement dit autonome : ils élisaient l'archevêque du Sinaï, résidant en réalité au Caire, mais représenté au couvent par le supérieur. Sainte-Catherine possédait de grands domaines hors de la péninsule, notamment en Crète, à Chypre et dans les îles grecques, qui lui assuraient les revenus nécessaires à son entretien.

Judith et son équipe furent reçues par le supérieur à leur arrivée. Les unités de l'armée commencèrent leur installation à l'intérieur de l'enceinte une heure plus tard. Jadis, les moines donnaient des provisions aux nomades qui venaient se grouper au bas de la muraille.

Aujourd'hui, les cars de touristes défilaient quotidiennement, et les Bédouins les accueillaient aux abords du couvent, le long de la piste de sable, les invitant à acheter leurs cartes postales, ou à grimper sur les chameaux, au nonchalant balancement, qu'ils traînaient derrière eux. Couper la route d'accès au monastère et sécuriser la zone avait demandé plusieurs heures.

Dès son arrivée, Judith et Anselmo s'étaient entretenus rapidement avec les responsables de l'opération ; le temps pressait. Ils avaient pensé agir dès la nuit, en profitant de l'obscurité ; deux équipes de reconnaissance étaient déjà parties sur le site, en surplomb du Centre, de l'autre côté de la montagne, vers le mont Moïse. Les clichés-satellite leur parvenaient régulièrement. Mais ils étaient contraints de différer l'assaut en raison des négociations complexes qui continuaient de se jouer entre le gouvernement égyptien, le Vatican mais aussi l'État hébreu, qui, depuis le massacre de Meggido et la mort de l'un de ses agents au Caire, tenait également à être représenté sur place ; si bien que l'on attendait une section israélienne, dont le détachement aurait lieu la nuit même.

Judith se tenait maintenant au milieu de l'ancienne église byzantine du monastère. Les murs du narthex regorgeaient d'une profusion d'icônes donnant une idée de la richesse insensée de la pinacothèque du couvent. L'église comptait trois nefs, dont une abside en marbre d'Éphèse, séparées par douze colonnes de granit. Une mosaïque de la Transfiguration surplombait le maître-autel. Des lampes d'argent pendaient en multitude du plafond, couronnant non loin la châsse-sarcophage renfermant le corps de la sainte d'Alexandrie. La chapelle du Buisson ardent, décorée de faïence arabe bleue, pavée de marbre et de porphyre disposés en motifs géométriques, se trouvait à l'emplacement exact où Moïse aurait vu le buisson brûler sans se consumer, et entendu la voix de Dieu lui ordonnant d'ôter les sandales de ses pieds, car il foulait là une terre sacrée. L'inestimable Trésor du couvent, abritant calices russes et chrétiens de vermeil et d'argent, ceintures de soie grecques, chasubles brodées d'or, chandeliers, croix et crosses épiscopales, étoles et dons de patriarches, côtoyait la deuxième bibliothèque du monde après celle du Vatican. Au monastère Sainte-Catherine étaient conservés certains des codex les plus célèbres et les plus précieux. Celui qu'avait apporté Yoris au père Fombert, à Alexandrie, n'en était que l'un des multiples témoignages.

Judith, le regard noyé dans ces richesses, s'efforçait d'oublier ce qui l'attendait et de dominer l'irrépressible angoisse qui, subitement, lui étreignait le cœur.

Anselmo la rejoignit bientôt.

— Judith… Tout va bien ?

Elle s'efforça de sourire.

Le moment décisif se jouerait au seuil de l'aurore.

⁂

Le jour vint.

Une partie de la section d'assaut s'était installée en surplomb, sur un replat des contreforts bordant le Djebel Katharin, le mont Sainte-Catherine. L'aube pointait à l'horizon. Judith, suivie par Anselmo, avait accompagné les militaires.

Un soldat s'activait auprès d'elle. Il s'ingéniait à lui faire enfiler un gilet pare-balles. Le vêtement matelassé, de couleur bleue, avala le petit crucifix d'argent que Judith portait autour du cou. Un autre lui installait une oreillette assortie d'un micro sur la poitrine. Elle faillit sursauter en entendant crépiter des parasites, comme si elle venait d'allumer une radio défectueuse. Il y eut un effet Larsen, puis le son s'éclaircit peu à peu. Distinctement, elle perçut alors une voix : *One two three. One two three. Do you copy* ?

Elle acquiesça, soudain très pâle. Que faisait-elle au milieu du désert, sur ce promontoire cerné de roches au bord de l'éboulement, prêtes à fondre sur elle pour l'ensevelir à tout jamais ? Tout cela était pourtant bien réel. L'un des militaires lui tendit un casque, qu'elle saisit en essayant de contrôler le tremblement de sa main. Sans se préoccuper de son attitude inquiète, le premier l'aida à le mettre sur sa tête, puis à attacher la sangle sous son menton. Elle se dit qu'ainsi accoutrée, elle devait avoir l'air ridicule. C'était tellement éloigné d'elle — tellement éloigné de tout ce qu'elle avait connu !

Dites-moi que je rêve, que je vais ouvrir les yeux et me réveiller, dans mon lit.

L'effervescence autour d'elle lui sembla tout à coup totalement surréaliste. Judith pivota, vacillante. Les troupes achevaient de contrôler leur équipement. Un soldat d'élite vérifiait ses deux revolvers Glock 26, 9 mm, semi-automatiques, modèle subcompact, capacité 12 coups chacun, qu'il glissa dans leur étui de part et d'autre de ses hanches. Des snipers et des membres des Forces spéciales d'intervention égyptiennes sortaient des Jeep en contrebas, munis d'armes de poing et de fusils d'assaut.

Une rafale de vent chaud, inattendue, confirma à Judith qu'elle se trouvait bel et bien en vie, ici et maintenant. Elle voulut protester lorsqu'elle sentit que l'on glissait une ceinture autour de sa taille, non sans une certaine brutalité. Elle contemplait la cime des collines, ces crêtes brunes et orange, déchiquetées sous le ciel bleu, quand surgit devant elle l'un des responsables de l'opération — opportunément baptisée *Act of God.* Quinquagénaire au teint mat, crâne rasé, le capitaine la transperça du regard. Il vérifia l'ajustement de la ceinture et du gilet, puis sortit un revolver qu'il lui tendit avec autorité.

Judith écarquilla les yeux, et le regarda en hochant la tête, incrédule. Il s'exprima dans un anglais approximatif.

— *For your own safety !* Il est hors de question que vous entriez tant que la zone n'est pas sécurisée. Vous resterez à l'abri en attendant notre feu vert… mais on ne sait jamais. Il va y avoir du mouvement, ma sœur. Et je préfère savoir que vous pouvez vous défendre, même si vous campez à cinq cents mètres du site. Nous vous ferons signe quand le terrain sera dégagé !

Judith aurait aimé lui expliquer qu'elle n'était pas plus bonne sœur que lui… mais ce n'était visiblement ni le lieu ni l'heure. Il savait qu'elle était envoyée par le Vatican, ce qui, dans l'esprit du capitaine, suffisait à faire d'elle une religieuse. Le militaire montra à Judith de quelle manière faire sauter le cran de sécurité, armer le revolver et tirer. Elle se mit à trembler. Voyant qu'elle était incapable de saisir la crosse de l'arme, il se contenta de la glisser à sa ceinture, dans l'étui prévu à cet effet, sans lui demander son avis. Puis il ajouta :

— Ne vous inquiétez pas. Nous avons l'habitude de ce genre d'opérations.

Act of God.

Non loin, on continuait de déballer l'arsenal d'assaut d'un camion bâché. Judith sentit des frissons lui parcourir le dos. De la sueur perlait à son front. Elle mourait de chaud. Elle crut qu'elle allait vomir. À présent le capitaine donnait ses ordres et des grappes de soldats, les jumelles à la main, se dispersaient pour gagner leurs positions respectives — sur la falaise voisine, en surplomb de la petite palmeraie, ou sur la crête de la colline, d'où l'on pouvait voir le site. Le reste des troupes récapitulait les procédures et les étapes de l'assaut. Judith resta ainsi un moment, livide, saisie de vertige. Revenant vers elle, le capitaine lui demanda de déposer dans une simple boîte en carton ses effets personnels — ses papiers, le crucifix d'argent, ainsi que son téléphone portable.

Judith ôta sa croix, abandonna son portefeuille et fouilla avec difficulté dans sa poche, sous son gilet, pour se saisir de l'appareil. Son casque tomba légèrement au-dessus de ses yeux. Soudain, comme par un fait exprès, le mobile sonna. Judith sentit son cœur bondir dans sa poitrine. Elle identifia le numéro et fit un signe au capitaine.

Elle alluma le portable et, d'une voix blanche, dit son nom : *Judith Guillemarche.* En son for intérieur, elle pensait : *Oui, je m'appelle Judith Guillemarche... et Dieu du ciel, je n'ai rien à faire ici !* Elle entendit alors — lointaine, si lointaine ! — la voix de Dino Lorenzo, le directeur des Collections du Vatican.

— Judith ? Où êtes-vous ? Tout va bien ?

Le silence sembla prendre possession de toute la vallée. Judith ne perçut plus que le vent, et sa caresse brûlante sur ses joues. Elle avait les lèvres sèches. Le monde était en suspens. Puis, d'un coup, le capitaine donna le signal du départ. Les quarante soldats qui se trouvaient encore là s'animèrent en même temps. Ils montèrent dans leurs véhicules en s'encourageant mutuellement. On entendit vrombir les moteurs, et des volutes de poussière s'élevèrent vers le ciel.

Deux militaires la pressaient d'avancer à son tour en lui saisissant les bras et, tandis que le paysage dansait devant elle, Judith hurla dans son portable :

— Dino ?... Ça ne va pas ! *Ça ne va pas DU TOUT !*

Le capitaine lui arracha le téléphone des mains.

Oh mon Dieu mon Dieu ce n'est pas possible, NON !

Ses yeux s'agrandirent d'horreur.

Il était trop tard pour reculer.

⁂

Les alchimistes étaient rassemblés dans la Majeure comme dans une crèche ; Park Li-Wonk, Sparsons et Ferreri faisaient figure de rois mages. Sous la voûte aux replis dessinant de funèbres calicots, la caverne, matrice première du monde et de la naissance de l'homme, résonnait plus que jamais de métaphores anciennes.

Au creux de la montagne du Sinaï, comme jadis en la grotte salvatrice de Bethléem, entre ces colonnes rocheuses qui de leur forêt dessinaient les piliers d'une cathédrale, la Porteuse était couchée. Non loin, toujours abritée par son caisson étanche et translucide qui semblait pousser des soupirs brumeux et cryogéniques, se trouvait la Lance du Destin. Phallus obsédant aux lueurs d'ombre, dardé pour l'insémination au plus secret de la matrice qui l'attendait avec anxiété. La Porteuse, la Lance, la grotte : tout cela était invraisemblable, et pourtant, à chaque seconde, le songe d'abord cotonneux se coulait dans le marbre d'une nouvelle réalité.

Ce matin l'aurore avait pointé à l'horizon et les sorciers s'étaient serré la main dans des sourires qui cachaient mal leur tension ; on eût dit des ombres, des conspirateurs prêts à accomplir leur forfait, échangeant leurs signes de reconnaissance dans la discrétion de l'aube encore aveugle. Eux aussi étaient pénétrés d'un sentiment d'urgence. Ils savaient qu'ils ne tarderaient sans doute plus à être découverts. Ils étaient partagés entre une sourde nervosité et une excitation presque juvénile. Ils s'encourageaient mutuellement.

Le moment était venu de faire basculer l'axe du monde ! Et tandis que, le visage à demi caché derrière son masque, le Pr Park Li-Wonk demandait à Elena comment elle se sentait, le souvenir de lectures anciennes, qui remontait des plus lointains replis de sa mémoire autant que des âges antiques, lui revenait obscurément…

L'embryon, germe de lumière dans le sein de la mère, est Bouddha ; il est le Soleil égyptien ; il est Christ se formant en Marie et en chacun de nous, avant l'annonce de la Bonne Parole. Le temps zéro de l'horloge cosmique, celui de la création du monde il y a quinze milliards d'années, le *Fiat lux* de la Bible, est poétiquement celui de la fécondation. Les Upanishad nous indiquent : « Au début l'univers n'existait pas. Il en vint à exister. » Il sortit de l'obscurité et du chaos ; il sortit de l'eau, du sac amniotique, du plasma. « Il y avait au début l'obscurité. Tout était en eau », disent les Rig Veda. « L'univers était dans l'obscurité, avec de l'eau partout, sans aurore, sans clarté, sans lumière », dit un texte maori. Même chez les Hurons, cette conception de l'origine est identique.

La caverne était maintenant traversée de lueurs grises et bleuâtres ; les spots étaient allumés comme autant d'yeux d'araignée au-dessus du corps de la jeune femme ; elle était là, prête à recevoir la semence que les scientifiques étaient sur le point de lui inoculer. Ils procédèrent rapidement à une anesthésie locale.

Dans l'image de cette femme aux jambes écartées, dans l'accomplissement inverse et blasphématoire de la naissance fabriquée par la nouvelle magie, dans l'accouplement de la femme et de la Lance du divin, ce mont de Vénus ouvrant ses lèvres, ce sexe béant composait une image effarante, éternelle comme la nuit des premiers hommes ; là se trouvait le nœud absolu de la chair périssable, condamnée à la putréfaction, et la vie sur le point d'éclore ; le début et la fin de toutes choses ou, plutôt, de toutes ces choses que les représentants de la race humaine étaient capables d'imaginer. Ce tableau de Courbet, *La Création du monde*, tableau maudit, tableau que l'on disait avoir traîné dans le bureau de Lacan — il était là ; en vrai ; pour une expérience jamais tentée jusqu'à ce jour.

Sparsons souriait derrière son masque. La jeune femme était nerveuse. Il essuya le front d'Elena ; il était couvert de sueur. Elle s'essaya à son tour à un sourire. Puis le regard du jeune Américain chercha celui du professeur japonais Yzamata.

— Anesthésie effectuée, dit celui-ci.

— Tout va bien, Elena ?

— Je… Je ne sens rien du tout, dit-elle.

— Micropipette, s'il vous plaît.

Ferreri donna l'instrument à Yzamata, qui l'introduisit dans le vagin de la jeune femme jusqu'à trouver le couloir utérin. Un moniteur vidéo permettait de suivre les opérations. Park Li-Wonk se débarrassa de son masque ; son visage affichait un air béat de premier communiant. Un vague sourire courait sur ses lèvres, tandis que sur l'écran la micropipette se faufilait entre les muqueuses utérines, prête à déposer l'œuf dans les replis intimes de la chair rouge et tendre. Tendu comme une corde à piano, Ferreri, lui, serrait les dents, luttant contre sa nervosité grandissante.

Sparsons ouvrait la bouche, comme suspendu au fil de ces instants, regardant les caméras tout en continuant de caresser le front d'Elena. La concentration d'Yzamata redoublait. L'impatience des quatre professeurs était à son comble.

Oui... C'est cela... Bientôt... Bientôt...

⁂

Comme tous les matins, Frank Duncan faisait sa ronde. Il s'arrêta un instant non loin de l'entrée du Centre pour griller une cigarette, les yeux rivés sur la piste poussiéreuse qui se perdait entre les montagnes du Sinaï. Il se tenait à l'endroit même où il avait accueilli le camion bâché convoyant la Lance du Destin quelque temps plus tôt. Et comme tous les matins, il échangea une ou deux plaisanteries oiseuses avec le gardien de faction, posté sous sa guérite.

Selon Park Li-Wonk, l'opération la plus délicate avait lieu ce matin même. Frank avait hâte qu'elle soit achevée. Sitôt que les scientifiques en auraient terminé, la « Porteuse », comme ils l'appelaient, quitterait cet endroit sous bonne escorte... et on s'occuperait d'elle dans un autre pays. Le responsable de la sécurité ignorait lequel, et ne s'en trouvait que mieux. Dès aujourd'hui, on commencerait à remballer le matériel et à faire place nette en ces lieux. Bientôt, tous auraient déserté le site. Il lui faudrait encore superviser ce vaste débarras, mais Frank commençait à voir le bout du tunnel, et il n'en était pas fâché. Il se rendait compte à quel point ses responsabilités l'avaient angoissé. Heureusement, quoi qu'il arrive maintenant, il n'aurait plus à rester au Centre très longtemps.

Il jeta son mégot d'une pichenette, releva les yeux.

Un bref scintillement attira son attention.

Mais qu'est-ce que...

Oh, cela n'avait duré qu'une fraction de seconde. Une étoile de lumière.

Le temps d'un battement de cil.

Le responsable de la sécurité n'avait rien perdu de sa vivacité. Il y avait quelqu'un, *là-haut*, caché sur le replat de la montagne. Et cet éclat de lumière pouvait bien être celui... d'une arme à feu, trahie par un rayon de soleil !

Nous sommes observés.

Frank sentit son cœur bondir dans sa poitrine. Son premier réflexe fut de porter la main au talkie-walkie à sa ceinture. Son professionnalisme l'en retint juste à temps. Il laissa passer quelques secondes et pivota lentement sur lui-même, tout en faisant mine de regarder le paysage... Lorsqu'il fut dos à l'entrée, il prit l'appareil à sa ceinture, toujours aussi lentement, et l'approcha de sa bouche, baissant la tête, de façon que son geste parût le plus naturel possible. Coup d'œil à gauche. À droite. Les sentinelles étaient bien à leur poste, dans les miradors.

Non, bordel ! songea-t-il, *pas maintenant !*

Et il chuchota :

— Duncan. Code d'alerte rouge. Vous m'entendez, bande de feignasses ? *Code rouge !*

À cent vingt mètres de là, en surplomb du Centre, l'un des soldats en position se ramassa sur lui-même, ramenant la pointe de son arme à visée laser contre lui. Son compagnon fit de même, laissant ses binoculaires retomber sur sa poitrine, par-dessus le pare-balles, en jurant.

— Tu crois que..., demanda l'autre.

— Le reflet ! Le reflet nom de Dieu, t'étais dans l'axe !

Puis il crachota dans son casque, une main sur l'oreillette.

— Alpha six, alpha six, on est repérés ! Vous m'entendez ?

Et Judith, assise à l'arrière d'une Jeep avec le capitaine de la section, comprit elle aussi.

— *… On est repérés !*

— Assaut ! s'écria le capitaine. À toutes les positions… *ASSAUT !*

Lorsqu'à la surface retentirent les premières rafales, les scientifiques rassemblés dans leur sous-sol n'en perçurent que de vagues et lointains échos. Mais ils furent immédiatement avisés que quelque chose n'allait pas, lorsque s'allumèrent sous le plafond, l'un après l'autre, les gyrophares rouges de fortune installés en enfilade, délivrant la lumière tournoyante de leurs faisceaux par bouffées intermittentes. Park Li-Wonk releva aussitôt les yeux. Sparsons dressa la tête de manière comique. Yzamata, tout à son affaire, trembla.

— Que se passe-t-il ? demanda Elena, tandis qu'une sirène hurlante commençait de rebondir contre tous les murs de la Majeure.

Le bruit était assourdissant. Li-Wonk baissa son masque. Sparsons se pencha sur la jeune femme.

— Rien… rien, dit-il d'une voix hachée, visiblement nerveux.

— Tout va bien se passer, renchérit Ferreri.

— Mais, par pitié, ÉTEIGNEZ-MOI ÇA ! s'écria le Coréen.

On s'empressa d'aller couper la sirène ; seuls les faisceaux des gyrophares continuaient de balayer la salle. Les caméras numériques semblèrent contracter puis dilater l'œil inquisiteur de leurs diaphragmes et de leurs lentilles. La scène se démultipliait sur les moniteurs entourant l'espace central.

Park Li-Wonk se pencha vers Yzamata. Il s'essaya à un sourire peu convaincant en direction de la Porteuse, puis revint à Yzamata.

— Alors ? Alors ? demanda-t-il.

Yzamata, le front en sueur, cherchait toujours sa voie dans le tendre repli des muqueuses.

Sur les écrans, la micropipette écartait lentement les voies de la matrice, mais actionnée par le Japonais fébrile, elle tremblait.

— Je n'y suis pas ! *Je n'y suis pas !*

Il se redressa un instant et épongea le haut de son visage.

Le Coréen lui saisit soudain le bras avec une force insoupçonnée.

— Il faut recommencer ! Vous m'entendez, Yzamata ! *Il faut recommencer !*

Ses yeux vert-de-gris s'étaient agrandis derrière le carreau de ses lunettes.

— Nous ne pouvons échouer si près du but !

Des Jeep s'étaient lancées sur la piste ; le soldat sous sa guérite avait refermé les grilles en toute hâte, mais les véhicules jetés en avant dans des rugissements étaient passés à temps, profitant de la surprise et défonçant les grillages au milieu de ces hurlements métalliques. Dans les miradors, les sentinelles ajustaient les arrivants et tiraient rafale sur rafale, dessinant des étoiles de poussière dans le sol, crevant de leurs myriades de plombs les bâches des camions qui arrivaient à leur tour à l'intérieur de l'enceinte.

Postés sur les montagnes avoisinantes, les tireurs d'élite égyptiens et israéliens tentaient de couvrir le débarquement de leurs troupes surgissant des voitures et des camions militaires. Frank Duncan hurlait des ordres aux mercenaires d'Axus Mundi disséminés auprès des différents bâtiments du Centre, mais le chaos général prenait la dimension d'une autre apocalypse. Le fourmillement des affrontements fut soudain ponctué d'explosions de grenades et de bombes lacrymogènes, dont la fumée montait en volutes vers le ciel.

Installée en surplomb, Judith, les yeux écarquillés, assistait à ce spectacle hallucinant comme si elle se fût trouvée à la tribune de quelque arène antique, contemplant les mouvements aléatoires de ces figures minuscules. Les hommes couraient en tous sens, les armes crachaient le feu, les haut-parleurs hurlaient, et soudain l'une des grenades atteignit des bouteilles de propane, engendrant une nouvelle explosion, plus gigantesque encore. En contrebas, au cœur de ce diorama épouvantable, une foule de combattants fut projetée au sol à plusieurs mètres, dans toutes les directions.

Le souffle de l'explosion fut tel qu'il vint balayer le front de la jeune femme, depuis le poste d'observation où elle se trouvait avec Anselmo et les soldats dirigeant l'opération. Une grosse boule roula dans sa gorge. Lorsque les nouvelles volutes de fumée se furent dissipées, elle s'aperçut que l'un des bâtiments avait été proprement éventré, si bien que l'on pouvait plonger le regard à l'intérieur. Les mercenaires d'Axus Mundi se repliaient, les troupes d'assaut convergèrent alors en direction du bâtiment principal, fixant et dispersant définitivement les tireurs isolés. L'un des miradors était en flammes ; de la tourelle ouest, une sentinelle tomba lourdement d'une quinzaine de mètres, touchée d'une étoile en plein front par un sniper israélien.

Judith, toujours saisie de nausée, se tourna vers le capitaine, qui continuait de hurler des instructions sans perdre une miette des combats.

À l'extérieur, la situation parut se calmer momentanément. Des bruits sourds et distants semblaient maintenant venir des profondeurs de la terre, au point que l'on croyait parfois voir tressauter les fondations des bâtiments du Centre encore debout.

Ils attendirent.

Au bout de plusieurs minutes, une voix grésilla dans la radio installée auprès de Judith et des militaires demeurés en surplomb.

— *Bravo neuf ? Zone sécurisée. Je répète : zone sécurisée.*

Judith se redressa aussitôt. Elle regarda le capitaine de l'assaut resté à ses côtés et guetta son feu vert. Ils patientèrent encore, puis d'une voix sèche, il dit enfin :

— On va pouvoir y aller.

Lors du repli de ses hommes, Frank Duncan avait lui-même été touché. Il s'était traîné à l'intérieur de la *Sparsons' room*, salle métallisée pourvue d'une vitre sans tain, et équipée d'un seul poste alloué au professeur américain. Son flanc saignait abondamment. Ironie du sort, c'était à cet endroit même qu'il avait abattu Enrique Guzbert. Le responsable de la sécurité souffrait atrocement. La balle avait dû perforer son estomac. Il en aurait ri d'amertume si la douleur n'avait pas été si cinglante.

Le visage en sueur, chemise et paumes moites, il serrait en tremblant la crosse de son revolver, à demi assis contre le mur, entre le poste informatique, le bureau et le sas magnétique. Il respirait fort. Chacun de ses souffles lui infligeait le martyre. *Un jour... un jour de trop*, se disait-il, au bord de basculer dans l'inconscience. Allait-il vraiment finir sa vie ici, dans ces sous-sols rocheux du désert ? C'était absurde, tellement absurde ! Il gémit, cligna des yeux. Il entendit vaguement l'énorme ascenseur venu de la surface s'échouer dans ces profondeurs comme un squale mourant au bord d'une plage. Il perçut aussi de brèves rafales, puis des exclamations. L'ombre d'un militaire casqué et en armes passa de l'autre côté de la vitre sans tain. Il ne pouvait rester ici… Il ne pouvait attendre que s'égrènent ces minutes cruciales sans rien faire, à l'agonie !

Dans un effort surhumain, sa main ensanglantée s'appuyant sur le rebord du bureau, son dos remontant progressivement le long du mur, Frank se redressa. Axus Mundi… Guzbert avait raison. Les fous ! Les salauds ! Et lui, le plus fou de tous ! Pourquoi avait-il accepté cette mission insensée ? Pourquoi avait-il ainsi scellé son destin ? Ils avaient été submergés en quelques minutes. Incapables de faire face à un assaut de cette ampleur. D'ailleurs Duncan le savait, il l'avait toujours su : mercenaires d'élite ou pas, ces bras cassés ne pouvaient être à la hauteur.

Il parvint enfin à se remettre debout, chancela, de nouveau près de s'évanouir. Les images qui dansaient maintenant dans sa tête étaient bien curieuses : il songeait à ces films qu'il voyait durant son enfance, des westerns bien sûr, des films de pirates, mais aussi ces grandes reconstitutions historiques où de blancs chevaliers, faisant face à la mort, décidaient avec panache, dans un dernier geste, de se lancer au-devant du danger pour la gloire du sacrifice. Ou — ce qui lui correspondait mieux, trouva-t-il encore la force de se dire — à Butch Cassidy et le Kid, cernés par des centaines de tireurs aux aguets, échangeant leurs ultimes paroles avant de se précipiter vers la mort, au sortir de leur refuge.

Après tout, autant en terminer ainsi.

Les portes de l'ascenseur s'ouvrirent dans leur vacarme coutumier.

Judith et Anselmo arrivaient enfin. Ils marchèrent précipitamment ; on s'écartait devant eux dans le périmètre de la « zone sécurisée »…

Au détour du couloir, la jeune femme ne vit pas Duncan surgir du sas coulissant ; il se jeta sur elle comme une ombre, à la grande stupeur des trois militaires qui l'accompagnaient. Il tira aussitôt, ajustant sans mal ses cibles au-dessus des gilets pare-balles. Deux des soldats s'effondrèrent. Judith, bousculée, trébucha. Elle glissa longuement sur la partie métallisée du sol et alla heurter les contreforts de pierre souterrains. La douleur explosa dans son crâne. Le choc lui arracha un cri. Anselmo et le dernier militaire, un sergent, basculèrent à leur tour. Duncan, titubant, s'approcha du sergent et le fit se redresser pour le mettre en joue. Anselmo se releva rapidement. Judith, les jambes étendues, luttait pour ne pas sombrer. Les violents élancements dans sa tête ajoutaient à son air hébété. Elle chercha à reprendre ses esprits. Duncan lui tournait le dos pour faire face au danger immédiat : Anselmo.

D'autres gardes arrivaient depuis l'ascenseur.

Saisie de vertige, Judith regarda, contre sa hanche, le revolver que lui avait remis le capitaine.

Oh non, non, pas ÇA…

Tremblante, sa main avança vers l'étui de cuir à sa ceinture.

Duncan était faible, mais le militaire qu'il tenait en joue restait sonné. Anselmo n'osait faire le moindre geste. Les nouveaux soldats, qui devaient être cinq ou six, se postèrent en arc de cercle derrière lui et pointèrent leur arme en direction du responsable de la sécurité d'Axus Mundi, les uns debout, les autres posant un genou en terre.

Judith dégrafa lentement la boucle de l'étui. Puis, tout aussi lentement, et tremblant de plus belle, la main dégoulinante de sueur, elle saisit la crosse glissante et dégaina l'arme, centimètre après centimètre.

Non non je n'y arriverai jamais jamais !

— L… Laissez-moi passer, bafouillait Duncan. Laissez-moi ou je… je…

Il craignait à tout moment que ses dernières forces ne l'abandonnent. Une fois encore, il fut traversé par cette fameuse intuition, ce signal rouge, ce code d'alerte qui résonnait dans sa tête chaque fois que le danger se présentait. Il se rappela qu'il avait commis une erreur des plus élémentaires — ne pas couvrir ses arrières. Il jeta un coup d'œil derrière lui, l'espace d'une fraction de seconde, et celle-ci sembla durer une éternité.

Il vit une jeune femme à demi allongée dans l'ombre.

Il pivota, continuant de s'abriter derrière l'homme qu'il tenait en joue.

Judith vit alors le canon du revolver de Frank pointé dans sa direction.

Elle avait ôté du doigt le cran de sécurité de son arme. Elle tendit les bras droit devant elle… et tira.

Incapable de viser plus haut, elle le toucha au niveau des genoux.

Il lui sembla mourir. L'éclair au bout de son poing. La violence de la décharge. Les vibrations remontant de ses avant-bras, jusqu'aux coudes, puis aux épaules. Le recul. L'odeur de poudre. L'arme de feu. La violence qu'elle avait toujours exécrée. Elle ferma les yeux, détournant la tête. Une gerbe de sang jaillit de la jambe droite de Duncan, lui arrachant un hurlement. Il lâcha le militaire derrière lequel il se protégeait. Aussitôt, les faisceaux des visées laser dessinèrent sur son corps une myriade de petits points rouges, une véritable constellation, dont il eut à peine le temps de s'étonner. Ses grands yeux s'ouvrirent soudain sur le néant. Les soldats tirèrent tous en même temps, en rafale courte. Ce fut un carnage. Une dernière lueur passa dans ses yeux, du sang coula de sa bouche. Agité de spasmes durant toute la durée des impacts, il s'effondra enfin. Sa dernière pensée fut qu'après tout il l'avait eue sa belle mort, et qu'au fond il ne méritait pas mieux.

Le bras de Judith était retombé. Elle lâcha l'arme avec écœurement, réalisant à peine ce qui s'était passé en quelques secondes, les membres saisis de convulsion. Sa tête tournoyait encore lorsqu'elle sentit sur son front la main consolatrice d'Anselmo, qui s'était précipité vers elle.

— Judith ! Ça va ?

Elle était échevelée et en larmes. Elle releva vers lui des yeux égarés, cherchant à répondre quelque chose. Ses lèvres tremblèrent.

Elle ne put proférer le moindre son. Dans sa conscience venaient de surgir des mots invraisemblables, douloureux, terribles, qu'elle n'aurait jamais pensé devoir affronter.

— *TOI AUSSI, maintenant, tu es souillée.*

Bouleversée, Judith arriva enfin dans la Majeure, suivie par Anselmo et les militaires de la section d'assaut. Elle s'avança vers le milieu de la salle — et elle n'en revint pas.

Elle leva les yeux vers les voûtes de pierre de ce nouveau sanctuaire et, découvrant la formidable sophistication des lieux, que l'aspect extérieur du complexe était loin de laisser présager, Judith en resta totalement éberluée.

Au centre se trouvait le lit, sous l'œil des caméras. Les soldats se disséminaient tout autour d'elle. Ils répertoriaient le matériel, ôtaient les disques durs, examinaient chaque pouce de terrain. Des ingénieurs et des informaticiens des services secrets s'asseyaient devant les ordinateurs pour récupérer les informations qu'ils contenaient.

Auprès du lit, en arc de cercle, se trouvaient les Prs Park Li-Wonk, Yzamata, Ferreri et Sparsons, en blouse blanche, tenus en respect par des militaires.

Et au cœur de ce saint des saints… Judith vit la Porteuse.

Elena était toujours couchée, tremblante, suante.

Judith s'approcha. Les deux femmes se regardèrent.

Les prunelles d'Elena vibraient de terreur, les hurlements étaient morts sur ses lèvres.

Qu'avez-vous fait ? Mais qu'avez-vous FAIT ? voulut lui dire Judith. Mais elle resta muette.

Non loin, elle reconnut immédiatement la Lance du Destin, dans son caisson transparent. Elle était là, le fer désormais étincelant entouré de ses barbes mobiles, une goutte de lumière sur sa pointe, fixée au bout de son manche noir.

La Lance de la Toute-Puissance…

Les yeux de Judith descendirent en direction du ventre d'Elena, de ses jambes, puis revinrent à son visage.

Elle comprit qu'à l'intérieur de ce ventre, la vie avait éclos.

Quelques minutes plus tard, elle décrochait son téléphone portable.

— Dino ? C'est Judith, dit-elle d'une voix blanche et sèche.

Il y eut un long silence. Elle clignait des yeux, hébétée, au bord de l'évanouissement.

— C'est trop tard. Ils l'ont fait.

Qui contrôle l'embryon contrôle le monde.

TROISIÈME PARTIE
Et le désert refleurira

8

Saint-Jean-d'Acre, 1291
Commanderie templière
de Saint-Clair-sur-Epte, 1307

Nous étions à Akko, MCCXCI était cet an, et parce qu'alors se jouait le sort des royaumes d'Orient, moi, Bertrand de Raguenaud, chevalier de l'ordre des Templiers et de la commanderie de Saint-Clair, je fis graver ces chiffres sur mon bouclier, MCCXCI. Et en ce jour de mai où le sultan était à nos portes, en main j'eus la Lance du Christ. Oui, en ces jours sombres, je détenais la Lance de la Destinée.

Souvenirs du croisé Raguenaud,
Manuscrit dit d'Akko, 1307.

Lorsque Malek al-Ashraf sortit de sa tente, un soleil rougeoyant pointait à l'horizon. Le teint buriné, le front altier, le sultan porta la main à sa barbe en observant les remparts de Saint-Jean-d'Acre. Akko, la Cité blanche. La perle des croisés de Palestine. Le dernier point d'ancrage de la chrétienté en Orient, face à la Méditerranée. Malek avait revêtu casque et armure. Un cimeterre pendait à son flanc. Les pans de sa cape dansaient dans la brise matinale, qui s'effacerait bientôt pour laisser place à la chaleur et à la poussière du désert. Son regard s'attarda sur les murailles, irisées par les rayons du levant. Il semblait caresser la ville des yeux, comme un trésor longtemps convoité. Il murmura quelque chose entre ses dents, tandis que l'on étendait devant lui son tapis de prière. Son cœur était gonflé de colère. L'étincelle couvait sous la cendre. Ce serait un grand jour. Le sultan avait fait dresser sa tente, une fastueuse tente vermeille, au centre de son campement, sur une butte située tout près d'une ancienne tour en ruine. Il s'agenouilla. Des chants retentirent de toutes parts. Ses hommes l'imitèrent, se prosternant à leur tour.

Cent cinquante mille fantassins et quatre-vingt mille cavaliers se tenaient avec lui sous les remparts de Saint-Jean-d'Acre. Une marée humaine s'agenouillait à présent dans le désert. Quelques jours plus tôt, l'armée avait levé ses camps de toile à une telle vitesse qu'ils semblaient surgir de terre, par l'effet de quelque secrète magie. Les forces du sultan avaient déjà ravagé les jardins et vignobles des Templiers au-delà des murs. Elles encerclaient désormais la ville du nord au sud, à l'exception du port. Les sourcils froncés, penché vers le sol, Malek al-Ashraf rendait grâces à Allah. Jusqu'à l'horizon, en lignes successives, des milliers d'hommes s'inclinaient en même temps que lui.

La royauté, en ce jour-là, appartiendra à Dieu
Et il jugera les hommes.
Ceux qui auront cru
Et qui auront accompli des œuvres bonnes
Seront dans les Jardins du Délice.
Quant à ceux qui auront été incrédules

Et qui auront traité nos Signes de mensonges :
Voilà ceux qui subiront un châtiment ignominieux.

Puis le sultan se releva, le regard brûlant, sans quitter des yeux ces remparts qui le narguaient. Il prit une profonde inspiration. Dans un cliquetis de métal, ses mains gantées s'élevèrent de part et d'autre de son corps. Il s'étirait comme un dormeur au réveil. Une bourrasque inattendue s'engouffra dans sa cape. Le sultan cracha et porta une main à sa nuque endolorie. Il demeura ainsi encore quelques minutes, dressé de toute sa stature sur ce promontoire, auprès de la tour dévastée. Il goûta le silence, ce profond silence qui précédait la tempête.

Le jour du jugement était venu.

C'était le 18 mai 1291.

— Voici, messire.

Bertrand de Raguenaud avait revêtu sa cotte d'armes blanche, frappée d'une croix rouge sur le torse. Trois bourses pendaient à sa ceinture, ainsi que la Pourfendeuse, comme il l'appelait — sa lourde épée à pommeau d'argent, conçue dans les forges de Saint-Clair. Son haubert de mailles treslies, assemblées en quinconce, luisait sous l'effet des rayons de soleil qui traversaient les meurtrières. Bertrand se trouvait dans l'une des tours de la forteresse, près d'un chemin de ronde donnant sur les remparts, et d'un poste de garde aux créneaux dentelés. Au sommet de la tour, des drapeaux claquaient.

Un instant plus tôt, il avait regardé les forces ennemies rassemblées en contrebas. Il avait vu ces hommes, ces milliers d'hommes qui les cernaient, priant dans l'aurore nouvelle. Leurs tentes et leurs tapis mouchetaient le désert à l'infini. Des centaines de chevaux et de chameaux les entouraient. De l'autre côté, c'était la mer, l'immensité aux crêtes blanches. Le salut, peut-être. Pour Bertrand aussi, le moment décisif était venu. Mais il savait qu'il ne fuirait pas. Au contraire. Il se jetterait au-devant de l'ennemi. Pour livrer sa dernière bataille… et sauver les rouleaux de parchemins que, ce matin même, il avait lacés contre lui, dans un étui de cuir.

Il se coiffa de son mortier. Étienne, son écuyer, lui tendit le heaume. Non loin de lui, deux moines priaient également, les yeux fermés. Les mains jointes, ils chantaient des cantiques. Bertrand regarda fixement devant lui. Il prit une inspiration, puis enfila son casque. Son visage disparut derrière le masque de fer aux motifs cloutés. Seuls ses yeux étaient encore visibles derrière les fentes du heaume. Il se préparait pour sa dernière sortie, sa dernière chevauchée.

— Voici, messire.

Il tendit le bras. Étienne fit passer la courroie de soutien de l'écu autour de son épaule. Puis ce fut au tour de l'écu lui-même, ce bouclier sur lequel, la veille, il avait fait graver la mention : *Akko, MCCXCI.* En souvenir de ces quinze années passées dans les Royaumes d'Orient. En hommage, surtout, à ces jours de vérité, qui seraient peut-être les derniers de sa vie. Dans quelques instants, il descendrait les escaliers tournoyants, gagnerait le parvis où l'attendait son destrier, le fier Bellérophon. Mais il manquait encore quelque chose à son équipement.

Quelque chose…

Bertrand redressa la tête, se remémorant les événements singuliers qui s'étaient produits depuis l'arrivée des moines du désert.

Quelques semaines plus tôt, sur l'ordre de Guillaume de Beaujeu, le maître du Temple, il avait accueilli un groupe de moines issus d'un monastère du Sinaï. Ceux-ci s'étaient empressés de porter à sa connaissance de mystérieux parchemins, qu'ils disaient avoir retrouvés parmi les mille richesses peuplant leurs coffres souterrains. S'attachant à décrypter le sens des rouleaux, ils avaient découvert l'existence d'une folle chapelle… Une chapelle qu'ils s'étaient mis à chercher à la hâte, envoyant leurs émissaires à des lieues et des lieues de là, en direction de la Palestine. Ils étaient convaincus que la lance qu'ils y avaient trouvée, après maints errements, n'était autre que la sainte Lance — l'authentique Lance du Christ, ou plutôt, du légionnaire romain qui, au soir de la Crucifixion, avait percé le flanc du Sauveur ! Pour étayer leurs dires, ils arguaient que les parchemins avaient d'abord été conservés au Temple de Jérusalem, puis confiés aux derniers esséniens, avant que certains d'entre eux, venus au Sinaï, ne s'y établissent et ne contribuent à la fondation de leur propre communauté. Ils avaient montré à Bertrand, ainsi qu'à Guillaume, les minuscules écritures qui figuraient sur les rouleaux, en grec, en hébreu et en araméen… À la fois fascinés et épouvantés par cette découverte, et parce que la chrétienté était menacée en Orient, ils avaient apporté à Akko — la dernière place à résister encore — lance et parchemins. Ils étaient arrivés en grand équipage, les sandales maculées de poussière, après avoir affronté de multiples périls. Aujourd'hui, la plupart des membres de leur groupe étaient morts, mais c'étaient bien deux de ses représentants qui, en ce jour, au côté de Bertrand, priaient au sommet de la tour. Sans doute espéraient-ils un miracle, un signe du ciel par lequel Dieu montrerait son pouvoir ; sans doute espéraient-ils que, fidèle à sa légende, la Lance toute-puissante pourrait retourner le cours de l'Histoire.

Dans sa sortie finale et désespérée, Bertrand n'utiliserait pas la Pourfendeuse.

— Apportez-la-moi, dit-il.

Il tenterait de glaner les signes du ciel — ou de sauver la relique de la destruction qui menaçait la Cité blanche. Derrière le heaume, son visage se fit dur.

— Donnez-moi la Lance.

Malek al-Ashraf murmurait, les yeux rivés sur les murailles. Le quartier des Templiers se trouvait près du port. De l'endroit même où il se trouvait, le sultan apercevait les hautes tours de leur forteresse, dressées dans la lumière du matin, dominée par ses magnifiques lions dorés. La ville restait maîtresse de l'ouverture sur la mer. Côté terre, elle pouvait compter sur une double ceinture de remparts, renforcés de nouvelles tours plus robustes les unes que les autres. Pisans, Vénitiens et Génois abondaient dans la Vieille Ville, protégés par les différents ordres implantés en Terre sainte : les Templiers en effet, mais aussi les ordres de chevalerie des Hospitaliers et des Teutoniques. Au nord se trouvait le faubourg de Montmusart ; le point faible des défenses ennemies.

À l'arrivée du sultan, la ville ne comptait que quinze mille soldats, dont sept à huit cents chevaliers. C'était peu face aux deux cent trente mille musulmans qui campaient autour d'elle. Leur arsenal avait aussi l'avantage. Leurs machines de guerre les avaient suivis comme la tempête. Parmi elles, quatre catapultes géantes, capables de propulser d'énormes blocs de pierre, auxquelles s'ajoutaient les mangonneaux, plus légers et plus maniables.

Ce matin, un seul signe de Malek al-Ashraf suffirait pour que ces redoutables engins s'animent de nouveau. Ils pilonnaient la cité depuis déjà plusieurs semaines. Des pluies de projectiles s'abattaient inlassablement sur Akko la blanche, tandis que des armées de mineurs se dispersaient chaque jour le long des remparts pour en attaquer les fondations. L'enjeu était de taille. Le temps où les chevaliers du Temple dominaient la Terre sainte était révolu. Les anciens bastions des États latins d'Orient avaient été démembrés un à un par les Sarrasins. Port-Bonnet, Roche-Roussel et Trapezac... Tortose et Tripoli autour d'Antioche... Saphet, Le Chastelet, et tant d'autres encore ! Depuis la défaite de Hattin, les croisés n'avaient cessé de reculer. Un siècle plus tôt, Saladin était parvenu à unifier tous les musulmans sous son autorité, avant d'entamer une glorieuse reconquête. Acre, Jaffa, Beyrouth, Ascalon et enfin, Jérusalem étaient tombées. Les Francs s'étaient pourtant maintenus en Terre sainte durant un siècle, dans un royaume latin réduit à une frange côtière — dont Acre, reprise en 1191, était devenue la nouvelle capitale. 1191 : cent ans exactement avant que le sultan Malek al-Ashraf ne plante à nouveau ses tentes devant les remparts de la ville, afin d'en finir une fois pour toutes avec la présence chrétienne en Orient.

La veille, une partie de la Tour neuve, l'un des verrous stratégiques de la ville, avait été détruite. Il ne restait au sultan qu'à pousser définitivement son avantage.

Je les tiens, se dit-il encore.

Il sourit. Lui aussi avait été patient, et avait mis son génie militaire au service de la dernière bataille, en attendant de porter le coup final — au souvenir de Saladin. Le temps était venu de parachever l'œuvre de son illustre prédécesseur.

Autour du sultan, tous priaient encore.
Al fatiha, la première sourate.

Au nom de Dieu :
Celui qui fait miséricorde,
Le Miséricordieux.
Louange à Dieu,
Seigneur des mondes :
Celui qui fait miséricorde,
Le Miséricordieux,
Le roi du Jour du Jugement.

Enfin, Malek al-Ashraf étendit les bras. D'une voix forte, il lança :

— *Levez-vous !*

Alors, de l'orient au couchant, entre les tentes et les contreforts rocheux dominant la mer, deux cent trente mille hommes se levèrent et déployèrent leurs drapeaux. Du côté franc retentissaient les trompettes, qui dansaient dans le soleil. Au cœur de l'enceinte d'Akko, l'infini mugissement de ce tumulte fit trembler jusqu'aux plus nobles âmes.

⁂

Au-delà des remparts, dans les rues tortueuses joignant le port à la forteresse des Templiers, un enfant courait.

Derrière lui, des volutes de fumées noires s'échappaient des tours. Le feu avait pris ici et là. Les myriades de flèches s'abattaient comme volées de moustiques sur la ville, jusqu'à voiler le soleil, sifflant et bourdonnant comme jadis les sauterelles de la plaie biblique. La cité était saisie de panique. L'enfant courait, et la marée de l'islam attaquait le maître de l'Hôpital, Jean de Villiers, qui continuait de défendre la porte Saint-Antoine. Guillaume de Beaujeu était là-bas lui aussi, le front noirci et ensanglanté ; il faisait tourner son cheval en donnant des ordres à une douzaine de chevaliers templiers, qui se serraient avec lui autour du gonfalon bauceant. Dans le port, la population s'enfuyait, montant dans les derniers bateaux que l'on gréait en toute hâte. Un à un, les navires sortaient pour gagner la mer, tandis que les feux grégeois sillonnaient le ciel en autant de bombes enflammées, composant un spectacle aussi grandiose qu'effrayant. Essoufflé, l'enfant s'engouffra dans les escaliers de la forteresse. Parvenu au sommet de la tour, il s'agenouilla devant Bertrand qui se tenait assis non loin, en méditation. Il avait prié pendant un long moment avec les moines. Le voyant entrer, il se redressa. Entre deux inspirations, l'enfant s'écria :

— C'est Guillaume de Beaujeu qui m'envoie ! Les Sarrasins vont rentrer dans la ville. Nous ne tiendrons plus longtemps !

— Et toi, petit… tu n'es pas parti ? s'exclama Bertrand.

Le chevalier s'avança vers le garçon et posa une main gantée sur son épaule.

— … Regagne le port, et file dans l'un des bateaux pendant qu'il en est encore temps.

— Mais… Et vous, messire ? Et les chevaliers ?

Bertrand allait répondre lorsqu'un moine qui venait de gravir les marches du même escalier, se présenta devant eux à bout de souffle.

— Guillaume est touché ! Une flèche l'a atteint sous le bras !

— Par tous les saints, murmura Bertrand, les dents serrées.

— … Il a tenté de s'extraire de la bataille, et les troupes ne savent plus si elles doivent ou non se replier ! *Mais je ne m'enfuis pas !* a hurlé Guillaume. *Je ne m'enfuis pas, je suis mort !* Il est mortellement touché en effet… La blessure est très grave ! On le porte ici en ce moment même, dans la forteresse du Temple !

Tous trois se regardèrent. Il y eut un long silence.

Puis Bertrand fit signe au jeune garçon.

— Va, dit-il.

Le gamin le regarda une dernière fois, puis tourna les talons.

— Votre cheval est prêt, dit le moine. Et… la Lance aussi. Guillaume vous la confie.

Bertrand, en armure, marcha en direction de l'escalier.

— Bien… Alors il est temps. Étienne ! Avec moi.

Il fut bientôt sur le parvis. Bellérophon était là, harnaché et caparaçonné. Au-dessus d'eux, le drapeau du Temple claquait. Non loin, des soldats ensanglantés transportaient le corps de Guillaume, qui n'était pas tout à fait mort, sur une civière. Bertrand se trouvait déjà sur sa monture. Il tendit un bras pendant qu'Étienne s'approchait de lui avec respect.

Il tenait en main la Lance de la Destinée.

La paume gantée du chevalier se referma sur le manche.

— Guillaume ! s'écria-t-il à l'adresse de son compagnon d'armes agonisant.

Il regarda la Lance dressée dans le soleil. Sa pointe étincelait.

— Pour toi, Guillaume !

Il l'ajusta sous son aisselle.

— *Ouvrez les portes !*

Le cheval tourna sur lui-même dans un hennissement, se cabra, puis le bruit de ses sabots touchant le sol résonna sur le parvis. Bertrand le frappa aux flancs au cri de : *Saint-Clair !*

Et la cavalcade commença.

Les moines regardèrent disparaître le croisé.

Longtemps, cette image devait rester dans les esprits des survivants d'Akko ; au point qu'un jour les moines en firent des gravures et des enluminures, qu'ils mêlèrent à l'un de leurs codex, dans le secret et le silence de leur monastère du désert. Car le Chevalier à la Lance avait franchi les portes de la forteresse — et sa cavalcade ne s'arrêta plus.

Il traversa les rues de la ville, la Lance au poing, tandis que la foule courait parmi les ruelles, harcelée par les Sarrasins qui se répandaient maintenant de tous côtés. Ils se déversaient dans la ville sans discontinuer ; autour de Bertrand, dix mille personnes se précipitaient en direction du Temple, que le maréchal Pierre de Sévry protégeait encore. Dans le port, une violente tempête se levait, gênant la sortie des derniers navires.

Et Bertrand de Raguenaud chevauchait ! Il filait comme une flèche, vers les portes de la ville. Il ne s'y arrêta pas ; au contraire, lorsque devant lui s'ouvrit le paysage de dunes et de rocs, immense, il dégagea la Lance de son aisselle, d'un geste de l'épaule, et fit face à la myriade multicolore des tentes ennemies. Les archers en poste sur les murailles d'Akko crurent à une hallucination, provoquée peut-être par la chaleur du désert, ou la fureur des combats. À présent, le chevalier dressait la pointe de la Lance vers les cieux, qui parurent s'embraser. Par un mystérieux sortilège, les armées s'écartaient devant lui ! Il chargeait, mais sans pouvoir toucher personne, comme si la Lance se bornait à lui faire place, créant le vide sur son passage. Bertrand lui-même ne pouvait comprendre ce prodige. Des milliers d'hommes s'agenouillaient, se voilant soudain le visage, se couvrant la tête à cette vision fantastique.

Un instant, la Lance de la Destinée sembla illuminée d'un éclat singulier, dardant ses rayons de feu d'un bout à l'autre de l'univers. Oh, cela ne dura que le temps d'un éclair, le temps d'un songe — mais le chevalier qui, quelques minutes plus tôt, était résolu à combattre ou mourir, ne rencontra pas un obstacle sur son chemin. Son cheval continuait de fendre les lignes adverses, au milieu des tentes, dispersant chameaux et montures ennemies, faisant s'envoler les tapis, tomber les cargaisons de vivres et d'épices ! Ainsi armé de la Lance de la Toute-Puissance, Bertrand aurait-il pu, à lui seul, retourner le cours de cette ultime bataille ? Telle ne semblait pas être la volonté de Dieu. Guidant le chevalier de sa volonté supérieure, la Lance continuait de lui frayer un chemin au milieu de cet océan de combattants ennemis. Si bien que Bertrand se retrouva soudain devant la tente du sultan — à l'endroit même où Malek al-Ashraf et ses principaux chefs de guerre dirigeaient les opérations.

Le cheval Bellérophon consentit alors à s'arrêter et se cabra.

Le sultan avait assisté à l'événement.

Les mains sur les hanches, un turban couleur de feu autour du crâne, les yeux brillants au milieu de son visage brun, il regarda Raguenaud… puis il contempla la Lance.

Les deux hommes se toisèrent.

— Faudra-t-il qu'éternellement nous combattions ? s'écria le templier.

Malek ne répondit pas.

— *Le faudra-t-il ?* hurla-t-il encore.

Il y eut un silence extraordinaire, puis le sultan répliqua :

— Faudra-t-il que tu montres toujours tant d'arrogance, devant Dieu et tous les prophètes ?

Les deux hommes se regardèrent encore, puis Bellérophon hennit. Bertrand donna du talon, et le cheval reprit sa course. Il galopa jusqu'au bout de l'horizon, sans même que le croisé, épouvanté, ne puisse l'arrêter…

Jusqu'à ce que le cavalier, sa monture, et la Lance fussent en sécurité.

Ainsi dit la légende, que rapportèrent les moines du Sinaï, et qui inspira leurs enluminures. Bertrand de Raguenaud fut sauvé de Saint-Jean-d'Acre, sans comprendre lui-même la raison de son salut. Il ne mesura que plus tard toute l'étendue de ce miracle — car, en vérité, c'en était un. Il sut que la Lance avait le pouvoir de renverser les armées, et de changer le cours du monde des hommes. Il sut aussi qu'en ce jour elle n'avait pas voulu faire couler plus de sang. Avant de revenir en son pays, Bertrand fut sans cesse animé de sentiments contradictoires, comme Longinus en son temps. Au cours d'une patiente retraite, il se plongea dans les Écritures. Il apprit que la forteresse du Temple avait tenu dix jours encore. Dix jours, après son départ ! Puis Pierre de Sévry alla négocier la reddition des siens, avec quelques-uns de ses meilleurs chevaliers, auprès du sultan. Celui-ci en profita pour les faire prisonniers et les décapiter. Bertrand, lui, s'interrogea longtemps sur la violence des hommes et la raison de leurs luttes jamais achevées. Il chercha à comprendre le plan divin concernant les Lieux saints et le Tombeau du Christ, mais aussi le sens de sa propre destinée. Il finit par se décider à agir… de la même façon que son lointain prédécesseur.

Il n'était pas bon que le pouvoir de la Lance demeurât entre les mains des hommes. Tel le feu prométhéen, son usage ne pouvait en revenir qu'à Dieu, et à Dieu seul. Bertrand décida de déposer de nouveau la relique dans cette chapelle de Terre sainte, où les moines du Sinaï l'avaient trouvée. Sa mission achevée, il fit murer la chapelle. Les ouvriers qui édifièrent ce mur y laissèrent leurs marques et leurs signes lapidaires, comme autant d'avertissements gravés dans la pierre, écrivant à leur tour une parcelle du Livre de Dieu et de l'épopée de la Lance.

Enfin, exténué, le croisé rentra chez lui.

Il ne conserva que les parchemins — ces parchemins confiés par les moines à Akko et qu'avant la bataille ultime il avait lacés sous son armure, dans un étui de cuir, contre son cœur.

⁂

En ce mois de novembre 1307, un froid soleil baignait les alentours de la commanderie franque de Saint-Clair-sur-Epte. Il irisait de perles de lumière les ailes des canards quittant en vols serrés les étangs voisins. Le givre pétrifiait encore les buissons et les herbes des champs. Une brise glacée passait dans le feuillage des arbres, dont le murmure automnal paraissait s'adresser à la nature en une chuchotante prière matinale. Les sentiers déserts allaient çà et là se perdre dans les bois, parfois voilés de l'ombre d'un faon apeuré, ou de l'échine d'un sanglier. Les chevaux hennissaient dans les écuries, en réponse aux coups de clairon tonitruants des coqs depuis les fermes environnantes.

Dans le petit donjon de la commanderie, Bertrand de Raguenaud, seul et fatigué, arborait encore sa croix rouge, en signe ultime de fidélité à son ordre, et de rébellion face au chaos de son temps. Depuis le retour de Terre sainte, bien des événements s'étaient produits. Les templiers étaient à l'agonie. Au seuil du crépuscule de l'ordre, Bertrand avait pris la plume pour achever le récit de ses souvenirs. Ainsi, de toute sa vie balayée par les combats et le vent du désert, il resterait quelques poussières, quelques bribes des grands moments qu'il avait connus ; un peu de lui, en somme. Même si, aujourd'hui, c'était avec une amertume et un chagrin profonds qu'il constatait la déchéance de cette chevalerie à laquelle il avait voué sa vie.

Non loin, sa girouette dansant sous le vent, un clocher sonnait.

> Grande est ma tristesse, oui, car l'Ordre aujourd'hui a été décapité, par l'injustice d'un roi qui a craint pour son pouvoir, alors que nous étions ses plus fidèles vassaux, et les serviteurs du Christ en Orient…

Bertrand ferma les yeux et suspendit sa plume. Il se sentait si las. Ses lèvres tremblèrent au-dessous de sa barbe cendrée. Tant d'images… Tant de souvenirs se disputaient dans son esprit ! Aujourd'hui, les templiers étaient chassés comme des sorcières. Ils disparaîtraient, jusqu'au dernier.

Une chose tout à fait inhumaine a retenti à nos oreilles… Les frères de la milice du Temple, cachant le loup sous l'apparence de l'agneau, crucifient de nos jours à nouveau Notre-Seigneur Jésus-Christ et l'accablent d'injures plus graves que celles qu'il souffrit sur la croix... Tels avaient été les mots de Philippe le Bel, au moment d'ordonner l'arrestation des templiers de tous les baillages. Les chevaliers en étaient restés abasourdis : ce ne pouvait être qu'une erreur ! Une terrible méprise ! On les accusait d'adorer des idoles. De se livrer à des rites sexuels hideux. De renier secrètement le Christ. De cracher sur la croix lors de l'initiation de leurs membres... Eux ! Les héros de l'Orient, eux qui n'avaient cessé de défendre l'Église et la Couronne !

En ce vendredi d'octobre 1307, Guillaume de Nogaret, chancelier du roi, avait organisé une grande rafle dans tout le royaume. La surprise était telle que, de Provins à Nantes, de Quercy en Champagne, commandeurs et chevaliers s'étaient rendus sans heurts, persuadés que le malentendu serait vite dissipé... mais ils avaient été manipulés. Depuis longtemps, les conseillers de Philippe le Bel se méfiaient de la puissance qu'ils avaient conquise jusqu'en Terre sainte. Le pouvoir d'un État dans l'État... Leur prestige était devenu trop grand. Aussi Philippe le Bel et son entourage avaient-ils patiemment réuni de faux témoignages et d'invraisemblables « preuves à charge », pour les accabler de tous les maux.

Que tout cela ne fût qu'un tissu de mensonges et de calomnies importait peu. Le succès de la conspiration de Nogaret était allé au-delà des espérances du pouvoir. Jacques de Molay, le maître du Temple, vieillard brisé et vaincu, avait été si savamment torturé qu'il était prêt à tout avouer lors de son passage devant les inquisiteurs, puis l'Université de Paris. Mais le message n'avait pas échappé au pape Clément V : au-delà de l'ordre lui-même, c'était sa propre autorité qui était visée.

Bertrand hocha la tête et ne put retenir une quinte de toux. Ses épaules tressautèrent.

Inquiet de l'atmosphère chaotique de Rome, Clément V, ancien archevêque de Bordeaux, avait pour projet, disait-on, de rentrer en France et de s'installer en Avignon. Mais, pour ôter à Philippe le Bel le jugement des templiers, il avait décidé de reprendre le procès à son compte. Deux jours avant que Bertrand n'achève l'écriture de ses *Mémoires*, le 22 novembre, le pape, résolu à interroger en personne les principaux dignitaires de l'ordre, avait demandé à tous les souverains de la chrétienté d'arrêter les templiers de leurs États. Ce qui, en réalité, pouvait aussi apparaître comme un moyen de les protéger. Les chevaliers ne s'y étaient pas trompés. Jacques de Molay venait de rétracter ses aveux. Bientôt, tous se lèveraient pour défendre l'honneur de l'ordre — s'il pouvait encore être sauvé ! De nombreux templiers pensaient partir à Rome de leur propre chef dans l'espoir de plaider leur cause, et de se soustraire aux foudres de Philippe le Bel. Bertrand lui-même, qui jusque-là avait échappé à la conspiration royale, partirait dès le lendemain en direction de la Ville éternelle.

Pour son dernier voyage…

Lentement, il relut ce qu'il venait d'écrire.

> Qu'avons-nous fait ? Qu'avons-nous fait là-bas et pourquoi ?… Aujourd'hui, je me demande ce que nous avons gagné à tout ce sang versé. Aujourd'hui, où le Roi même nous renie, nous chasse et nous torture ! Mais, jusqu'à mon dernier souffle, je me souviendrai qu'ils m'appelèrent le Chevalier des Anges,

ou le Chevalier à la Lance, et qu'ils me représentaient ainsi, des ailes sur les épaules…

Nous étions à Akko, MCCXCI était cet an, et parce que alors se jouait le sort des Royaumes d'Orient, moi, Bertrand de Raguenaud, chevalier de l'ordre des Templiers et de la commanderie de Saint-Clair, je fis graver ces chiffres sur mon bouclier, MCCXCI. Et en ce jour de mai où le sultan était à nos portes, en main j'eus la Lance du Christ. Oui, en ces jours sombres, je détenais la Lance de la Destinée.

Je suis maintenant vieux, fatigué et malade. Une douce folie, dit-on, s'est insinuée en moi. J'oublie le cours de mes instants, je ne sais plus ce que le jour dernier m'a apporté. Des pans entiers de ma mémoire me fuient… J'ai l'air bien sot, moi le chevalier de Terre sainte ! C'est pourquoi il était bon que je finisse mon récit. Avant que ne m'emportent les dernières tourmentes. Avec de la chance, je gagnerai Rome à temps.

Les années ont blanchi mes cheveux prématurément. Mais quand vient la fin, la mienne et celle de cette odyssée, et que je me demande de quelle façon conclure mes souvenirs, une seule idée me vient. Il me faut seulement dire ceci.

J'ai rencontré le pouvoir suprême, le pouvoir d'être Dieu, le temps d'un battement de cil.

Et j'ai vu que ce pouvoir n'était pas pour moi, ni pour aucun homme.

Car seul l'amour est le vrai pouvoir.

Bertrand reposa sa plume d'oie et regarda longuement par la fenêtre.

Il quitterait la commanderie à l'aube.

⁂

Son périple dura deux ans encore. Deux ans où le destin final des templiers demeura incertain.

Le pape s'installa en Avignon. Bertrand, lui, était gagné par sa folie mystérieuse. Il perdait la tête. D'auberge en auberge, de village en village, l'ancien chevalier du désert continua sa lente avancée vers Rome, sans savoir que le souverain pontife ne s'y trouvait déjà plus. Il était tantôt inconscient de tout, tantôt traversé d'éclairs de lucidité, qui le laissaient suant, tremblant et plein d'effarement. Étienne, son écuyer, avait trouvé la mort à Akko. Tous ses amis étaient décédés, les femmes qu'il avait aimées autrefois n'étaient déjà plus que de lointains souvenirs.

Il s'égara mille fois, oubliant jusqu'à son but. On sut bientôt que ce chevalier dépenaillé, à l'air hagard, à l'écu brisé, était fou. Sa réputation le précédait. Certains ne voyaient en lui qu'un fantôme touché par la démence, qui parlait avec des accents prophétiques de la sainte Lance et du pouvoir des hommes. D'autres se moquaient de lui. Il racontait à qui voulait l'entendre qu'un jour reviendrait le Messie, mais qu'aussi le loup pourrait survenir déguisé en agneau, et toutes sortes de choses mystérieuses. On le voyait parfois donner faiblement de l'épée, sa Pourfendeuse, contre des ombres mouvantes. Il était fou, mais on le laissait aller et venir.

Il arriva un jour à Rome comme un automate, hébété. Il se présenta tel un spectre, le trot de sa monture retentissant sur le pavé. Et par un curieux tour du destin, il mourut au moment même où il arrivait devant la basilique, alors qu'il s'apprêtait à descendre de son cheval pour rencontrer un pape absent. On s'émut de l'étrangeté et des circonstances de cette mort. Le Saint-Père lui-même, qui avait entendu parler du Chevalier à la Lance, fut secrètement touché par les détails qu'on lui rapporta, et par la vie de cet homme, qui n'avait cessé de servir fidèlement le Christ dans les Royaumes d'Orient et n'y avait trouvé que sang et déraison. Mais il ne mesura pas que, sous son armure ternie et rouillée, Bertrand avait conservé les parchemins d'Akko, et l'authentique testament de Longinus, qui révélait l'endroit exact de la chapelle de Meggido.

Face à la singularité de cette mort inattendue, le Saint-Père consentit, faveur insigne et geste poétique, à ce que le croisé fût enterré dans l'ancienne nécropole, près de la dernière demeure des grands de l'Église, à quelques mètres de cet endroit où il avait expiré. On laissa au mort ses attributs de chevalerie. On le coucha ainsi, avec sa croix pectorale rouge, le heaume, le mortier et le haubert, l'écu frappé du nom d'Akko, son épée — et, surtout, les rouleaux de parchemins, dont personne n'avait mesuré l'importance, ni compris la signification.

Bertrand ne sut jamais rien des tortures ultérieures infligées aux siens, ni de l'issue tragique du procès du Temple et de la mort de Jacques de Molay. L'ordre fut aboli en 1311. Bientôt, des templiers, il n'en resta plus un seul. Mais ils s'étaient bien défendus.

Les rouleaux de parchemins restèrent ainsi au secret, dans les profondeurs de la nécropole romaine, auprès de la dépouille du templier Raguenaud — jusqu'à ce qu'un certain Ludwig Kaas, archéologue commandité par le Vatican, découvre à son tour leur existence, au cœur même du mausolée.

Les parchemins d'Akko !

… Et sept siècles s'étaient écoulés.

9

Résidence pontificale de Castel Gandolfo, 2006

En vérité, en vérité, je te le dis, à moins de naître d'eau et d'esprit, nul ne peut entrer au Royaume de Dieu. Ce qui est né de la chair est chair, ce qui est né de l'Esprit est esprit. Ne t'étonne pas si je t'ai dit : il vous faut naître d'en haut. Le vent souffle où il veut ; tu entends sa voix, mais tu ne sais ni d'où il vient, ni où il va.

Évangile selon saint Jean,
L'entretien avec Nicodème (III, 5-8).

Judith referma le vieux livre qu'elle avait emporté et, pendant quelques instants, ses yeux se noyèrent dans le titre de la couverture.

— Manuscrit d'Akko —
Chronique de Bertrand de Raguenaud,
Chevalier de l'ordre du Temple
et croisé de Saint-Jean-d'Acre
Au service du roi de France et de Sa Sainteté le pape,
Novembre 1307.

Le manuscrit lui avait été envoyé par le père Jean-Baptiste Fombert. Celui-ci s'était empressé de parachever ses minutieuses recherches, pour comprendre le chemin exact suivi par les parchemins de Longinus au cours des siècles.

À présent, le puzzle était complet.

Jean-Baptiste avait rejoint l'École biblique de Jérusalem.

Judith releva les yeux, songeant à la longue et chaotique marche de l'Histoire, tandis qu'elle cheminait dans les jardins de la villa Barberini à Castel Gandolfo. Elle serra le livre contre elle et goûta la brise tiède qui passait dans ses cheveux. Ici se trouvait, depuis des siècles, la résidence estivale des papes, à une trentaine de kilomètres de Rome. Le souverain pontife y séjournait un à deux mois au cours de l'été. Chaque mercredi, il retournait au Vatican en hélicoptère pour l'audience générale.

Judith marchait entre les parterres impeccables du parc, le soleil découpant les bosquets d'ombres douces, tandis que résonnait à ses oreilles le murmure apaisant et cristallin d'une fontaine. Elle passa dans le jardin aux miroirs, longea le bosquet de la petite Vierge entourée de cyprès, puis les arbrisseaux multicolores du verger. À Castel Gandolfo, on voyait parfois déambuler des membres de la secrétairerie d'État. Spinelli y était suivi chaque été par quelques sœurs de son entourage, et la villa était peuplée d'une dizaine de gardes suisses et de gendarmes, ainsi que des responsables de l'entretien du parc et de la ferme locale. Parfois, le pape profitait de ce répit pour organiser des séminaires et accueillir des spécialistes de diverses disciplines, sciences humaines et sociales, philosophie, théologie. Ou bien l'on y trouvait des groupes de jeunesse, étudiants, pèlerins et séminaristes, venus rencontrer le Saint-Père en villégiature. Au-delà de ce domaine d'une cinquantaine d'hectares, le bourg de Castel Gandolfo, qui comptait quelque trente mille âmes, s'étendait au sud-ouest de Rome.

Il était encore tôt ce matin-là. La douceur de printemps qui balayait le front de Judith ne parvenait pas à l'apaiser. Elle était revenue d'Égypte à peine un mois auparavant, et se remémorait tout ce qui s'était produit depuis lors. Les principaux scientifiques de l'équipe du Sinaï avaient été arrêtés et continuaient d'être interrogés. Pour le moment, la question de leur procès et de leur éventuel emprisonnement restait suspendue au secret qui entourait ces récents événements. Le laboratoire avait été vidé de fond en comble et l'on s'efforçait de comprendre dans le détail la méthodologie qu'ils avaient employée. Ernst Heinrich, lui, courait toujours. Les informations dont disposait le Vatican à son sujet, et au sujet d'Axus Mundi, étaient toujours aussi vagues. Elena et son futur enfant avaient quant à eux été rapatriés en Italie dans la plus grande discrétion. La mère faisait l'objet d'une attention constante. Elle avait d'abord été examinée par deux médecins de la polyclinique Gemelli de Rome, propriété des évêques italiens, puis transférée dans le secret dans un appartement d'un autre hôpital, situé via Aurelia, à quelques centaines de mètres du Vatican.

Saint-Charles-de-Nancy était une petite structure privée appartenant aux sœurs de l'Immaculée-Conception, pourvue d'équipements dernier cri, et abritant une suite réservée au pape lui-même. *L'Immaculée Conception*, se dit Judith. *On ne pouvait faire mieux...* Seuls les deux médecins de Gemelli qui avaient accueilli la Porteuse connaissaient l'existence de cet enfant particulier qui naîtrait dans quelques mois, et sur lequel il s'agissait de veiller. Ils avaient suivi Elena à Saint-Charles-de-Nancy, en compagnie d'une équipe de sécurité aussi discrète que maximale. Tous attendaient maintenant la décision du pape. Il était hors de question que l'enfant demeurât là, tout près du Vatican, et la réunion de ce matin devait décider de son sort. Car une question, évidemment, hantait Dino, Judith, et les rares personnes au courant de la situation. Maintenant qu'ils se trouvaient avec un tel enfant sur les bras, Seigneur Dieu… qu'allaient-ils en faire ?

Depuis le temps que le Vatican expliquait qu'il ne fallait pas contrarier les plans de Dieu, ni avorter dès le moment où une femme se trouvait fécondée, il lui serait difficile de décider… d'éliminer l'embryon. Surtout à l'heure où Spinelli achevait la rédaction de son encyclique *Ad vitam aeternam*… Et même si, au Vatican, certains ne s'embarrassaient pas toujours de saints scrupules, la vie demeurait sacrée. Alors *celle-ci* — celle d'un clone, et pas n'importe lequel — le serait-elle aussi ? Ou l'Église se targuerait-elle de ces circonstances exceptionnelles pour empêcher cette vie… et ce, dans le plus grand secret, dissimulant du même coup au monde le pas qui avait été franchi ? Pour préserver son pouvoir, et la tradition, certes…, mais également en reniant les principes qu'elle s'était toujours fixés ?

Ce serait à Spinelli de trancher la question. Pour le moment, il s'était refusé à prendre une décision irrévocable. En attendant, l'embryon grandissait. Le sillon primitif était apparu. La vie était en marche.

Judith secoua la tête, comme si elle cherchait à s'éveiller d'un cauchemar. Elle jeta un œil à sa montre et pressa le pas. Vite, la réunion n'allait pas tarder à commencer.

À l'aube, le pape Leonardo Spinelli di Rosace avait célébré une messe dans la chapelle consacrée à la

Vierge noire de Czestochowa, avant de petit-déjeuner et de se replonger dans ses dossiers. L'entretien auquel Judith était convoquée aurait lieu dans la petite salle climatisée, voisine de sa chambre à coucher. À cette réunion restreinte commandée par le Saint-Père devaient également participer Mgr Almedoes, responsable des Affaires étrangères, Mgr Acquaviva, qui dirigeait la Congrégation pour la doctrine de la foi, et Dino Lorenzo. Dino et Acquaviva étaient déjà sur place ; mais Almedoes avait dû rester au Vatican, à la fois pour régler les affaires courantes et recueillir le dernier rapport des deux médecins chargés de la Porteuse… si bien que Judith avait été amenée seule dans un hélicoptère de l'armée de l'air. Elle venait d'arriver sur l'héliport voisin.

Au détour d'une allée de chênes verts, elle aperçut enfin les deux étages du palais de Castel Gandolfo aux allures Renaissance. Devant l'entrée étaient garées une Mercedes noire, une BMW gris métallisé et une Toyota blanche. Quelques Suisses se trouvaient sur la terrasse, songeant sans doute avec envie à la piscine pontificale, dans laquelle ils eussent volontiers plongé pour commencer cette journée.

Judith se fit annoncer et pénétra bientôt à l'intérieur de la villa Barberini.

Le palais tenait son nom d'une ancienne famille romaine, d'où étaient issus plusieurs papes, et dont les armoiries représentaient trois abeilles aisément reconnaissables. Il fallut une minute à la jeune femme pour traverser un couloir au sol marbré et bercé de lumière, avant d'être conduite dans la salle de réunion, garnie de fresques et de tableaux.

À l'intérieur, elle se retrouva en présence d'Acquaviva et de Dino, tous deux assis dans des fauteuils profonds. Non loin de son bureau et d'une console noire, le visage tourné vers la baie vitrée qui donnait sur le lac d'Albano, Clément XVI, calotte sur la tête, soutane et camail immaculés, croix d'or sur la poitrine, attendait en silence, sa haute stature se découpant à contre-jour devant les fenêtres. Tous la saluèrent. Judith s'agenouilla auprès du Saint-Père pour baiser l'anneau pontifical. Puis ce fut au tour du joyau cardinalice d'Acquaviva, rubis étincelant sur chaton armorié. Le prélat faisait partie de la *famiglia pontifica*, le proche entourage du pape. Si la tendance libérale du Vatican était incarnée par des instances comme le Conseil pour la culture ou les conseils pontificaux, l'aile conservatrice, très présente au sein de la puissante secrétairerie d'État, ne pouvait trouver de meilleur emblème que le cardinal Michele Acquaviva. Préfet de la Congrégation pour la doctrine de la foi, l'éminence était chargée du respect du dogme et de la pureté des mœurs. Aujourd'hui encore, cette congrégation, vestige de l'ancienne sainte Inquisition, baptisée aussi Saint-Office, était au cœur de tous les débats, et de toutes les tempêtes.

Le cardinal, vêtu d'une soutane pourpre moirée, une croix en or massif décorée de pierres précieuses autour du cou, salua Judith en souriant — et avec cette humeur condescendante propre aux *porporati*.

Puis la jeune femme fut invitée à prendre place à son tour.

— Le développement embryonnaire semble se dérouler normalement, commença le Saint-Père. Nous avons tout lieu de penser que l'accouchement aura bien lieu d'ici à quelques mois… Il nous appartient de déterminer ce que nous allons faire de cet enfant, et de sa mère.

Il y eut un long silence. Spinelli était en contemplation devant la surface lisse et miroitante d'Albano. Il savait que la discussion la plus improbable qui eût jamais animé les hautes sphères de l'institution catholique était lancée.

Acquaviva fit entendre sa voix claire.

— Très Saint-Père, je crois… Je crois que nous sommes contraints de prendre une décision exceptionnelle. J'y ai beaucoup réfléchi. Je pense que nous n'avons pas de solution. Le problème n'est pas seulement qu'il n'existe pas de précédent historique. Nous nous trouvons devant un événement unique.

Il chercha ses mots.

— Mesurons-nous vraiment ce qui est en train de se produire ? poursuivit-il. C'est une révolution, Votre Sainteté ! La plus grande de l'histoire de l'humanité. Une rupture fondamentale. Pour la première fois, des créatures ont joué le rôle de créateurs, et se sont arrogé le droit de se faire Dieu… Notre espèce devient soudain sa propre origine. En même temps, elle la transforme. Elle organise sa propre mutation. Cela peut ruiner la philosophie et la théologie actuelles, jusque dans leur essence, Très Saint-Père. Je ne l'ignore pas. Vous non plus. Personne dans cette pièce. Mais, maintenant, nous sommes piégés.

Le cardinal se leva. Apparurent alors, dans les replis de sa soutane, quatre livres qu'il avait apportés, et que ni Judith ni les autres n'avaient remarqués jusqu'à présent. Acquaviva leva les yeux vers Spinelli et, s'approchant du bureau, attira vers lui une petite poubelle.

— Commençons… par les profanes, dit-il avec un sourire dont l'onctuosité coutumière était aujourd'hui travestie d'un pli d'amertume.

Il leur montra à chacun, successivement, la couverture du premier livre.

— Hegel, dit-il. *La Phénoménologie de l'esprit.*

Il attendit une seconde, puis lâcha le livre, qui tomba dans la poubelle comme dans un puits. Le bruit sourd qui s'ensuivit résonna à leurs oreilles.

— Kant. La *Critique de la raison pure* et la *Critique de la raison pratique.*

Il lâcha le livre.

— Spinoza. *L'Éthique.*

Il lâcha le livre.

— J'aurais pu en apporter d'autres. Tant d'autres. Platon et Aristote, saint Thomas et saint Augustin, Pascal et Teilhard de Chardin…

Il montra enfin la couverture du dernier livre.

— La Bible, dit-il. Les Écritures.

Il regarda le pape droit dans les yeux.

— Dois-je les jeter aussi ?

Le livre sembla quelques instants en suspension dans le vide… puis le cardinal le dissimula à nouveau dans l'ample manche de sa soutane.

— Ce que je veux dire, Leonardo, c'est que du moment où cet enfant vivra, tout l'effort de la pensée, depuis l'émergence de la conscience, deviendra caduc. L'homme créé à l'image de Dieu… Le clone créé à l'image de l'homme… À compter de ce jour où l'homme a pu se créer lui-même, il nous faudra repenser son ontologie. La brèche sera ouverte. L'humanité telle que nous la connaissons pourra devenir lentement une espèce en voie de disparition. Toutes les philosophies et la nôtre au premier chef, la philosophie chrétienne, deviendront insignifiantes. Elles ne seront plus adaptées à la dynastie naissante. Voilà quel sera notre nouvel horizon. Axus Mundi nous a entraînés sur la voie d'un précédent abominable. Et lequel ! Celui-là, entre tous ! L'incarnation de Dieu sur terre ? Le visage de Dieu en nous… traité ainsi, comme un masque de carnaval ?

Son visage commençait de rougir, à mesure que l'excitation le gagnait.

— C'est l'équilibre de l'espèce humaine qui est en cause. Le monde des clones, Leonardo. Je vais vous le décrire. C'est un monde où chaque femme peut ouvrir le tombeau de sa grand-mère et, à partir de l'un de ses cheveux, en récupérer le patrimoine génétique pour procéder à une insémination, et tomber ainsi enceinte de son aïeule. Un monde où l'on pourra tenter de ressusciter un mari dont on ne supporte pas la disparition, ou un enfant qui n'a pu survivre à une maladie ! Plus encore : les femmes seront en mesure de porter une réplique d'elles-mêmes pour se survivre ! Et même si, biologiquement, génétiquement, la copie ne sera pas tout à fait conforme, même si l'âme et le corps n'ont rien à voir, il y en aura toujours pour le croire… De quoi occuper les psychanalystes et les médecins de l'âme pour longtemps ! Tout cela au nom du doux rêve de l'immortalité, Très Saint-Père… Pour conjurer l'angoisse de la mort. Ou bien, les couples choisiront les caractéristiques de leur future progéniture jusque dans les moindres détails pour concevoir l'enfant idéal, un enfant à l'abri de tout… Tel sera l'aboutissement de notre crise de civilisation, d'identité, et de l'ésotérisme scientifique mal digéré ! De la science-fiction ? Peut-être plus, à compter d'aujourd'hui. Nous avons tous à l'esprit des mythes comme celui du Golem ou de Frankenstein. Ces récits étaient comme des avertissements, Votre Sainteté. Maintenant, c'est une réalité ! Nous allons être confrontés à des problèmes d'identité, de schizophrénie jamais encore envisagés. Cela peut nous conduire au pire des naufrages.

Essoufflé, Acquaviva s'interrompit un instant, passant un doigt sur ses lèvres. Son rubis étincela.

— Les auteurs de science-fiction se sont souvent interrogés sur les rapports entre l'homme et la machine. Bien moins sur cette apocalypse intérieure que représente le clonage d'un être humain. Les grandes découvertes, l'imprimerie, le feu nucléaire, l'informatique… tout cela est renvoyé au rayon des antiquités. Que nous faudra-t-il pour répondre à de telles situations ? Nous faudra-t-il récrire les textes sacrés ? Un *Evangelius clonus* ? Ce sont de vaines plaisanteries, à côté de la bombe laissée par Axus Mundi. Aujourd'hui, nous changeons de nature. Et de ce monde, Leonardo… De ce monde-là, je ne veux pas.

Il marqua un temps, puis, joignant ses deux mains :

— Mais nous avons aussi notre responsabilité, désormais. Nous voici complices, malgré nous, de cette rupture… épistémologique ! Un enfant va venir. Une nouvelle Nativité ? Mais elle est le produit de la plus grande des mystifications ! Et pourtant, cet enfant sera là, et il peut changer la face du monde ! Dans quelle direction risquons-nous d'entraîner nos semblables ? Il suffit d'une fois, Très Saint-Père. Une seule fois. Pis encore : il ne s'agit pas de n'importe quel être humain. Mais d'un clone du Christ. Est-ce un hasard ? Le Christ est à l'origine de la notion même de dignité de la personne. Il en est l'emblème et la clé de voûte, historiquement, culturellement. Les illuminés d'Axus Mundi pensaient que leur clone serait le nouveau Messie. Sommes-nous déjà dans une voie sans retour ? Il est inévitable que l'origine de cet enfant finisse par être connue. Et c'est cela qui m'inquiète… Car, de ce jour, nous pouvons cesser d'exister. L'Église peut en mourir. Son pouvoir s'effondrer. Et avec lui, ses deux mille ans d'Histoire. La civilisation ne s'en relèvera pas.

Il se tut de nouveau. Dino et Judith écoutaient sans oser dire un mot. Non loin, Spinelli regardait son bureau, où étaient déposés les premiers feuillets de son encyclique : *Ad vitam aeternam.*

Lentement, il se retourna.

— Et que proposez-vous, Éminence ?

Spinelli secoua la tête. Un silence tendu avait envahi la pièce. Il continua :

— … Pratiquer un avortement à un mois de grossesse arrangerait tout le monde, si c'est ce que vous voulez dire ?

Acquaviva se raidit, lèvres pincées. Il parut embarrassé, puis sa voix descendit d'un ton.

— Ce… ce n'est pas ce que je dis. Vous savez qui je suis et quelle est ma place ici. Je ne dis pas qu'il faut empêcher cet enfant de naître. Je me borne à dérouler les conséquences de sa venue. Et de ce qui nous attend… *objectivement.*

Il se pencha.

— Cet enfant… qu'aurons-nous à lui offrir, Leonardo ? Si son existence est connue, il n'aura pour droit que d'être montré comme une bête curieuse, jeté en pâture au monde entier, de devenir la proie de tous les délires, de tous les fantasmes ! Il sera dépecé, dans la seconde, par les médias, les sectes, les groupes religieux de toutes confessions ! Les politiques voudront l'instrumentaliser, les publicitaires s'en serviront pour vendre des savonnettes, l'Église sera ridiculisée, le message évangélique sombrera dans une agonie incandescente ! Et lui, *lui*… Comment se construira-t-il ? Que pensera-t-il de lui-même ? Arrivera-t-il seulement à *se* comprendre, tout en étant si seul, si absolument seul au monde ? Nous n'avons pas la moindre idée de la façon dont il évoluera. Imaginons une seconde qu'il dispose vraiment de facultés… particulières. Ou surnaturelles. Imaginons que les Écritures soient une fois de plus prises au mot… et que cet être humain, cet être vivant, bien que cloné, possède quelque chose qui nous dépasse. Après tout, il porte en lui ce fameux allèle inconnu. Cette prétendue signature du Saint-Esprit. Cet impossible gène de l'âme. S'il réalise *vraiment* l'Incarnation renouvelée, par cette voie détournée, bien que conçu des sorciers et jailli du feu de la technologie… que se passera-t-il ? S'il porte effectivement la marque de l'ascendance divine… croyez-vous vraiment que ce garçon sera le salut de l'homme ?

Acquaviva leva les bras.

— Annonce-t-il la fin des temps, qu'ont imaginée toutes les religions, la nôtre au premier chef, depuis l'aurore de la poésie humaine, depuis le début de cette contemplation inquiète des mystères de la vie ? Faudra-t-il entrer dans ce jeu insensé ? Et alors, qui nous dit qu'il ne sera pas, au contraire, le messager de la ruine ? Quelle plaisanterie ! Mais je me souviens d'Abraham, en cet endroit de Jérusalem vénéré par les trois monothéismes, que l'on appelle aujourd'hui le Dôme du Rocher. Je me souviens de ce passage de la Bible où Dieu, pour mettre sa foi à l'épreuve, lui demande de sacrifier son fils. Eh bien, Leonardo, en ces circonstances, je pourrais plaider pour le sacrifice. Une vie, contre un univers !

Il faisait les cent pas.

— Nous sommes obligés de choisir entre deux apocalypses… et je refuse de choisir !

Spinelli considéra son agitation et lui adressa un regard apaisant. Puis il se décida à parler.

— Michele… S'agit-il de protéger notre puissance ? La puissance de l'Église ? S'agit-il vraiment de cela… ou d'être, tout simplement, fidèle au message du Christ ?

Il releva les yeux vers le cardinal, s'adressant également à Dino et Judith qui étaient assis devant lui.

— Quel est le principe qui doit nous guider aujourd'hui ?

Il s'écarta de la fenêtre pour faire quelques pas, puis les regarda encore.

— Je n'ai cessé de prier, dit-il. Je n'ai cessé de croire et d'espérer. Nous avons commis bien des fautes, Dieu nous pardonne… Nous avons été remis en cause ? Tant mieux. Cela ne cesse de nous rappeler à nos responsabilités. Cela nous force à nous souvenir de l'Histoire, à garder en permanence ce miroir en face de nous. La tentation du dogmatisme aveugle est une réalité, parmi nos rangs comme dans toutes les religions — et je dirais, dans toutes les formes de pensée. Il reste que notre message a toujours été celui de contribuer… à la création d'un monde meilleur. Tel est notre projet, Acquaviva. Nous avons dit aux pauvres et aux souffrants qu'ils méritaient de vivre, qu'ils étaient aimés eux aussi, et qu'un jour ils seraient les premiers d'entre nous, et non les laissés-pour-compte. Au chevet des mourants, nous avons tenté de donner courage. Aux naissances, nous avons célébré le miracle de chaque vie, comme autant de fleurs. Les droits de l'homme se sont édifiés sur le terreau de messages universels que nous n'avons cessé de vouloir mettre en actes. Le cynisme peut toujours exercer sur nous sa vindicte, comme sur une proie qu'il pense facile — il ne pourra jamais en dire autant. Prendre le risque de la foi, quelle qu'elle soit, fait aussi partie de notre condition d'homme.

Il s'arrêta pour les dévisager.

— Notre condition d'homme. N'est-ce pas de cela qu'il s'agit ? Quel est le principe qui doit nous guider aujourd'hui ?

Il baissa le menton, contemplant les motifs entrelacés du riche tapis sur lequel il marchait.

Judith fut frappée par le calme étrange qui émanait de lui.

— Ce qui doit nous guider, Acquaviva… C'est le message du Christ lui-même. Je vous le demande : qu'aurait-Il fait à notre place ? Voilà la bonne, la grande et l'unique question. Il est vain de refaire l'histoire de ce qui nous a amenés au point où nous en sommes. Hier nous aurions pu gloser sur la nécessité de faire ceci ou cela. Aujourd'hui, nous sommes devant un fait accompli. Le mal est fait. Certes, vous dites que le dilemme dans lequel Axus Mundi chercherait à nous pousser serait de choisir entre la vie d'un enfant et un univers… Mais vous refusez de vous laisser piéger par ce choix impossible. Et vous avez raison. Je choisis de laisser venir ce bébé. Peut-être ne devrais-je pas. J'en prends la responsabilité.

Il joignit les mains.

— L'enfant qui va naître peut nous apparaître comme le produit de notre propre monstruosité, une excroissance de notre part d'ombre… Notre Antéchrist. Il peut nous apparaître comme un vulgaire cobaye, un pur produit de l'expérience. Une copie d'être humain. Il n'y a pas si longtemps, il aurait été une créature de foire, en effet, l'une de ces « aberrations de la nature » dans lesquelles l'humanité contemple le miroir de ses propres angoisses. Quelle serait l'attitude du Christ face à cela, Acquaviva ? Dirait-Il : *Non, toi tu n'es pas de ce monde, tu es le fruit de la folie des hommes, et donc tu n'as pas le droit de vivre ?* Évidemment non. Ce genre d'attitude n'a-t-il pas été le terreau des pires atrocités du XXe siècle ? Nous touchons là à la question ultime. Cet enfant sera-t-il un enfant comme les autres ? La réponse, je vous l'accorde, est non, bien entendu… Il est un clone. Et un clone du Christ, ou supposé tel. Mais cette question en cache une autre, beaucoup plus simple. *Cet enfant sera-t-il… un enfant ?*

Il se tourna de nouveau vers le lac.

— Dirons-nous… qu'un clone n'est pas un être humain ?

Au loin, sur la surface d'Albano, la flèche d'un voilier blanc se balançait dans la brise.

— Pour moi, la réponse sera… *Si, il l'est.* Vous parliez d'Abraham… Mais souvenez-vous de la fin, Éminence ! Dieu retient son geste. Il refuse de voir périr cet enfant ! L'insémination passée, notre sort était scellé. Il va sans dire que nous ne reconnaissons pas le clonage comme une capacité qui nous est donnée de concevoir d'autres êtres humains. Du moins pas en *droit*, ce qui est essentiel, et nous ne changerons pas sur ce point. Mais c'est arrivé. Maintenant cela n'est plus à débattre : *c'est arrivé.* Alors, à présent, entre la vie et la mort… je choisis la vie, Éminence.

Personne ne dit plus mot. Au bout d'une longue minute, Acquaviva répondit :

— Je le sais. Mais je pense que, au moins dans un premier temps, il nous faudra condamner cet enfant au secret. Le soustraire au monde. Cacher sa naissance, puis son existence… jusqu'à ce qu'il comprenne ce qu'il est.

— *Qui* il est, rectifia Spinelli.

Il se tut quelques secondes, avant de reprendre :

— Vous avez raison sur deux points, Éminence. Premièrement, le risque est grand que l'information filtre de nos murs, et ne soit jetée en pâture au monde.

De ce jour, la vie de cet enfant sera un enfer. Et nous serons en péril. La tentation est grande, en effet, de le mettre au secret, et de rester muets comme des tombes. À l'instant où je vous parle, en dehors de nous, seules cinq personnes sont au courant de son existence. Mgr Almedoes, les deux médecins de Saint-Charles-de-Nancy, le père Fombert de l'École biblique et le moine Yoris de Sainte-Catherine. Hors du Vatican, les États qui ont participé à l'opération du Sinaï ignorent ce qu'il est exactement advenu. Les professeurs d'Axus Mundi sont emprisonnés. Annonçons-leur que l'embryon n'était pas viable. Il faudra que tous se taisent et nous nous y emploierons. En l'absence de preuves, il nous sera facile de les faire passer pour ce qu'ils sont : des imprécateurs délirants. Préparons des contre-feux pour ridiculiser cette information, si elle venait à être communiquée. Bâtissons des scénarios de réponse clairs en cas de danger. Préparons des articles clés en main pour la presse. Activons l'*Osservatore* et notre radio afin de contrôler les éventuelles rumeurs. Sur ce point, nous devons être pragmatiques, et intraitables. Pour la vie de l'enfant, et pour l'Église.

Il fit une pause, puis continua :

— Deuxièmement… Nous ne savons pas de quelle manière évoluera l'enfant. Raison de plus pour nous en occuper directement. Le suivi médical doit se poursuivre. Nous devrons lui assurer un développement aussi normal que possible. Et être auprès de lui, quoi qu'il arrive. Qu'il présente ou non des… particularités. *Surtout* si tel est le cas.

Dino ne tenait plus en place. Depuis un moment, il s'agitait sur son fauteuil, hésitant à prendre la parole à son tour.

— Pardonnez-moi, Leonardo, dit-il soudain, mais… concrètement, où va-t-il grandir ? Dans nos murs ?…

Au Vatican, dans l'enceinte du palais ? Ici, à Castel Gandolfo ? Les instances caritatives ne manquent pas, me direz-vous ? Les monastères non plus ? Imaginez-vous qu'ils nous serviront de protection, de relais ? Et vous croyez vraiment que ce sera lui rendre service ? Nous rendre service ? Voyons, combien de temps cela pourra-t-il durer ?

Spinelli hésita. Il hocha la tête, ferma les yeux.

— Le temps qu'il faudra, Dino. Le temps pour lui de comprendre. Et pour nous... de savoir comment lui expliquer. Lui expliquer ce que l'homme a fait de lui. Puis il lui faudra prendre son destin entre ses mains, comme tout un chacun.

— Tout un chacun ! Le destin d'un nouveau Messie, ou de son simulacre !

— Le destin d'un *être humain*, qui ne sera sans doute ni supérieur ni inférieur aux autres. Différent... mais un être humain. Allons, Dino. N'ayez pas peur. N'avez-vous pas compris ? Il n'y a, et il n'y aura jamais qu'un seul Jésus-Christ. Le clonage du Christ ? C'est une farce, une mystification. Un mensonge. Un mensonge spirituel, et une aberration scientifique. Mais, par des détours inattendus, ce mensonge a fait une victime : cet enfant. Nous avons été piégés par le cours du monde, par la rapidité des événements. Si leur projet était vain, dans l'inspiration de recréer je ne sais quel Messie, le pouvoir dont ils ont disposé... ce pouvoir, Dino, est autre chose. Nous avons entre nos mains le feu du ciel. C'est aussi une mise en demeure de notre libre arbitre. À quoi affecter notre intelligence... à quel usage ? La tentation est grande de céder aux contre-vérités, et c'est d'ailleurs bien sur cette folie qu'a misé Ernst Heinrich. Il sait que le monde y est préparé. C'est la faculté des virus que de se servir des faiblesses de leur hôte, pour mieux les mettre à mal. Maintenant le mal est fait, parce que nous n'avons pas été assez attentifs, et nous devons assumer notre rôle sans nous tromper, en tenant compte des circonstances. Ces tortueuses circonstances.

Il s'arrêta et les regarda, croisant momentanément les bras devant eux.

— Mais voyez-vous : même le désir messianique est un piège… Quand bien même nous réussirions à nous cloner les uns les autres, plutôt que de nous aimer, cela ne suffirait pas à détruire Dieu lui-même… mais plutôt à souligner l'éternelle vanité de l'homme, et la vacuité inepte de ce genre de projets. Cela ne changerait rien au fait que, dans Sa vision créatrice, chaque être est unique. Même parfait, l'enfant qui vient de naître ne sera pas le Christ. Ni même une copie ou un pâle dérivé. Mais un bébé, innocent, et victime de la sottise absolue et tragique de ses pères. Je vous le dis, Dino, n'ayez pas peur. Il en faudra davantage, bien davantage. Une chose est certaine. Il est temps de rappeler au monde le sens critique. Le goût de l'esprit, et le réflexe de se méfier des vendeurs de fariboles. On peut lui raconter n'importe quoi… Y compris que Notre-Seigneur Jésus-Christ est de retour, sous les traits d'un nourrisson issu de la génétique. Nous ne pourrons miser que sur une seule chose : l'intelligence vigilante de nos contemporains. Et surtout : leur cœur, bien sûr. Tel est notre postulat, Dino. Tel est notre pari, et le sens de cette aventure.

— Garder l'enfant… Cela peut durer des années !

— C'est la raison pour laquelle le mettre au secret n'est pas tout à fait… ce que j'avais pensé.

Il les regarda encore.

— Du moins… Pas comme vous l'avez imaginé. Mais je suis d'accord avec vous sur un point : à circonstances exceptionnelles, solution exceptionnelle.

Ils se turent. *Seigneur… Je rêve ! Je rêve absolument !* se disait Dino.

Il échangea un regard avec Acquaviva. Judith n'osait dire quoi que ce soit.

— À quoi pensez-vous ? s'exclama Dino. J'aimerais bien le savoir.

Clément XVI se tourna vers lui.

— Le monde nous l'a donné ? Je propose…

Il eut une longue inspiration.

— … de le rendre au monde.

Dino cligna des yeux plusieurs fois. Acquaviva fit une grimace.

Judith se recula dans son fauteuil.

— Que voulez-vous dire ? demanda-t-elle.

— Nous ne savons pas ce qu'il sera, n'est-ce pas ? Ni ce qu'il deviendra ? Eh bien, considérons-le comme un enfant normal, un enfant comme les autres. Ne soyez pas… trop rigide, Acquaviva. Il faut… le banaliser, le jeter dans la foule. Le rendre invisible. En le gardant dans nos murs nous risquerions, au contraire, d'attirer l'attention. Ce problème est hautement délicat. Imaginez-vous l'enfant courir dans nos jardins ou dans la cour d'un couvent ! Gardons-le parmi nous, et nous accréditerons pour jamais la thèse de notre conspiration universelle. De notre complot multiséculaire. Soyons humains, croyons en notre message, et, dans la pire des situations, nous serons restés au plus près du cœur et de la justice. Nous aurons suivi la seule voie qui vaille : celle de la sincérité et de l'amour. Il faut lui offrir l'*anonymat*. Qu'il soit ainsi glissé, mêlé au hasard des hommes. Nous le surveillerons, bien sûr. Mais nous lui donnerons les meilleures chances de devenir… la personne qu'il doit devenir.

— Mais… Il lui faut un tuteur, un père, une mère ! s'exclama Dino. Qu'adviendra-t-il de la Porteuse ?

— Il est hors de question qu'elle accouche à Saint-Charles. Nous allons faire en sorte que la naissance ait lieu dans l'un de nos monastères, loin d'ici. Nous allons organiser le transfert dès aujourd'hui. Et il est également impossible de laisser Elena s'occuper directement de l'enfant, une fois le bébé arrivé. Elle était membre d'Axus Mundi, ne l'oublions pas. Savait-elle vraiment ce qu'elle faisait ? Tout porte à le croire. Il semble aussi qu'elle ait été confortablement rétribuée pour accepter cette expérience. Elle n'était « que » la mère porteuse, si j'ose dire. Sans doute était-il d'ores et déjà prévu qu'elle rende l'enfant aux scientifiques. Je ne sais ce qu'Axus Mundi aurait fait d'elle. Mais, à présent, elle pourrait être incontrôlable. Nous lui permettrons peut-être de voir le bébé. Il faudra que je m'entretienne avec elle. Que je sonde son cœur. Son esprit. Mais nous l'éloignerons, au moins pour un temps, si ce n'est plus. Elle, oui, nous la mettrons au secret, dans le cloître d'un monastère. Elle seule. Pour qu'elle se taise. Le silence lui fera le plus grand bien.

— Mais… Très Saint-Père, êtes-vous sûr que… ?

Les bajoues de Dino s'agitaient tandis qu'il laissait libre cours à ses exclamations sans suite.

— Oui. Mais, vous aussi, vous avez raison sur un point, Dino. L'enfant aura besoin de quelqu'un pour veiller sur lui. Quelqu'un qui puisse assurer son éducation.

— Et lui donner l'amour qu'il mérite.

— Quelqu'un de cœur…

— Et de confiance.

— Mais qui ?

Leonardo Spinelli di Rosace, Clément XVI, Dino Lorenzo, directeur des Collections du Vatican, et Michele Acquaviva, préfet de la Congrégation pour la doctrine de la foi, furent comme frappés du sceau de l'évidence.

Ensemble, ils tournèrent la tête dans la même direction.

Judith sentit le ciel fondre sur elle.

Pâle et incapable de proférer le moindre son, elle chercha des mots qui ne venaient pas. Pétrifiée, la bouche grande ouverte, elle se contenta de pointer vers son cœur un doigt incrédule, et bafouilla :

— M… *Moi ? ? ?*

10
Monastère des sœurs silencieuses de Bethléem, 2007
Abri antiatomique du Vatican, 2007
Île de Santorin, 2007

Or en ces jours-là parut un édit de César Auguste, ordonnant le recensement de toute la terre. Ce recensement, le premier, eut lieu pendant que Quirinius était gouverneur de Syrie. Et tous allaient se faire inscrire, chacun dans sa ville…

Évangile selon saint Luc (II, 1-3).

Ils avaient reçu les premières échographies quelques semaines plus tard.

Le 23 janvier 2007, peu de temps après la Noël et l'Épiphanie, il vint.

Les cloches sonnaient sous un ciel froid, que traversait le roulis des nuages.

Dans le secret du lointain monastère s'égrenaient les heures canoniales, et la Porteuse se préparait à accoucher. À prime, elle sentit les contractions redoubler. À tierce, les sœurs glissant dans le silence préparèrent son lit pour l'accouchement, interrompant leur office. Un lit blanc et bleu, aux draps frais, impeccables.

À sexte, Judith arriva dans l'enceinte du couvent. À none, toutes deux se rencontrèrent. Les petites mains s'affairaient autour de la jeune femme. Dans la pièce du couvent réservée à la naissance flottaient des parfums d'encens. Aux vêpres, Elena perdit les eaux. Sur un panneau lumineux étaient épinglées les dernières échographies. Les deux médecins qui avaient suivi la Porteuse de la polyclinique Gemelli de Rome, puis à Saint-Charles-de-Nancy chez les sœurs de l'Immaculée-Conception, étaient présents également. L'embryon s'était développé sans encombre jusqu'à terme. Une caméra et des appareils médicaux surveillaient en permanence l'état de santé de la mère, et dans ce coin du couvent, les installations high tech préparées pour la venue de l'enfant contrastaient singulièrement avec l'ancienneté immémoriale de la pierre, composant un tableau des plus étranges. Les yeux des spots lumineux se penchaient sur Elena, guettant la délivrance imminente.

Judith s'écarta et les sœurs entourèrent la Porteuse. Elle ne pouvait s'empêcher de songer au célèbre passage de saint Luc… mais cette nouvelle crèche était des plus singulières. Autour du lit, on avait disposé des bouquets de fleurs, qui contrastaient avec la grisaille de la pierre. Des volutes d'encens montaient en circonvolutions délicates. De part et d'autre de la salle, deux rais de lumière se croisaient, issus de larges baies ogivales. Un vitrail multicolore représentait un saint Benoît décapité, portant sa tête entre ses bras. Bientôt les gémissements de la Porteuse retentirent. Les douleurs commencèrent. On lui prit la main en lui murmurant des paroles apaisantes. On épongea son front en sueur, où se collaient des mèches de cheveux.

Judith avait la gorge sèche. Elle se trouvait dans la salle adjacente. Le visage découpé d'ombre, les mains sur une balustrade, elle assistait à la scène. Autour d'elle, la jonction entre deux parties du bâtiment conventuel formait un cloître que supportaient des colonnes graciles. Elle entendait résonner, tout proche, le bruit d'une fontaine. Une sœur habillée de noir était penchée entre les jambes d'Elena. Le travail de l'enfantement avait redoublé. Tous, à présent, guettaient ce moment où, au sortir de l'utérus, apparaîtrait soudain la tête du nourrisson. Il se présentait bien. Tandis que s'égrenaient les secondes, les pensées de Judith oscillaient presque malgré elle entre deux visions opposées, dont elle peinait à se défaire.

Dans l'une d'elles, l'enfant arrivait en prince nimbé de lumière, éblouissant de perfection, irradiant cette aura venue d'ailleurs qui, peut-être, ferait de lui un nouvel espoir, le porteur de la Lance pour le salut du monde, le Messie ressuscité des temps anciens, qui bientôt accomplirait ses miracles pour le bien de l'humanité, dans l'avènement des jours derniers. Une seconde vision le transformait, l'instant d'après, en Messie des ténèbres, ou bien en créature monstrueuse et difforme. Si les échographies n'avaient jusqu'alors détecté aucune tare congénitale, Judith craignait soudain de voir surgir une sorte d'insecte à la bouche tordue, un être aux membres disproportionnés, hurlant déjà sa colère et sa détresse à la vie que l'on avait préparée pour lui. Ne serait-il pas… un « mutant », le premier de sa génération, le premier clone humain ? L'imagination de Judith, qui mesurait alors, non sans étrangeté, à quel point elle était victime de ses propres archétypes, l'emportait encore vers d'autres chimères, nuancées tantôt de grâce, tantôt de douleur.

Enfin, Elena poussa un cri, et ce fut le moment de la délivrance.

Judith fit un pas de côté, se hissa sur la pointe des pieds.

Il lui apparut.

Le bébé ensanglanté poussa un cri à son tour, le cri primal, et se mit à pleurer. Judith devina qu'on coupait le cordon. Une autre sœur l'enveloppa en souriant, puis, lentement, apporta le nourrisson à sa mère.

Complies, et Judith aussi le regardait.

Elle chancela, se rattrapa à la balustrade. *Moi ! Moi ! Que lui apprendrai-je ?*

Elle sentit une grosse boule rouler dans sa gorge.

Déjà il était entouré de toutes parts, les médecins de Gemelli l'auscultaient, vérifiaient ses fonctions vitales, motrices, l'examinaient sous tous les angles. Ils procéderaient très vite à de nouveaux tests, de nouveaux prélèvements, des analyses de sang et d'urine. Le Vatican serait informé des moindres de ses particularités, des moindres supputations concernant son devenir. Triomphants eux aussi, docteurs et bonnes sœurs souriaient en répétant de concert : *Il est en forme, il est en pleine forme, c'est un beau bébé, tout va bien…* Un miracle, c'était un miracle ! Celui de la naissance et de la vie ! Mais dans quelles conditions ! Pourtant, le bébé que Judith avait sous les yeux, ni ange ni bête, n'était qu'un nouveau-né anonyme, comme il y en avait des milliers, des milliards, qui ressemblait à tous les autres. À première vue, et à ce stade de son développement du moins, il ne semblait pas présenter d'anomalie particulière. Mais un jour, dans un futur proche ou lointain… se révélerait-il *différent* ? Dans quelle mesure ? Serait-il plus doué, plus fort que les autres ? Plus fragile, au contraire ?

Il faudrait l'élever, certes… lui apprendre à distinguer le bien du mal… et si Judith n'était ni sa mère ni la Porteuse, du moins serait-elle sa tutrice, sa gouvernante — sa marraine ! Elle se tenait là, telle Élisabeth autrefois, qui reçut sa cousine Marie dans sa maison d'Aïn Karim. Fée penchée sur ce berceau improbable, elle était chargée par avance de contrecarrer les erreurs du sort. *Tu voulais un enfant ?* songeait-elle. *Tu l'as ! Tu voulais de l'amour ? Tu pourras le recevoir... et le donner !* Oui, cette naissance était blasphématoire et scandaleuse aux yeux du monde, puisque, pour tout dire, elle n'aurait pas dû être. Mais Judith avait désormais le choix entre accepter d'aimer ou vouer aux gémonies cet être dont la responsabilité lui revenait, elle qui se retrouvait missionnée pour le bien de la cause. Sans y prendre garde, elle porta la main à son ventre. À cet instant, Elena releva les yeux, et échangea avec Judith un regard. Une larme coula de sa joue. Judith ne sut si c'était une larme de joie, de désarroi… ou de simple soulagement.

Il faudrait trouver les mots, un jour, pour lui dire le secret de sa naissance, lever le voile sur son existence. Ce que deviendrait cet enfant — et Judith, au fond d'elle, le savait — ne dépendrait ni des astres ni des circonstances de sa naissance, mais de son éducation. Parce que chaque être était singulier, unique, mystérieux. Sa vie danserait sur le fil de la Lance du Destin — telle était l'analogie qui lui venait à l'esprit. Il lui semblait qu'en ce bébé était comme condensé le destin de l'humanité. Il lui appartiendrait d'apprendre à cette vie fragile comment ne pas tomber, à cet enfant comment s'efforcer d'être juste et de rester digne ! Elle se voyait soudain lui parler, lui transmettre, lui montrer. Le cajoler. Lui donner le bonheur qu'il méritait, en dépit de son origine. Oui, elle lui apprendrait… Et elle se sentit submergée par une irrépressible vague d'émotion. Elle se jura qu'elle l'aiderait à faire les bons choix. Elle s'en fit la promesse.

Elle réalisa qu'il n'avait pas de nom. *L'enfant sans nom*... Personne ne s'était avisé, pour le moment, de lui en donner un. Faudrait-il... le baptiser ?... Et comment ?

Laudes, et on lui remit le nourrisson dans ses langes. Les deux femmes se séparèrent, et tentèrent chacune d'oublier leur déchirement.

Judith s'en fut comme une ombre, encadrée de deux nonnes, des médecins, et sous escorte spécialement affectée par le Vatican. Anselmo également attendait la jeune femme au-dehors. Dans un premier temps, l'enfant serait installé dans le plus grand confort et bénéficierait de toutes les précautions et de l'attention nécessaires, tant que les nouveaux examens ne seraient pas achevés. Mais on ne pouvait perdre de temps. Le véhicule médicalisé qui les attendait était pourvu de l'équipement dernier cri, et le trajet qui les conduirait loin d'ici jusqu'à une autre clinique privée, pour quelques jours, était balisé. Et ensuite...

Des bosquets de fleurs attendant le printemps entouraient l'élégance et la discrétion des allées. Un petit banc reposait sous un arbre, et des cyprès nains aux rassemblements géométriques achevaient de conférer au petit cloître son caractère bucolique. Tout près de la fontaine, dérobée aux regards, la Porteuse était assise, emmitouflée. Elle caressait un enfant désormais imaginaire.

> « Rassurez-vous, car voici que je vous annonce une grande joie, qui sera celle de tout le peuple : aujourd'hui, dans la Cité de David, un sauveur vous

est né, qui est le Christ Seigneur. Et ceci vous servira de signe : vous trouverez un nouveau-né enveloppé de langes et couché dans une crèche. » Et soudain se joignit à l'ange une troupe nombreuse de l'armée céleste, qui louait Dieu, en disant : « Gloire à Dieu au plus haut des cieux, et paix sur la terre aux hommes qui l'aiment ! »

Ses yeux se perdirent dans le vide. Elle était pâle et tremblante.

Qu'ai-je fait ? se répétait-elle. *Qu'ai-je fait ?*

Et dans le silence du couvent des moniales de Bethléem, l'adolescente pleura.

⁂

La construction de l'appartement souterrain aménagé sous le palais de la bibliothèque apostolique, au sud des musées du Vatican, remontait à Paul VI. On était alors en pleine guerre froide, et la CIA avait fortement recommandé au pape de se bâtir en sous-sol un abri antiatomique, en cas de conflit nucléaire — on n'était jamais trop prudent. Là se trouvait Dino Lorenzo. Comme l'abri était laissé à l'abandon, il y avait rassemblé quelques pièces maîtresses de ses légendaires collections. Au milieu des souvenirs les plus improbables, il avait fait déposer la Lance du Destin. Il la regardait à présent, couchée dans son présentoir de velours, à l'intérieur du reliquaire couvert d'or et de pierres précieuses. Seule une vitre de Plexiglas permettait d'entrevoir la pointe de l'arme.

Ils avaient songé à la détruire. La détruire à tout jamais. Finalement, ils s'étaient décidés à la conserver ici, dans les sous-sols, à l'intérieur de ce nouveau sanctuaire, jailli du temps où l'on craignait une autre forme d'apocalypse. L'abri ressemblait à une autre chapelle, d'où l'instrument, aussi béni que maudit, ne risquait pas de refaire surface. Dino se tenait là, les mains jointes sur sa soutane, au côté de Pietro, son secrétaire particulier. Il inspira, se souvenant de la façon dont tout avait commencé. La sépulture du croisé d'Akko et les parchemins… ces parchemins qu'ils auraient mieux fait de ne jamais exhumer. *Il ne faut pas toujours chercher à contrarier l'Histoire*, songeait-il. *Laissée entre de mauvaises mains, elle peut se retourner contre vous…* L'image d'Enrico Josi, le directeur de l'Institut d'archéologie assassiné à Meggido, passa dans son esprit. Dino hocha la tête. Lui et Pietro regardèrent la Lance longtemps… Puis, lentement, ils se dirigèrent vers la sortie.

Dino fit un signe aux deux gardes de faction. Ceux-ci appuyèrent sur un bouton et, dans un soupir, la lourde porte métallique du sas, énorme et luisante, commença de se refermer. Une dernière fois, Dino et son secrétaire se retournèrent. Ils demeurèrent sur le seuil, tandis que le sas achevait de se fermer, comme pour capter un dernier éclair, une ultime et fugitive vision de la Lance. Elle reposerait ainsi dans son reliquaire sacré, boîte de Pandore parcourue de lueurs énigmatiques.

— Cette fois, espérons que c'en est bien fini, dit Pietro.

Dino acquiesça. Il était temps en effet d'en finir. Avec la toute-puissance, le mensonge et les fantasmes de tous ordres.

— Ah, Pietro… J'ai longtemps réfléchi sur le pouvoir de Dieu… Mais lorsque je songe à celui que nous avons nous-mêmes, parfois… j'en ai froid dans le dos.

Il décida qu'il ne se laisserait plus prendre au piège.

Assez, maintenant.

— Que ferons-nous des parchemins ? demanda Pietro.

— Oh, par pitié… Brûlons-les, dit Dino. Brûlons-les… Et passons à autre chose.

La porte se referma définitivement.

Un garde pianota un code, il y eut un grésillement et une lampe rouge s'alluma.

Les Suisses croisèrent leurs hallebardes.

— Avons-nous reçu le mémo de l'École biblique au sujet des fouilles d'Ein Guedi ? demanda Dino en posant amicalement la main sur l'épaule de son secrétaire.

— Je ne crois pas… Je vais les appeler ce matin…

— Oui, vous me les passerez, s'il vous plaît…

Leurs voix déclinaient à mesure qu'ils s'éloignaient.

⁂

Il est à MOI.

Le poing serré sur la crosse de son fusil, Ernst Heinrich achevait son verre d'ouzo en regardant de temps à autre, d'un œil distrait, les deux sirènes qui s'ébattaient dans l'immensité bleue et scintillante de la baie de Santorin. Santorin, le joyau des Cyclades grecques, l'un des endroits présumés de l'antique Atlantide. Il ne lui en fallait pas moins.

— *Pull !* s'écria-t-il en épaulant son arme.

Le palet, propulsé par Sandor depuis le ponton, siffla dans l'air… et Ernst tira.

Raté.

Il avait jugé plus sage de prendre quelque temps de retraite et de villégiature dans son lieu de prédilection. Outre qu'il lui semblait plus prudent de se faire un peu oublier, cela le calmait. Il avait toujours adoré venir quelques jours mouiller au pied des crêtes déchiquetées de l'île, où se découpait le blanc chapelet des maisons du village d'Oia.

Le soir, après sa rituelle petite séance d'entraînement au tir, il y montait en empruntant les raides escaliers creusés dans la roche, pour s'installer, anonyme, au milieu de la foule des touristes et déguster en terrasse un bon dîner de poissons grillés. Rien n'était plus beau que de contempler, de là-haut, ce paysage de mer infinie, seulement troublé par le promontoire des îles volcaniques alentour ; la vue portait si loin, à trois cent soixante degrés, que l'on avait l'impression de deviner la circonférence de la Terre en contemplant la légère incurvation de la ligne d'horizon. Mais pour l'heure, sur le ponton avant du *Vif-Argent*, il s'efforçait de contrôler ses sourdes ruminations en goûtant la fraîcheur de son apéritif, et en tirant frénétiquement sur ses palets, sous le soleil encore chaud de ce début de soirée.

— Tu ne viens pas te baigner ? demanda l'une des naïades qui s'ébattaient dans l'eau.

— Elle est bonne ! renchérit l'autre.

Ernst déclina l'invitation.

— *Pull !* cria-t-il à l'adresse de Sandor, le colosse hongrois qui, en costume et lunettes noires, s'escrimait derrière lui à actionner la machine.

De nouveau le palet siffla — et, de nouveau, Ernst échoua. Il poussa un juron entre ses dents avant de revenir à son verre. Quelques instants plus tard, Marita, la jeune Brésilienne, attrapa les manchons luisants de l'échelle pour se hisser sur les lattes brûlantes du ponton, où ses pieds laissèrent des traces délicates. L'eau dégoulinait de ses cheveux bruns et bouclés, sur sa gorge qui arborait un discret pendentif en forme de dauphin, entre ses seins lourds et au-dessus de son string

Tanga. Elle s'empara négligemment de son verre laissé sur un plateau. Son amie continuait de nager. Tandis que la Brésilienne papotait dans des exclamations chantantes, Ernst, l'ignorant superbement, revint à son fusil.

— *Pull !*

Raté, raté, raté !

Le coup porté à Axus Mundi avait été sévère. Au point que, craignant les représailles, il avait décidé de suspendre momentanément le travail de l'organisation et de ses différents laboratoires. Le matin où il avait compris — assistant à la débâcle sur les centaines d'écrans de son mur d'images, avant qu'un soldat ne tire sur l'un des moniteurs et que le système entier fût désactivé — il n'avait pu retenir sa colère. Il avait failli tout casser dans son bureau. Puis il s'était repris, ravalant une rage froide et atrabilaire. Seule lueur d'espoir : juste avant l'intervention armée, il avait reçu un dernier message du Pr Park Li-Wonk. *L'insémination a eu lieu.* La discrétion infinie du Vatican sur le sujet avait achevé de lui permettre de se forger son intime conviction. Son échec n'était sans doute que partiel. Il s'était d'ailleurs préparé de longue date à l'éventualité d'une défaite. Il pensait, alors, que la rumeur seule lui suffirait. S'il n'avait eu le temps de mettre la Porteuse à l'abri et de récupérer l'enfant, tous deux devaient être bel et bien vivants, quelque part, à l'abri des regards.

L'enfant est vivant… et il est à MOI.

Bien entendu, les services du Vatican n'étaient pas parvenus à remonter jusqu'à lui. Malgré tous leurs efforts, ils n'avaient pu trouver le moyen de l'inquiéter, encore moins de poser un visage sur le nom énigmatique qu'il avait choisi pour la direction de ses affaires. Mais il avait un moment craint le pire. On ne jouait pas impunément avec le feu. Il alternait aujourd'hui entre des instants livrés à sa froide colère et l'excitation récurrente d'un jeu qui, à son goût, n'était pas terminé. L'idée d'une revanche déclenchait de nouveau chez lui cette sorte de jubilation intime, pulsionnelle, qui n'avait cessé de l'animer.

Certes, ses adversaires avaient été plus efficaces que prévu ; de même qu'ils n'avaient pas été dupes de ses menaces de chantage. Ils avaient récupéré la Lance, et aucun des rares échantillons de sang n'avait eu le temps de circuler. Peut-être Ernst avait-il péché par excès de confiance : il aurait dû lui-même agir plus vite. Inutile de refaire l'histoire. De toute évidence, une telle occasion ne se reproduirait pas de sitôt. À dire vrai, elle ne se reproduirait sans doute jamais. Mais l'espace d'un moment, d'une aube folle, il avait tenu le sort de la civilisation entre ses mains… ce n'était pas si mal. Et l'espoir de retrouver un jour le produit de son grand œuvre était encore tangible. Le tableau qui trônait dans son bureau, auprès du mur d'images, n'avait cessé de lui rappeler qu'il était peut-être bel et bien parvenu à faire basculer le destin de l'humanité, bien que le monde l'ignorât encore.

Il mettrait tout sens dessus dessous pour le récupérer, s'il le fallait. Car, après tout, c'était lui la victime. Le vrai père de cet enfant, c'était lui. *Lui !* Dieu le père. On lui avait volé son fils, c'était aussi simple que ça. Lui aussi avait la foi, d'une certaine manière. Il ne fallait pas s'y tromper. *Aujourd'hui, les tours de WerkersMedias sont plus hautes que celles du Vatican*, se disait-il en songeant fugitivement à son père, et en jetant un regard de défi qui alla se perdre dans la baie de Santorin. Le nouveau pouvoir n'était pas tant la spiritualité que l'argent. Le vrai pouvoir, c'était lui — non les oripeaux des anciens temps. Mais, si les pistes le concernant étaient allées se perdre au milieu de nulle part, Ernst devait bien reconnaître que, de son côté, il n'avait guère avancé non plus. Traquer l'enfant, et éventuellement sa mère, ne serait pas une mince affaire. À présent, la situation s'était en quelque sorte inversée. C'était *lui* qui avait besoin d'une preuve. La maquette de ses journaux était toujours à l'abri, quelque part dans la mémoire du disque dur de son bureau, prête à l'emploi. Ce n'était que partie remise.

Cette preuve, il la trouverait. Et le jeu pourrait recommencer.

Il serra les dents.

Non, je ne suis pas vaincu.

Nanotechnologies, intelligence artificielle, génétique et biologie moléculaire — ses services continueraient de travailler, de faire avancer la science. Et lui, d'utiliser leurs découvertes pour conduire ses affaires. Tout ce travail finirait bien par porter ses fruits. Ernst laissa courir sa langue sur ses lèvres et avala une gorgée d'ouzo, tandis que la Brésilienne, qu'il écoutait d'une oreille distraite, poursuivait son babil ininterrompu.

— Tu m'écoutes ? demanda Marita en le regardant de ses grands yeux noirs.

— Oui, oui, dit-il.

Elle se frottait les cheveux avec une serviette, tandis que son amie remontait à son tour à l'intérieur du bateau.

— Vas-tu te préparer pour ce soir ? demanda-t-elle à l'adresse d'Ernst Heinrich.

— Oui, dit-il. Bien sûr. Mais avant, mes chéries…

Il posa son verre vide. Dans quelques instants, il gagnerait ses appartements du *Vif-Argent.*

— J'ai encore une petite communication à faire.

Il est à MOI à MOI à MOI !

Et les jointures de son poing en devenaient blanches.

Il retourna sa chevalière, songeant à toutes ces nouvelles frontières qui l'attendaient encore. Puis il prit une inspiration, ferma un œil et épaula.

Cette fois…

— *PULL !*

ÉPILOGUE

Paris, île de la Cité, 2007

Une volée de pigeons se dispersa sur le parvis de Notre-Dame de Paris. Les cloches sonnèrent. Non loin, sur l'île de la Cité, les bâtiments traquaient dans la Seine leur reflet absent, à l'ombre des saules qui longeaient le quai. Le soleil d'été dardait ses rayons matinaux. C'était une belle journée. Judith s'était levée de bonne humeur. Elle était descendue dans le hall de l'immeuble, un vieil hôtel particulier du XVIIIe où ne logeaient que quelques familles. Avant d'ouvrir la porte pour entamer sa promenade, elle regarda dans sa boîte aux lettres, marquée du nom d'Isabelle Desmarais. *Isabelle Desmarais*... La Sapinière aurait pu trouver mieux, tout de même. Il n'y avait rien dans sa boîte. Apparemment, sa nouvelle identité ne suscitait pas l'enthousiasme des foules. Tant mieux. Un peu encombrée, elle ouvrit le battant de bois, non sans difficulté, lorsque son portable sonna. C'était Dino. Elle appuya sur une touche de son téléphone numérique, et fit basculer sa communication sur le canal crypté.

— C'est Dino... Comment allez-vous ?

— Tout va bien... Cela peut vous sembler fou, mais... J'ai l'impression de revivre. Je sais, heureusement, que vous veillez sur moi... Et que je peux venir vous voir régulièrement ! Je ne suis pas sûre de pouvoir me passer de vous à tout jamais… Dino, vous me manquez !

— Ma chère Judith… J'ai hésité à vous appeler, mais… je me suis dit que vous aviez le droit de savoir.

Elle s'arrêta, se tenant contre le battant de la porte, à mi-chemin sur le seuil.

— Savoir… *quoi ?* demanda-t-elle, une nuance d'inquiétude dans la voix.

— Eh bien… Sœur Internet a reçu de nouveaux messages… dont un, en particulier…

— Laissez-moi deviner. Il est signé…

— Ernst Heinrich. Axus Mundi… Il pense que l'enfant est vivant. Il pense que… nous l'avons caché, quelque part. JE LE TROUVERAI. Voilà ce qu'il nous dit. Nous faisons tout ce qui est en notre pouvoir pour le trouver lui, avant. Mais Axus Mundi est toujours là… Judith… Soyez tout de même prudente.

Une ombre passa sur le visage de la jeune femme. Son front s'obscurcit.

Elle se tut quelques secondes, puis dit :

— Dino ? Laissez ces fous où ils sont. Et croyez-moi…

Elle avait la bouche sèche.

— *Tout se passera très bien.*

Elle raccrocha. Puis elle reposa les mains sur le landau, l'aidant à franchir le seuil de la porte. Elle prit une inspiration profonde, sourit en sentant la caresse du soleil contre sa peau. Elle retrouva une mine impassible et ajusta sur son nez ses lunettes noires.

Tandis qu'elle avançait, elle regarda l'enfant.

Aviez-vous… une idée de la façon dont vous auriez souhaité l'appeler ? avait demandé Judith à Elena, avant de la quitter.

J'avais pensé à… À Samuel. Ou Nathan… Ou Emmanuel…

Il la regardait aussi, de ses grands yeux noirs, et il souriait. Une fois de plus, Judith sentit son cœur bondir dans sa poitrine.

L'amour. Il n'y avait plus que cela qui comptait, maintenant que le monde marchait sur la tête. Elle repensait aux paroles de Spinelli, lors de leur entrevue à Castel Gandolfo.

Même parfait, l'enfant qui vient de naître ne sera pas le Christ. Ni même une copie ou un pâle dérivé. Mais un bébé innocent, et victime de la sottise absolue et tragique de ses pères.

Elle secoua la tête comme pour chasser ces pensées, et regarda de nouveau l'enfant.

Tu l'aimeras de toute ton âme, de tout ton cœur et de tout ton sang.

Depuis que le bébé lui avait été confié, ce bébé qui lui venait de nulle part, elle était passée par tous les états imaginables. La peur de ne pas savoir s'y prendre, la panique de devoir veiller sur lui — puis le plaisir, la joie si belle, si inattendue, de s'en occuper à chaque seconde.

Maintenant, elle ferait face. Elle était une mère. Une vraie mère. Elle retrouva le sourire.

Samuel. Ou Nathan… Ou Emmanuel…

— Tu sais quoi, Élie ? dit-elle en se penchant sur le landau, et l'enfant qui gazouillait.

Elle sourit de plus belle.

— Je crois qu'il va falloir te trouver un papa.

Elle marchait, et ajouta :

— Quelqu'un de sérieux, si possible.

Au sommet d'une maison voisine, les pans de son veston De Retis volant dans la brise, Anselmo surveillait Judith, en contrebas. Il caressait négligemment le crucifix d'argent accroché à son revers. De l'endroit où il se trouvait, il voyait les toits de Paris, et pouvait deviner jusqu'aux gargouilles de Notre-Dame. On eût dit que l'ange gardien était prêt à déployer ses ailes.

Il observa la jeune femme qui s'éloignait, poussant le landau devant elle. Judith devait lui chantonner quelque chose. Il se souvint d'un vieux proverbe anglo-saxon : *La main sur le berceau est celle qui gouverne le monde…*

Quel avenir voulons-nous ? se demanda Anselmo. Et qu'adviendrait-il désormais ?

Il regarda Judith et le bébé disparaître dans la foule. Il fut soudain gagné par une bouffée d'inquiétude. Mais lui aussi serait là, en veilleur.

Il aurait voulu leur adresser un signe, un geste. Il se contenta de baisser la tête…

Et il murmura :

— Que Dieu vous garde.

SOURCES

Le Monde de la Bible, numéro hors série, printemps 2005 : *Sur les pas de Jésus* ; 1- *Galilée, Samarie, Judée.*

— « La Galilée : une terre grecque ou païenne ? » par Pierre Debergé, recteur de l'Institut catholique de Toulouse, p. 15-17 ;

— « Indices sur Nazareth du temps de Jésus » par Farah Mékarbi, journaliste scientifique, p. 18-19.

Le Monde de la Bible, n° 155, décembre 2003 :

— « Marie selon Matthieu et Luc » par Élian Cuvillier, Faculté de théologie protestante, Montpellier, p. 18.

Bible, le Nouveau Testament : les quatre Évangiles.

Parle, Seigneur, Ton serviteur écoute, de Joël Thoraval, Le Cerf, p. 310, p. 447-448.

L'Agent secret du Vatican, Victor Guitard, Giovanni Saluzzo (Yvon Bertorello), Albin Michel, 2004, pour des informations utiles sur les pratiques et la formation des agents des services secrets pontificaux à la Sapinière.

Le Pape en privé, de Caroline Pigozzi, NiL éditions, Paris, 2000, pour des informations sur la vie quotidienne au Vatican et à Castel Gandolfo.

La Bible arrachée aux sables, pour la découverte du tombeau de saint Pierre.

La Guerre des Juifs contre les Romains, Flavius Josèphe.

L'Aventure des Manuscrits de la mer Morte, sous la direction de Hershel Shanks, coll. « Points Seuil, Essais », Le Seuil, 1996.

Les Dossiers brûlants de l'Église, Gérard Leclerc, Presses de la Renaissance, 2002.

Les Templiers, Bernard Briais et Jean-Marie Ruffieux, coll. « Histoire vivante », Le Seuil.

Cloner le Christ ? Didier van Cauwelaert, en particulier pour le début du chap. 6.

Cloner Jésus ? Une mission impossible, dossier *Science & Vie* de mai 2006.

Copies conformes, Axel Kahn et Fabrice Papillon, livre fondateur sur les techniques et interrogations contemporaines sur le clonage, dont j'ai utilisé des informations en particulier pour les chap. 6 et 7.

Les Imposteurs de la génétique, Bertrand Jordan, Le Seuil, 2000. Article « L'ADN ancien », dans *La Science au présent*, Véronique Barriel, Muséum national d'histoire naturelle, 1997, Encyclopaedia Universalis éditeur.

Enquête sur l'existence des anges rebelles, Édouard Brasey, J'ai Lu, 1998.

Enquête sur le satanisme, Massimo Introvigne, Dervy, 1994.

La Passion, Anne-Catherine Emmerick, voyante stigmatisée, mise en forme des récits de visions qu'elle aurait narrés au poète et essayiste Clemens Brentano (1768-1842). À la mort de la stigmatisée, Brentano se retrouva avec la masse des 16 000 feuillets de notes qu'il avait prises à son chevet durant plus de quatre ans, commentés au jour le jour, et illustrés de schémas et croquis qu'il s'efforça de trier, classer et compléter à partir de 1825.

Religions du monde entier, Vladimir Grigorieff, Marabout, 1989.

Site Internet www.mariedenazareth.com

Site Internet www.genethique.org

Je remercie tous ceux qui m'ont accompagné pour l'écriture de ce livre, en particulier Denis Gombert, Bernard Barrault et Leonello Brandolini, des Éditions Robert Laffont, qui m'ont fait confiance ; Jean-Pierre Dusséaux et VAB productions ; Christophe Bataille et Olivier Nora des Éditions Grasset, qui ont accepté une collaboration pour la publication de cet ouvrage ; Philomène Piégay pour ses lectures attentives et son soutien précieux, Gil Delalande, Nicolas Homo et mes lecteurs familiaux de toujours.

Table

Prologue 7

I. Le testament de Longinus 11

II. Ecce homo 133

III. Et le désert refleurira 277

Épilogue 335

Sources 339

Remerciements 341

Arnaud Delalande dans Le Livre de Poche

La Musique des morts n° 37153

Fabriqué au début du XVIIIe siècle par un obscur luthier russe, le Cygne est un violon prodigieux, qui n'a rien à envier aux meilleurs Stradivarius. Paganini, dit-on, aurait emporté l'instrument dans sa tombe… De nos jours, à Paris, le Cygne obsède un compositeur célèbre, Igor Vissevitch, qui prépare son ultime chef-d'œuvre. Il charge son fils Frédéric de se rendre à Prague pour retrouver la trace de l'instrument. C'est là que le jeune homme fait la connaissance du rabbin Elie Bogdanowicz, luthier de renom, qui lui remet le violon tout en l'instruisant sur sa généalogie légendaire. Mais Elie est assassiné. Et Igor Vissevitch est tué dans de troubles circonstances. Frédéric n'a qu'une seule piste : une partition du *Mouvement perpétuel*, une pièce de Paganini réputée injouable…

Le Piège de Dante n° 37261

1756. La Venise des Lumières. Un meurtre atroce – une crucifixion – est commis en plein cœur d'un théâtre de la Sérénissime. Pour mener l'enquête, le Doge fait libérer Pietro Viravolta, aventurier et séducteur, qui croupit dans une geôle aux côtés de Casanova… Ses recherches le conduisent tour à tour chez Luciana, la maîtresse d'un sénateur ; Spadetti, le maître verrier de Murano ; ou encore Caffelli, le prêtre tourmenté de San Giorgio Maggiore… Lorsque ce dernier est assassiné, Pietro découvre l'existence d'une secte. En se plongeant dans *La Divine Comédie* de Dante, il comprend que ces mises à mort reproduisent les châtiments des Neuf Cercles de l'*Inferno*… qui doivent se solder par l'apparition de Lucifer en personne ! Truffé de rebondissements, *Le Piège de Dante* mêle le suspense du thriller à la jubilation du roman d'aventures.

Du même auteur :

NOTRE-DAME SOUS LA TERRE, Grasset, 1908.

L'ÉGLISE DE SATAN, Grasset, 2002.

LA MUSIQUE DES MORTS, Grasset, 2003.

LE PIÈGE DE DANTE, Grasset, 2006.

LES FABLES DE SANG, Grasset, 2009.

Composition réalisée par FACOMPO (Lisieux)

Achevé d'imprimer en juin 2009 en Espagne par
LITOGRAFIA ROSÉS
Gava (08850)
Dépôt légal 1re publication : juillet 2009
LIBRAIRIE GÉNÉRALE FRANÇAISE – 31, rue de Fleurus – 75278 Paris Cedex 06

31/2290/0